U0924111

世上另一个我

The Opposite of Me

[美] 萨拉·帕坎南（Sarah Pekkanen）◎著　胡绯◎译

湖南文艺出版社
HUNAN LITERATURE AND ART PUBLISHING HOUSE
博集天卷
CS-BOOKY

图书在版编目（CIP）数据

世上另一个我 /（美）帕坎南（Pekkanen，S.）著；胡绯译 .
—长沙：湖南文艺出版社，2011.5
书名原文：The Opposite of Me
ISBN 978-7-5404-4842-4

Ⅰ. ①世… Ⅱ. ①帕… ②胡… Ⅲ. ①长篇小说－美国－现代
Ⅳ. ① I712.45

中国版本图书馆 CIP 数据核字（2011）第 035253 号

著作权合同登记号：图字 18-2011-055

上架建议：外国流行小说

世上另一个我
作　　者：［美］萨拉·帕坎南
译　　者：胡　绯
出 版 人：刘清华
责任编辑：傅　伊
特约编辑：马冬冬
版权支持：李彩萍
装帧设计：张丽娜
特约监制：孙淑慧
出版发行：湖南文艺出版社
（长沙市雨花区东二环一段 508 号　邮编：410014）
网　　址：www.hnwy.net
印　　刷：北京嘉业印刷厂
经　　销：新华书店
开　　本：880 × 1230　1/32
字　　数：280 千字
印　　张：12
版　　次：2011 年 5 月第 1 版
印　　次：2022 年 1 月第 13 次印刷
书　　号：ISBN 978-7-5404-4842-4
定　　价：28.00 元

质量监督电话：010-59096394
团购电话：010-59320018

目录

第一章　曾经的辉煌

如果亚历克斯不是我的姐姐，我也许不会这么有压力。但在很久以前我就发现，有一个像亚历克斯这样的人在身边时，你会很容易被遗忘、被忽略。从某种意义上说，她的存在成就了今日之我。

我拉开厚重的玻璃门进入邓恩·理查兹 & 克兰兹公司，穿过长长的过道走向经理室，就在那时，前方亮着的一盏灯吸引了我的注意。

办公室这么早就开灯绝非常态。我加快了步子。

赶近几步后我突然意识到，亮灯的正是我自己的办公室。今早四点我回家补了个觉、冲了个澡，可走时绝对锁了办公室的门，还检查过两遍。现在里面竟然有人。

我立刻拔腿飞奔，脑子在惊恐中乱成一团：刚做完的广告故事板收好了吗？不会有人乱动我苦干几个星期好不容易吐血完成的广告案吧？策划案没事吧？——我的整个职业生涯可全指望着它呢。

我冲进办公室，正看见入侵者伸手取我办公桌上的东西。

“林赛！你吓得我魂都没了！”我的助理多娜僵在原地冲我嚷嚷，她正把一杯热气腾腾的咖啡放在办公桌上。

“噢，天哪，抱歉。”我说着，在心里把自己一顿好骂。如果最后我真的沦落到需要网上交友的境地——其实，说不好就是未来分分钟的事——描述“个人特质”的时候，我肯定得列上颇为流行的“被迫害妄想狂”一条。还不如买个路障，把纽约全体单身汉齐刷刷拦在离我三尺开外的地方呢。

“我没想到这么早就有人来。”我跟多娜说着话，呼吸也逐渐平息下来。记住：如果跑个20码就能累得人气喘吁吁的话，那说明是时候去健身馆报名了。最好别去想实际上究竟能去几次，尤其过去两年来我都一直在提醒自己要去办个健身卡。

“今天是个大日子。”多娜说着把咖啡递过来。

“你太厉害了。”我闭上颇有点难受的眼睛，小啜一口咖啡，感觉到黑色液体的魔力流遍了血管。“我正需要来杯咖啡。我没怎么睡觉。”

“也没有吃早饭，是吧？”多娜双手叉在腰上说。只有五英尺高的她站在办公室里，看起来就像一个脸蛋红扑扑、织着蕾丝方巾垫子的老奶奶。这样一个人要是被惹毛了的话，可是会毫不犹豫地从摇椅上蹦起来，端起她的短筒霰弹枪的。

“我会好好吃午饭的。”我绕开问题，躲开多娜的眼神。

尽管已经过了五年，我还是不习惯自己有个助理，更别说这个助理比我大三十多岁、挣的却只有我的三分之一。多娜和我都明白，她是我们两人中间做主的那一个，但让两人都好过的秘诀就是我们在表面上装出相反的样子。有点像我的父母——通常妈妈会听爸爸的，在她毫不让步地逼他接受自己的观点之后。

“我现在去看看餐饮准备得怎么样了。”多娜说，“今天早上找你的电话是不是都不接？”

“是啊，拜托你了。”我说，“除非是急事，或者是创意公司的华特来电话——他对模拟广告案的字体有点抓狂，我得让他平静下来。还有曼特，今天早上要跟他把东西过一遍。让我想想，还有谁，还有谁……噢，格罗斯化妆品公司打来的电话当然全部都要接。”

“噢，天哪，他们会在——”我看看表，提上来的一口气堵在了嗓子眼里，“——两个小时以后到。”

“少安毋躁，小姑娘。”多娜命令道。只有惯于发话的人才会有这种口气。她急匆匆走到桌前，拿过来一个小纸袋装的蓝莓松饼和两片雅维。

“就知道你不会好好吃早饭，所以我多备了些。你又开始头痛了，对吧？”她问道。

“也不是太糟糕。”我一边撒谎一边伸手去接雅维药片，暗自希望多娜不要注意到我已经咬掉了全部手指甲。

多娜终于走出办公室，关上了门。我一屁股沉到大皮椅子里，满心感激地长长啜了一口咖啡。清早的阳光从身后的窗户泻进来，照亮了桌上金色的克里奥奖杯[1]。我伸出一根手指摸摸它，希望沾点运气：每次作报告之前我都这么做。

我又摸了一次。今天要作的可不是一般的报告，意义远远大过赢得又一个百万级客户。如果这次的比稿我真能胜出，成功地在客户名册里加上格罗斯化妆品公司……我费力地闭上了眼睛，不想接着想下去；我可不想让自己走霉运。

我跳起身，穿过房间去看自己那些宝贝作品的照片。这也是重要日子里我的另外一个开运仪式。办公室的一面墙上挂满了样式简洁但十分昂贵的黑色相框，每个相框里都挂了一幅杂志广告：一个穿着红色围裙的爸爸正在烤热狗；一对忙于筑巢的夫妻光脚踩到新地毯上；一个年轻的高管靠

1　克里奥广告奖，全球广告业界最受推崇、最富盛誉的国际性广告大奖赛，于1959年在美国设立。旨在表彰广告业最富创意的精英，鼓舞和奖励现代文化中最为生动有趣、最富有影响力的艺术形式。——编者注

在头等舱的座位上，表情颇为惬意。

想起这个广告的时候，我忍不住笑了起来。当时，经过两个星期、三轮针对目标消费者的焦点小组座谈后，我们才决定弃用“平静”，转而使用“惬意”这个词。可是整个创意差点在最后一分钟报废：因为我挑中的那个模特儿梳的发型，正好跟航空公司老板的前妻一模一样。不幸的是，这个前妻曾经让老板相信，真爱是不需要签署婚前协议的。如果不是当时我在化妆师的箱子里发现了一瓶五美元的定发啫喱，又拉着客户多求来了30秒钟，我们公司就会眼巴巴地看着一桩两百万美元的生意飞掉：输在一个齐下巴的波波头上。客户们都是出了名的难捉摸，而且黄金法则是: 客户越有钱，脑袋越有问题。

今天要见的客户坐拥半个曼哈顿。

我拿起创意团队为格罗斯制作的模拟杂志广告，开始进行第一百次细查，到处翻找小毛病，尽管它们并不存在。我已经在这个广告案上扎扎实实花了三个星期，苦苦地琢磨每一个细节，今天在会议室我会有十分钟时间陈述所有内容——我看了看表，心跳漏了一拍。

跟其他广告公司不一样，我们的企业文化是：创意与商业工作之间的界限颇为模糊。如果你想在邓恩 · 理查兹 & 克兰兹公司顺利发展，一定要两样都玩得转。当然，这也意味着这次报告的责任会由我一个人独自承担。

最糟糕的是（就是这事让我胃里翻江倒海，好不容易睡着了之后却在凌晨三点又从梦中惊醒）：我全部的努力——所有又臭又长的周末加班也好，半夜的电话会议也好——可能都是白花力气。如果格罗斯的老板否决了我的广告案——如果我擦的香水不合他的意，或者文案里某个花哨的形容词触动了他的神经——成千上万的代理费就会哗啦啦地从我的指缝里溜掉。曾经有一次，一位拥有连锁豪华酒店的日本大亨听了一场棒得不得了的广告案报告后，只哼了一声就毙掉了它。该创意花了两个月时间，由我们公司的总裁亲自坐镇监制——这里说的可是那种会得广告奖、会让每个人兴奋地评头论足的创意。他的助理开心地为我们解释大亨的行为："他不喜欢蓝色。"结果就是这样，再没有机会把广告案的颜色调换掉。现场只剩下一群目瞪口呆的广告公司高管挤成一团，就像一群被赶到出口的绵羊：现在他们说"Konnichi-wa!"的本事再也用不上了。

我又从书桌抽屉里翻出一片秘藏的雅维吞下（多娜可不知道我藏了这些东西），一边用一只手揉脖子上的硬块，一边盯着我的团队为格罗斯制作的模拟广告。

格罗斯化妆品公司上个月主动向我们伸出橄榄枝，透露说他们可能会从现在聘请的广告代理那儿跳过来，我们的总裁——他叫曼森，是个42岁的营销天才，总穿红色的匡威运动鞋，即使搭配的是他的晚礼服——把公司五个顶尖的创意团队叫进了他的办公室。

"格罗斯想给封面女郎[1]点厉害瞧瞧。"曼森说着猛灌了一口立顿（立顿是我们的一个客户），在他的橡木会议桌上啪啪地敲着一支比克笔（比克也在我们的客户名单上）。曼森对公司客户十分忠诚，有一次他从一家四星级酒店退住，只是因为酒店主厨拒绝把卡夫田园酱换成香槟松露酱。

"格罗斯的策略强调平易近人。"曼森继续说，"把林荫大道上的公主们统统忘掉，我们这次要瞄准的是学校老师、流水线上干活的姑娘，还

1 封面女郎，Cover Girl，美国最受年轻女孩喜爱的时尚彩妆品牌。——编者注

有公司前台。”他的眼神绕着桌面瞟来瞟去，把我们所有人都刺出了几个窟窿。我还可以发誓有那么两分钟，他连眼睛都没有眨过。曼森长着一个灯泡形状的秃头，从他的眼神中读不出内心世界，这让我联想到了外星人。每次他进入眼睛不眨的恍惚状态时，我都深信他正从母舰上下载数据。我的助理多娜认定他只是需要再多吃一些维生素C；她总是吵他，让他喝美汁源果粒橙——美汁源也是我们公司的一家客户。

“格罗斯上一支广告的记忆率怎么样？”桌子另一头有人问。是小浪妞雪儿，她从会议桌中段的座位上站起来取立顿茶喝，两个大胸简直像要从紧身白衬衣里爆出来。

“我来拿给你吧？”公司助理艺术总监曼特提议道。如果你不认识曼特，只听他说这些话的语气，不定觉得他有多纯洁无辜呢。

曼特是我的办公室死党，其实也是唯一一个真正称得上朋友的人。真奇怪，我们公司这么一个虐待狂集中的俱乐部，表面上却显得其乐融融、彬彬有礼。

“我够得着。”雪儿语气生硬地朝后一甩栗色头发，一扭腰走开了。曼特朝我飞了个眼色。公司会议已经开过不下上百次，你可能以为雪儿终于可以找到一个简单点的办法来喝水了，可是看看她——日复一日，她都在极力模仿猫头鹰快餐连锁店里拉拉队员侧身收小费的姿势。一切纯属巧合：每次她问问题的时候都正好赶上口渴，因此所有人的目光都会再次聚焦到她的身上。

“封面女郎上一支广告片用了奎因·拉蒂法[1]，记忆率有30%。格罗斯

1　奎因·拉蒂法（Queen Latifah），20世纪90年代美国最著名的女性Hip-Hop歌手之一，90年代初开始银幕表演生涯，以性格开朗的形象日益受到欢迎。2003年因《芝加哥》获第75届奥斯卡奖最佳女配角提名。——编者注

最近一支广告是20%。”曼森随口答道，连翻也没翻一下记录。他有一个好得不得了的记性，客户对他的宽容不是没有原因的。

我理解为什么格罗斯会打听其他的广告代理了。20%可不是什么好业绩。

在广告这一行，记忆率是最有效的工具之一。基本上，这个比率说明看了广告的人有几成能够真正留下印象。跟我一样任职创意总监的雪儿某次负责一支狗粮广告，记忆率达到了41%。她定了好几打写着“41”的气球，塞满了整个办公室。含蓄，跟松垮垮的套头衫一样，不在她的基因里。我发誓，这么说绝不是因为我从来没有超过40%（顺便说说，我设计的广告突破四十个百分点已经三次了，是本公司的最高纪录）。

“拨出五个创意团队来做这个单。”曼森说，“三个星期后把广告案给我做好。最好的两支向格罗斯汇报。”

所有人都起身离开，曼森向我走过来。雪儿正在慢悠悠地收拾东西，装出没有在偷听的模样。

“我要这个客户。”他的淡蓝色眼睛紧紧盯住我的眼睛。

“他们的预算有这么高吗？”我问。

“不高。他们抠门得要死。”他说话的样子很开心，“往上数数我们刚签的三个客户。”

“家庭保健方案、矫正床垫、成人护理垫。”我一口气报出一串客户名。

“是成人纸尿裤。”他纠正道，“势头坏透了。我们快成大小便失禁的老东西们的专用代理商了。我们需要18到35岁年龄段的客户。林赛，给我搞定这一家。”他刚刚闭上嘴，雪儿也不再收拾手里的文件。我和她都朝曼森靠了过去。

“用不着我来告诉你这件事对你的意义有多大。”曼森说，“仔细想想最近要发生的重大事件。格罗斯的比稿报告之后紧接着就是选拔。赢得这家客户对你来说比什么都关键……”他的声音低了下去。

我知道曼森在暗示什么。所有人私下都很清楚，我们公司准备提升一个新的创意总监副总裁。这个副总裁的头衔不仅意味着薪水暴涨，还意味着不少随之而来的好处：六位数的奖金，丰厚的401k养老保险金，往来机场有车接送。这个职位意味着我会买得起上西区小小的、舒服的单身公寓，意味着头等舱和可以报销大笔的公费开支。

它代表着成功，而这对我来说是唯一重要的事情。

“我现在就去做。”我说着匆忙跑出办公室，一头扎进了格罗斯化妆品的世界。

从那以后，我埋头苦干了三个星期，才最终喘了口气。

我又咕噜咕噜灌下了几口咖啡，终于把广告案检查完了。像错别字这样的小错误也有可能终结我的职业生涯，不过手里的广告案一点瑕疵也没有。这是我的“凌晨三点宝贝”，是超量咖啡因、一整袋土豆片（不过可是一小把一小把地吃的。每次吃完几把，就封好袋口放回自己的食品格里）和我如约而至的老床伴——失眠所结成的邪恶同盟一起诞下的结晶。格罗斯想要从封面女郎那儿分走一大块蛋糕，可他们不想花钱雇哈莉·贝瑞和凯莉·罗素那样的名模。我的方案兼顾了两头。

曼森对方案很满意；现在我只需要在格罗斯的老板兼CEO面前好好表现，赢得比稿。我又扫了一眼手表。他们的豪华轿车将在96分钟后开到我们公司的楼下。再过76分钟，我就会下楼，等待迎接贵宾。

我按响了内部传呼装置的按钮。“是多娜吗？餐饮公司的人到了吗？”

“如果他们现在还没有到，我会不通知你吗？”她的口气很冲。多娜讨厌我乱猜疑她。“不过他们准备的是康考特葡萄。”

“该死！”我一跃而起，把自己的咖啡撞翻到了地板上。我从最上层的抽屉里扯出几张面巾纸，擦干净桌面，“我现在就赶到食品店去——”

“放轻松，”多娜说，“我已经去过食品店了。现在冰箱里已经冻上无籽绿葡萄了。时间来得及。”

用红葡萄而不是绿葡萄，这样的细节足以毁掉我的整个职业生涯。

“谢谢。”我吸进一口气，心脏不再发出雷鸣一样的声音。我又伸手拿了一片雅维，像街头醉汉一样信誓旦旦地向自己保证：绝对是最后一片了。至少在午餐前。

我准备得完美无缺。雪儿和我各自赢得了一个向格罗斯作广告案陈述的名额，她是个不按常理出牌的人。她的不少方案都缺乏新意，但在争夺机会的时候，她简直花样百出。我拼命想偷看一眼她的故事板，但是我知道她就像FBI保护人质一样严密保护着它。跟我一模一样。

雪儿今年33岁，比我大四岁，她工作很拼命。但我更拼命，我与工作同呼吸，睡觉都枕在工作上。一点都不夸张，如果不是多娜注意到沙发垫子在我头上硌出了印子，然后劈头给了我一顿痛骂，我简直都找不到理由在晚上离开办公室回家睡觉。尽管已经在纽约住了七年——自从邓恩·理查兹 & 克兰兹到西北大学研究生院进行校园招聘，给了我一个职位——可是在这个城市里，我只有一个真正意义上的朋友：曼特。我除了工作没有给任何人、任何事情留下一点空余的时间。

第一章

“林赛？”多娜探了个头到我的办公室里，“你妈妈打来的电话。她说她在医院里。”

我一把抓起了话筒。是爸爸出了什么事吗？我就知道，从联邦政府退休对他来说可不是什么好事；他立刻投入到了艰苦卓绝的花园大战中，对手是我们的邻居——辛普森先生。两年前，回家过感恩节时，我不得不出手拦住爸爸，不然的话他肯定会爬上楼梯，从两家分界的地方把辛普森先生家伸到我家的树杈全都锯掉。（去年我没有回家过节，因为有个任务到截稿前一分钟才交到我的手上：要给一个位于圣卢西亚的度假胜地赶制广告策划，该地区正处于自然保护区发展的疲软期。）

“噢，宝贝，你肯定不相信发生了什么事情。”妈妈深深地叹了一口气，“上个月我订了一份《奥普拉》杂志，记得吗？”

“唔——是的。”我一边撒谎，一边好奇这么一个开头怎么会以狂奔到医院给爸爸重新接上前臂收尾。

“所以我买了11月号，填好了里面的订阅卡。”妈妈看来已经舒舒服服地聊起天来了，“你知道那些小卡片吧？经常从杂志里面掉出来，把地板弄得乱糟糟的。我不知道他们为什么非要放这些卡片进去，我猜他们觉得如果你一遍又一遍地看到卡片，就真的会订阅杂志。”

她停了下来，陷入了沉思：“不过我真的是这么做的，所以我凭什么批评人家呢？”

“妈妈，”我把电话放进耳朵和肩膀之间，揉着自己的太阳穴，“没出什么事吧?”

妈妈叹了口气。“今天我刚刚收到第一期《奥普拉》杂志，是11月号！当然，我已经读过这一期了。”她的声音低了下来，好像正在小声跟我分享什么机密，“你爸爸也读过了。不过你还不知道这个消息呢。这么一来，我付了12期杂志的钱，却只能拿到11期。”

“林赛？”多娜又出现了，“曼特来了。要他进来吗？”

“让他进来。”我捂住话筒回答。

妈妈还在说话，“……简直就像给你下了一个套，他们说‘比封面标注价格省14美元’，可是你拿到的却是两期一模一样的杂志，两份你都付了钱，而且算上税的话其实只省了10美元45美分——这可是你爸爸笔算出来的——而且——”

“妈妈，”我插话说，“你是在医院吗？”

“是啊。”妈妈说。

沉默。

“嗯，妈妈？”我说，“你怎么会在医院里？”

“我来探望玛格鲁特太太。记得吧，她做了一个盆骨手术，六个星期都不能爬楼梯啦。上次我来探望的时候，发现候客室只有《高尔夫杂志》和《焦点》杂志，我就想，我有两份《奥普拉》杂志，有什么用吗？可能其他人会喜欢呢。对了，杂志上还有一个低脂奶酪蛋糕食谱，要奶油打好起泡的——窍门是苹果酱，比什么都重要——”

“妈妈，我会弄好食谱的。”我打断她插进一句话，我脑袋里的压力已经开始沸腾，不这么做的话，我会立刻像一只茶壶一样尖叫起来，“我会直接打电话到奥普拉的办公室要食谱。”

曼特走进我的办公室，一条眉毛抬得高高的。他穿着一件黑色外套，搭配一头卷曲的黑色头发看起来不错。要告诉他，他穿黑色很配，我心不在焉地想。

“谢谢你，宝贝。”妈妈听起来对没能挤占更多时间有一丁点失望，“有个能够找对人的女儿真不错。”

“跟斯特曼说，什么时候我们应该一起再坐飞机去钓鱼。”曼特靠过来小声说，我用大拇指和食指比成一把枪，发出一弹正中他的胸口。

“顺便问一声，你有亚历克斯的消息吗？”妈妈问。

我应该猜得到，不提到我的孪生姐姐，这通电话是完不了的。如果妈妈夸奖了我，她也一定会说点亚历克斯的好话。有时候我都好奇，亚历克斯和我变成现在这副争强好胜的模样，是不是因为妈妈一直坚持一丝不苟地公平对待我们两个人。也许是的，我想，能把自己的缺陷安心推到父母头上，让人感觉很舒服。

我叹了一口气，瞄了一眼手表：倒计时还剩58分钟。

“奥普拉，”曼特抓住胸口，在我的办公室地板上打滚，哑着声音说，“招齐你的天使网络吧。我看见……一道……白光。”

“电视台已经给亚历克斯加了时段！”妈妈说，“现在她周三和周五都会上电视，不只有周三了。这不是很好吗？”

每次一知道我有个双胞胎姐妹，人们问的第一个问题总是我们是不是长得一模一样。当然了，除非他们看见我和亚历克斯在一起，那样的话他们就会皱起眉毛，眼睛也不正视我们。当他们结结巴巴地发问时，你几乎可以看到他们的脑子已经乱成了一团：“双胞胎？可是……可是……你们两个人看起来一点也不像啊。”

双胞胎能长得有多么南辕北辙，亚历克斯和我就有多不像。我总觉得我看起来像小孩画出来的人像：用直直的褐色线条描出头发、眉毛、眼睛、鼻子、嘴巴、耳朵，统统在正确的地方，一个不少。一点也不出奇；

就是随手贴在冰箱门上的一幅素描，直到它被购物单和记事卡淹没，被人们彻底遗忘。至于亚历克斯……好吧，没有别的词可以形容了：她美得不得了。无可挑剔，夺人心魄，光彩四射。显然，还是有些别的词可以挑出来用的。

她在高中时就开始了模特儿生涯，一个星探在商场发掘了她。尽管在纽约她一直都没能成名——因为她的身高只有五英尺六英寸——可是在我们的家乡，华盛顿郊区的贝塞斯达（Bethesda），她一直很有市场，接的工作从没有断过。几年前，她找到了一份兼职，替NBC所属的一家电视台做名人八卦节目（也叫“娱乐节目”，她傲慢地这么称呼）。每个星期有三分钟——现在她出场的时间翻倍了，达到了六分钟——她会在镜头前面跟那些搞影评的人一起逗乐，采访最近在华盛顿拍摄最新政治剧情片的明星们。

我知道，我知道，我听见你问她长得怎么样了。所有人都想知道她的样子。亚历克斯是一头红发，但不是像麦当劳叔叔一样乱蓬蓬的红头发，也没有长一脸雀斑，仿佛杰克逊·波洛克（Jackson Pollock）的抽象画里随意的斑点。她的长发是光滑的深红，在不同的光线下会透出隐隐的金色、驼色或者巧克力色。无论她走过城市里哪一个街角，都会有女人来央求她想要染发师的名字。当然，她的头发颜色是天生的。她的皮肤是“红头发人容易晒黑”的明证，它轻易就可以被晒成古铜色；她的杏仁眼介于蓝色和绿色之间，鼻子又挺直又小巧，所有美丽乖巧的小鼻子都长成那副模样。我爸爸现在还能穿上他高中时期的裤子，亚历克斯遗传了他的基因；从一长队壮实的、在中西部种玉米的农民中间，我的妈妈探出头来热情欢呼，我遗传了她的基因。不过我从来不抱怨。

“过一会儿，我会打电话给亚历克斯道喜。”我告诉妈妈。

“噢，她已经定了婚礼的摄影师。”妈妈说着又拐向另外一场聊天，谁让两个话题沾了点边呢。亚历克斯即将举办的婚礼可以让我们的电话线嗡嗡响上好几个小时。

“我得走了，”我插话说，“今天早上有重要的事情。我要争取一个新客户，他们早上从艾斯本飞过来。”

“艾斯本？”妈妈说，“他们刚滑雪回来吗？”

“真正的有钱人去艾斯本都不是为了滑雪，”我告诉她，“他们是去结交其他有钱人。我这个客户的豪宅在汤姆·克鲁斯的隔壁。”

“他们是电影明星吗？”妈妈拖长了声音尖叫起来。这个女人的确热爱她的《人物》杂志。爸爸也是，虽然他绝对不会承认。

“比电影明星强。”我说，“他们是亿万富翁。”

我挂上电话，咬了一口蓝莓蛋糕，可是蛋糕尝在嘴里就像木屑一样。不是蛋糕的错，是有个讨厌的想法在烦我。我告诉了妈妈作报告的事情，亚历克斯一定会得到消息：你是姐妹中漂亮的那一个，可是永远不要忘记，我是成功的那一个。不要误解我的意思；我爱亚历克斯——她完全可以既迷人又坦白还风趣——可是也没有人可以像亚历克斯一样让我恼火。在她的身边，我像摩天大楼交通高峰期的电梯控制仪表盘一样忙乱。我们完完全全是两个对立面，从来都是。仿佛我们的基因在子宫里开了一个会，把好处进行了分配：我愿意把性感外表的份额拿来换双份的组织技巧，当时我的基因肯定是这么说的。成交，亚历克斯的基因回答说，还有，如果你签了这份表格出让长腿的话，可以把我的职业道德也拿走。

我和亚历克斯除了血缘关系之外，其他找不出任何相似的地方。亚历克斯不单单会抓住镜头，她简直是把它一把摔到地上，一脚跨坐在上面，把对手的四肢牢牢地钉在地板上，好让镜头一直跟着她。这甚至都不是她的错，聚光灯喜欢受她摆布。见到她的那一秒，聚光灯就尖叫一声："天哪！"人们被亚历克斯的光彩耀花了眼。男人们给她送了无数的酒，她到现在居然还没有加入戒酒协会，简直是个奇迹；女人们迅速打量她一眼，就会记住她的着装，向自己许愿要买下这么一套。因为，如果穿在自己身上有在她身上一半好看的话……甚至在杂货店的长队里，当她排在连路都走不稳的小宝宝后面，他们也会停止哭泣，带着眼泪向她露出笑容。

如果亚历克斯不是我的姐姐，我也许不会这么有压力。但在很久以前我就发现，有一个像亚历克斯这样的人在身边时，你会很容易被遗忘、被忽略。从某种意义上说，她的存在成就了今日之我。

我放开蛋糕，瞄了一眼曼特。他摊开四肢大大咧咧地躺在我的沙发上，一条腿跷在扶手上，几乎快要睡着了。他为什么总是能够在公司的一片混乱和狂乱中保持平静呢？真是一个谜。我一定要问他讨诀窍。等有时间的时候吧，现在可不行，再过44分钟我就必须下楼了。曼森把接待客户的差事交给了我，因为我的报告排在前面，之后雪儿会送他们上车。

"我们能再预演一遍吗？"我恳求道。

"昨天我们已经预演过12次了。"曼特一边提醒我，一边打哈欠。他困意十足地睁开一只棕色眼睛，瞥了我一眼。

"没错，没错。"我说着把书桌上的铅笔摆得整整齐齐地对准订书机，"我不想演习过头了。"

"别弄了，强迫症女孩。"曼特说，他从沙发上站起来，吃了一口我的蛋糕，"唔，你怎么连这样的东西都能忍住不吃？"

第一章

“我吃了一把雅维当早饭。”我告诉他，“纤维含量很高的。”

“你没救了。”他说，“今晚的派对是什么时候？”

“七点半。”我说，“帕姆会来吗？”

帕姆是曼特的新女朋友。我还没有见过她，不过我想见她想得要命。

“没错。”他说。

今晚是我们的办公室节日派对。

也是新创意总监副总裁人选揭晓的时候。

“紧张吗？”曼特问我。

“当然不。”我撒谎说。

“别再吃雅维了。”曼特命令道。我正不自觉地向书桌抽屉伸出手，他啪的一声拍在我的手上。“拿上你的故事板，我们去会议室吧。你非常厉害，你自己心里清楚，副总裁小姐。”

就这样，我胃里那块冰冷的不安的结化开了一丁点。我已经提过：曼特是我在公司唯一的朋友。

加长豪华轿车在迟到了40分钟后缓缓驶进公司大楼外的一个车位，我赶紧赶到路沿，挂上一副欢迎的笑容。我希望自己看起来还过得去。今天我选择的是职业化、简洁明了的风格，算是十分幸运，因为我的柜子里只有这种风格的衣服。我穿着一套经典的黑色阿玛尼裤装、象牙色丝绸上衣、黑色露跟鞋。头发像平常一样打了一个结绾起来，耳环是一颗珍珠周围点缀上一圈钻石——上周刚刚送给自己作为29岁的生日礼物。乏味了点，是的，不过也安全。我想要客户被我的工作所吸引，不是我自己。

“芬斯特美克先生？很高兴认识您。”当格罗斯王国的国王一边抱怨一边把矮胖的身躯挪出轿车时，我连忙上前迎接，仿佛他是威廉王子。

“这位肯定是芬斯特美克太太了？”我说。

说得好像我还没有读过半打关于芬斯特美克一家的杂志人物报道，好像我还没有认真钻研过他们的照片，以至于可以从上千个人中间认出他们来。比起魅力十足的亿万富翁，他看起来倒更像一个从布鲁克林区来的卖肉屠夫，可是他的妻子——这一位是第三任——可不仅仅是补足了她丈夫缺少的魅力那么简单。她完全可以扮演邦德坏女孩，那种动动手指就可以切开男人喉咙的冷冰冰的金发女郎。芬斯特美克先生握了握我伸出去的手，芬斯特美克太太则朝我点了点头，都懒得摘下超大的普拉达墨镜。

“希望您从机场过来的路上没有塞车。”当我们进入大楼，走过闪闪发光的大理石地板迈进电梯时，我说。他又抱怨了一通，她则根本懒得回答。我讨厌电梯间里所有人都不说话，会让人尴尬得很。不过，显然芬斯特美克夫妇没有沾染上我的偏见，这意味着电梯里的沉默成了我最新的亲密伙伴。

“我会报告我们公司的第一个广告案。”走出电梯时，我说，“我们的总裁曼森·格姆也会参加。你们见过他的。不过，先让我给你们拿点饮料过来。”

我把芬斯特美克夫妇领进公司的椭圆形会议室，会议室的玻璃墙展露出一片绚丽的城市风景。虽然我已经无数次见过这幅景象，但它仍然令我无法呼吸。我们脚下是互相挤塞抢道的黄色出租车，人群聚成一团团正在街头摊贩处买热乎乎的椒盐圈饼，要么对着手机吼叫，要么无视交通信号灯一窝蜂地穿过街道。到处有人在竖中指，游客们咔咔地按下快门，鸽子发出咕咕的叫声。两个穿着长袍的男人被一大群人密密麻麻地围住，他们不是在敲鼓，而是在砰砰地敲一些被翻了个底朝上的桶。我以前听过这两个人的表演，他们真的很不赖。如果你偏偏头朝北方看，会正好看见中央公园的绿地，上面满布着人行道、小狗乐园、喷泉和游乐场，还有世界上最棒的室外剧院。我们的脚下，是整个纽约——那个乱哄哄、吵嚷嚷、生机勃勃而遍布机遇的城市。不过芬斯特美克夫妇连看也没有看一眼玻璃窗。也许从他们的私人飞机过来一路上的风景更好。有报道说，他们的私人飞机配着一张按摩台，还有精选过的单一麦芽威士忌，以及双人玻璃浴室，每一个都有六个喷头。芬斯特美克太太曾经想装一个“极可意”按摩浴缸，但是联邦航空管理局告诉她，要是加上那个重量，飞机会有坠毁的危险。显然，听到“不行”这个词之后，她的反应跟一个超级不耐烦的两岁小孩差不多。

我的故事板和广告预案还好好地放在架子上，一块布松垮垮地遮住了它，让我看了很开心。我绝不会把报告材料放在雪儿近旁让她得手的。说真的，几年前我就掉过准备作报告用的材料，我在报告开始前十五分钟从垃圾堆里把东西找了出来。雪儿说要怪在清洁工头上，可是她闻起来非常可疑，有臭鸡蛋和湿报纸的味道。（也许，在个性一项上我用不着列上“被害妄想狂”这一条，而是升级到“肛门滞留人格[1]、神经质单身工作狂”的一栏。我最好雇个保镖把身边的男人都赶开。）

“超浓咖啡？”芬斯特美克先生一坐下就嘀咕。

据我了解他对于花钱和说话都有同样吝啬的劲头，当然他的私人玩具除外。

1 anal-retentive，指具有谨小慎微、贪婪和固执的性格特征的，源于与儿童时期克制粪便排泄产生的快感有关而形成的习惯、态度和价值观。——编者注

“当然。”我一边回答，一边在心里感谢去年的《纽约》杂志专访，报道提到过他基本上只喝超浓咖啡。

我从一只银色保温壶里倒出超浓咖啡，满上一只小小的瓷杯，在杯沿放上一片柠檬。我转向芬斯特美克太太，她正用便携化妆镜照自己的血红色嘴唇，仿佛它侮辱了她。

“您还是想喝常温的圣培露矿泉水吗？”我问道。

她啪的一声合上便携化妆镜，眼神落到我准备好的光亮的木质餐具柜上，上面放满了他们各自喜爱的小食——给芬斯特美克先生的是烟熏鲑鱼、涂着香葱奶油乳酪的比格圈，芬斯特美克太太的则是冰冻有机葡萄。当然，是绿葡萄。我还从城里最棒的面包店叫了羊角面包、小松糕、切片的进口水果和鲜榨果汁，以防我打电话询问芬斯特美克先生的口味时，他的助理给我的消息是错的。多娜也等在一边，随时准备出来帮忙。

我满带笑意的嘴唇上刚刚涂过格罗斯的“樱桃炸弹”，整个房间流淌着的味道是格罗斯公司的标志性香水——“热度”。一个水晶花瓶里插满了泰国进口的紫色兰花——据芬斯特美克太太的私人秘书说，这是她最心爱的花——放在会议桌的正中间。

芬斯特美克夫人第一次正眼看了我一眼。至少我觉得她看了；在查看过口红以后，她又戴上了太阳镜，不过她的脸好歹朝我所在的方向转了一转。

“你一向都这么周到吗？”她问道。声音听起来不像好奇，倒是流露出一股厌倦。

这时曼森大步走进了会议室，他的匡威运动鞋在木地板上嘎吱作响。

“我敢保证她一直都是这样。”他说，“林赛属于最棒的一拨。要是她接手的话，你完全可以放心，而且你肯定会爱上她为你们准备的东西的。我知道你们都是大忙人，那我们现在就直接开始吧。”

他转头看着我：“准备好了？”

我点点头，向会议桌的起端走去。阳光刚刚钻出云层，房间在一瞬间被照得透亮。看来是个吉兆。我那剧痛无比的头、脖子上的肿块、一只手上被咬得太厉害还在隐隐作痛的指甲，还有一心渴睡的身体——在三个重量级人物的眼睛朝我转来的时候，都统统烟消云散。所有人都等着听我要说什么，等着我用技巧、才智和策划倾倒全场。小松糕在嘴里留下的苦味消失了。现在，我唯一能够尝出来的是副总裁的滋味。

报告已经进行了三分钟，情况甚至比预想的还要好。我已经拉下了盖住模拟杂志广告的幕布，露出了安吉丽娜·茱莉的大幅照片。她的丰唇跟平常一样稍稍撅起，著名的浓密头发从面孔向后吹开——拍照的时候，两个追星族好意帮忙吹风，不过还是花了我半个小时的工夫来调整角度，结果从周六晚上一直忙到了凌晨两点钟。

只不过，画中人并非真正的安吉丽娜·茱莉。格罗斯公司的人都是吝啬鬼，记得吗？我从顶级模特儿公司里找到了一个翻版安吉丽娜，一个14岁、来自俄罗斯的学生妹，一句英文也不会说。她那个怒气冲冲的爸爸到哪儿都跟着她，他听说美国遍地都是随身携带可卡因的摄影师，因此一心提防着他们。可怜的化妆师就因为给了他一块Tic Tac糖，到现在还没有完全康复。

照片下方的文字既明了又厚颜：“难道这不是……”

再下去，用小一些的字体写着：“搞错啦，不过你仍然可以拥有她的丰润红唇。格罗斯‘樱桃炸弹’，只需轻轻一涂，立刻改头换面。翻版布拉德·皮特不属附送品。”

芬斯特美克先生读着广告文案，嘴角轻微抽动了几下。芬斯特美克太太的太阳镜还朝着我所在的方向，我觉得这是一个巨大的胜利。

“我们将会同时启动平媒广告和长达三十秒钟的电视广告。”我的声音很自信，站得笔直，“我建议首先渗透中西部城市，比如芝加哥、印第安纳波利斯、圣路易斯。我们可以用焦点小组座谈来检测不同名人在不同地区市场的影响力，然后在推向全国之前稍作调整。如果测试显示詹妮弗·格勒在艾奥瓦有人气，那我们就在得梅因[1]放这个广告。”

我又揭开幕布，展示我为三十秒电视广告所做的故事板。它讲的是一个平凡女孩（如果知道大多数模特儿素颜时看起来有多么平凡，你会吓一跳）在对封面女郎冷嘲热讽：“当然，女明星们都艳光四射；她们完美无瑕的皮肤可是有人买单的。但是我们其他人呢？”

镜头迅速切换到她的化妆包上——里面装满了黑银相间的瓶瓶罐罐，全是格罗斯的标志性产品——还有，瞧！平凡女孩借用现代睫毛膏的奇迹，瞬间变身成为詹妮弗的模样，画外音念出我们的终场词：“格罗斯：艳光四射每一天。”

“把广告攻势拓展到太平洋沿岸地区时，”我接着说，“我们可以试试在电视剧里植入广告。德鲁·巴里摩尔正在为HBO拍一部新的电视剧，主角是在时尚杂志工作的一群人。这部戏会是今后十年的又一部《欲望都市》。我们应该跟他们谈谈植入广告的事情。”

“要花多少钱？”芬斯特美克先生咕哝了一句。

1　Des Moines，位于得梅因河畔，地处艾奥瓦州中部，艾奥瓦州州府。——编者注恐怕不比你不得不丢掉的“极可意”按摩浴缸更贵，我想。

“初期需要八百万。”我一边说，一边花心思确保自己的声音听起来理直气壮。

“你能保证我都会赚回来吗？”他问道。

“我相信我们的优良纪录不言自明。”我说，“除非你让我们先把钱花出去，否则我们是没有办法帮你赚更多钱的。”

芬斯特美克又在咕哝，他的大蒜鼻头上沾着一小块奶酪。

“我可以发誓这是安吉丽娜。”他几乎是在自言自语，然后又去看我的模拟广告案，“上个星期我才见过她，她想让我给什么孤儿院捐款。”

他不停地在手上拍来拍去，仿佛那家孤儿院是一只让人心烦的苍蝇，他要把它赶走。

“我们的目标客户每多花一秒钟看这个广告，想弄明白究竟是不是安吉丽娜，就意味着格罗斯品牌又在他们的潜意识里多占据了一秒钟。”我说，“在法律允许的范围内，我们会把广告上的字做得能多小就多小。”

我还有最后一段报告。我走到排成一排的三个画架前，掀开幕布，露出三张照片。

“整形医生进行的调查显示，女人们想要安吉丽娜的嘴、凯拉·奈特利的眼睛和卡梅隆·迪亚兹的颧骨。”我一边说一边指向三位明星的大幅照片，“在格罗斯化妆品的所有包装后面，我们都会附上一个图表，告诉女性如何模仿她们最喜爱的明星的样貌。比如，凯拉在走红毯的时候通常都会刷黑色睫毛膏，涂桃褐色系的眼影。这些颜色在格罗斯产品里都有，我们用不着再做研发，大家都知道研发是要花大钱的。我们只要把产品重新包装，再进行推广就行。”

我走回会议桌的前端，直视着芬斯特美克先生。我知道他才是拿主意的人，他在大学二年级时就辍学，白手起家建立了自己的帝国。在斗牛犬一样傻的外表后面，是一个精明利索的头脑。

“我们卖的不仅仅是口红，”我说着放低声音，减慢了语速。没错，我正在环绕三垒，使尽全部力气准备奔向本垒，“我们要让美国所有女人的少女梦成真，她们全都会变成电影明星。”

芬斯特美克点点头，嚼也没嚼就吞下了又一个比格圈。

“有问题要问吗？”我说，“没有？那荣幸之至。”

这一次芬斯特美克先伸手过来握了我的手。这是一个不太引人注意的细节，但我感觉曼森注意到了。我点点头，朝芬斯特美克太太送去一个微笑，向门口走去。

“干得好，林赛。”当我经过曼森身边时，他压低声音说。

一走出会议室，我就忍不住了。在发言或者给客户作报告的时候，我从来不怯场，但是只要一完事，我立刻开始颤抖，嘴里发干。

“怎么样？”我刚跌跌撞撞地走进曼特的办公室，他就开始问我。他的办公室就在会议室正对面。

我整个人瘫进一张椅子里，把自己的头搁在两个膝盖之间。

“有这么好？”他一边问一边放下摄影师送来的印有火鸡的样片——曼特在做一个巴特波尔（Butterball）公司的广告——他正在用一个小型放大镜仔细看那些照片，“一般来说，你只是脸色变白而已。按此规律推测，如果这次你想吐的话，看来干得真的不错。”

“让我歇口气。”我哑着声音说，等着血液涌到头顶，“在结束的时候，他好像笑了笑。这是好事，对吧？她点了两次头。她的表情一直都没有变过，可我想那是打了美容针的缘故。”

“总比朝你扔冻葡萄的好。”曼特附和说。

“很有帮助。”我说完抬头看着他。这是今天我第一次满面笑容。这一次可是真心实意地笑，我惯常的职业性微笑不是发自内心，“还很鼓励人，很乐观。我想，所有该说的东西我刚才都没有漏。焦点小组反馈，杂志植入广告，预算跟销售目标挂钩……”

“这桩生意跑不了。”曼特插嘴道，“我听见曼森在电话里说，你的广告案把雪儿的创意打得落花流水。”

“他是这么说的？”我迫不及待地问。

“没说这么多。”曼特说，“我只是想要你别再喋喋不休了。”

“你这个大骗子。”我说着扭头到走廊的方向看雪儿是否正朝会议室走。“你这么一个大骗子，我怎么敢相信你说的话呢？天哪，我真希望能签下——”

“等等，我能问你一件事吗？”曼特又插嘴说，手里摆弄着一支黄色的水笔。他用这支笔圈出他最喜欢的照片，“你为什么想要那个副总裁的位置？”

我瞪着他。

“说真的，好好想想。”他说，“告诉我为什么你这么想要那个位置。”

“我怎么会跟一个辅修心理学的家伙成了朋友？”我呻吟道，“我恨你这么干。”

“典型的逃避案例。”曼特装出在笔记本上乱画的模样，“瞧，你现在赚得不少。你干活努力。升职代表的只是拿更多钱，干更多活。这真是你想要的吗？”

“多得多的钱。”我指出。

“好吧，会有多得多的钱。”曼特说着朝后仰了仰，把两只脚放在他的桌面上，“但是你挣得已经非常多了。我可以说得再坦白一点吗？这段时间你看起来不太好。”

“嘿。”我感觉有点受伤。也许我还是不应该告诉他黑色跟他很配，也许我该告诉他紫红色最好。除非他是认为我最近实在瘦得过分了，那一切都可以原谅。

“你从来不睡觉吗？”曼特问，“上周我收到你的一封邮件，发件时间是凌晨两点钟。”

“辅修心理学专业加上侦探技能。”我开玩笑说，“简直是夺命组合啊。”

“林赛。”曼特换上了他严肃发话时所用的嗓音。或许当他当了爸爸，他的孩子把Crisco黄油罐头洒在了狗身上的时候，他也会使出一副同样的腔调来教育他们。“我早就想跟你谈这件事了，不过你总是很忙。我担心你。”

“曼特，你真贴心。”我说，“不过我很好。”

我又转头去走廊侦察雪儿的动向。

“你看，你都没有听我说话。”曼特抱怨道，“你知道你想当副总裁的话简直胜券在握。就算雪儿拿到这一单——她做不到的，你比她棒——但是就算她这次赢了，你手上的业务还是比她多得多。所有人都知道你会升副总裁。多娜已经送了一张卡出去让大家给你签名了。你能不能就听我说两秒钟？”

第一章

“大家真的觉得我会升副总裁吗？”我兴奋地问，“你跟谁谈过？”

曼特大声呼出一口气，好像我在试探他的耐心。

“你得去休个假。”他说，“你上次休假是什么时候？而且你也该再出去约会了。除了工作，你的生活需要一些别的东西。”

“我约会啊。”我非常恼火地说。

“过去六个月总共约会了两次。”曼特说，“不算。”

我没有办法争辩：其中一次约会对象是一个跑马拉松的，他一口气连吃了三篮子面包补充碳水化合物，花了90分钟谈论他的训练养生法——长话短说，该法规定要把一只脚放在另一只脚的前面。我还跟一个兽医约会过，但是由于我对猫过敏，而他在下班以后没有换衬衣，我坐在他身边的酒吧凳子上，整个晚上都在擦自己泪水汪汪的眼睛。酒吧里有一桌坐满了显然对此富有经验的中年女人，她们以为他正在跟我分手。

“说不定他已经暗地里找了个小贱人。”女人们朝他扔去瞧不起的眼神，其中一个女人小声对我说。

“我真的很想当副总裁。”我告诉曼特。我拿起微型禅意花园里小小的耙子——去年跟曼特开玩笑，我买了这件东西送给他——在沙地上画出新的图案。（当时送的礼物卡上，我写的是：“这个花园看起来很压抑。你能帮帮它吗？”）

我真的不想谈这个话题，至少不是现在。曼特非要提，对我不公平。我不仅仅是非常渴望升职，我需要它。如果现在当不上副总裁，那下一个机会可能要等好几年。副总裁的位子跟日食一样稀缺。而且到下一轮的时候，我将不再是公司的未来之星。其他人——更年轻的一辈——会紧紧踩着我的脚后跟往前追。如果错过眼前的绝佳时机，不管我在公司如何努力向上爬，我都不会再有这种机会了。弄不好我还得跳槽去另一家广告公司从头开始，重新证明自己，免得面对不能成功升职的耻辱。我要怎么跟曼特解释，拼命工作吓不倒我，但是失败会把我吓得要死？

“你确信吗？”曼特问，“只要想想那对你的生活意味着什么。你会被死死地绑在这家公司上，压得喘不过气来，绝对不可能再逃脱。你能想象二十年后你还在这儿吗？”

“我还没有想得那么远。”我撒谎说。二十年后，我想要自己的名字刻在这幢建筑上。我想要一所在艾斯本的房子，在伯克郡还要一所。我想要一辆配司机的专车，每天接我上下班，我办事时专车在外全程等候。

“你从来没有感觉错过了什么吗？”曼特说，口气更加温柔，“这真是你想要的吗？

这一次，我低下了眼睛不看他。这句话有一点点刺痛我。身边有些变化想不注意也不行。我的朋友一个接一个都已经订婚了。大学时候的室友刚刚生了个小孩。他们都在拓展生活的广度，而我的生活就像一支箭，笔直地沿着最快最直的轨迹奔去。可是曼特知道我为了这一切有多努力地在干活。他为什么偏偏要挑今天跟我过不去？

“我——”我开口想说话，但是不知道什么原因，下唇一个劲地颤抖。我清了清嗓子准备从头开始，却从眼角瞥见了什么。我的话没有来得及说出口。

雪儿昂着头高傲地穿过走廊，向会议室走去。今天早上她显然有点漫不经心：她忘了穿衬衣。每个人都可能犯这种错，不是吗？

“该死。”曼特绷着声音小声嘀咕了一句。这是男人在看见最爱的运动员使出出神入化的一着，让整个比赛绝处逢生的时候发出的声音。他的两只脚立刻离开了书桌，啪的一声踩到地板上。

好吧，也许说雪儿“忘了”有点过于夸张。她的衬衣的确还在身上。六英寸紧身丝质，露背。她走近了几步，现在事情终于水落石出了：她忘了穿的是胸衣。

她看起来美极了，一副“我是单身汉派对上压轴好戏”的派头。她的一头长发又松又蓬，鞋跟像摩天楼一样高，嘴唇丰满欲滴——我就知道她又打了胶原蛋白针。她看起来好像马上就要朝后仰倒，可是因为胸前的负重又堪堪站稳了。有没有可能她在通常不会打胶原蛋白针的地方也打了呢？

“她到底在干什么啊？”我说。

“在玩儿阴的。”曼特说，“别担心，这样只能让她看起来更绝望。”

“真的？”我急急地问。

他没有回答。

“曼特！”我小声催他。

“唔？噢，抱歉。”他说。

他把椅子挪了几寸，以便看得更清楚些。“从这个角度，我能看见会议室。想听现场直播吗？”

“好啊。”我一边说一边啃着仅剩的一个手指甲。“不，我不知道。”我从椅子上跳起来，又坐回去，摸摸自己的前额。“她真的以为露露胸就可以摆平客户吗？”

“不，不过把手放在芬斯特美克的膝盖上这着，倒是可能奏效。”

“什么？”我尖叫起来。

“手现在已经拿下来了。”曼特说，“她已经跟客户打过招呼，现在开始作报告。故事板立起来了。”

“怎么不干脆给他在桌子下面来个口活？”我小声咕哝说。

“我想，她留着那着做压轴节目呢。”曼特说。

“他在笑吗？”我问，“他看起来像是喜欢她的样子吗？他太太生气了没有？”

“他的太太在桌子的另外一头。”曼特说，“桌子下面的事情她看不见。再说，她正在照她的随身小镜子呢。”

“噢，该死。”我说着用手捂住眼睛，在椅子里缩成一团。“芬斯特美克的老婆跟他们的飞机驾驶员勾搭上了；我研究他们的时候在《第六版》杂志上读到的消息。这事本来应该神不知鬼不觉，不过瞎子都看得出来。真该死，去死吧，去死吧。”

“去死吧？”曼特说，“你确定没有弄错？”

我又跳起来，一边走来走去一边连珠炮一样不歇气地向曼特发问，好像他正在证人席上接受盘问。

“芬斯特美克看起来怎么样？”我问。

“这么说吧，他看起来不算不高兴。”曼特采用了外交辞令。

“那位太太现在在干什么？”

“吃葡萄。”曼特说，“在吃一颗葡萄。实际上她还没有吃它。她把那颗葡萄拿在手上仔仔细细地看，好像看的是一块钻石。”

“拜托别再看葡萄了！”我向芬斯特美克夫人发出了信息。

曼特从鼻子里哼了一声，我瞪着他。

“对不起。”他说。

“这太不职业了，”我哑着声音说，“太……太……”

“太雪儿。”曼特替我圆了话。

我的头痛这时候瞅准时机，又回来找我扳回了一城：我早该知道雪儿会玩儿阴的。我到邓恩·理查兹 & 克兰兹公司几年之后，有一次和雪儿竞争一家卖洗洁精的客户，我们一起去肯塔基跟住家妈妈们作焦点小组访谈。我把广告创意的重点放在了速度上——如今的妈妈们都太忙，没有时间刷盘子洗碗，而我们的洗涤用品可以让她们只花一半时间完成全部的活。雪儿采用的则是“新瓶装旧酒”的办法，她重新设计了产品包装。我们一起坐下跟四个不同的全职妈妈焦点小组谈了谈，记录了她们的意见、想法和建议。很明显，我的创意赢定了。只不过我们回到纽约后，客户选了雪儿的广告案。我把它归结成坏运气。也许那个客户就痴迷长成男性生殖器形状的瓶子呢。也许他就喜欢这个更大、更硬的新包装，因为他自己的生活里缺了某件东西呢（我说这番话的时候可没有酸溜溜的）。

结果，该广告已经在电视上播映了六个月，我才得知在把焦点小组的意见交给客户之前，雪儿把它掉了包。我什么也证明不了，所有的证据只是雪儿的助理在跳槽去一家新公司之前偷偷发了几句怨言。

“她在芬斯特美克面前弯了个腰。”曼特说，“我想她是装成掉了什么东西。”

“芬斯特美克在做什么？”我问。

“在看她把东西捡起来。”曼特说，“他要不是在干这个，就是在她的丁字裤里放了一美元。”

“她太可悲了。”我口沫飞溅、气急败坏地说，“其实她是个非常聪明的女人。工作也做得不赖。怎么她还总使这些招数？”

“因为她是雪儿。”曼特说，“嘿，她肯定是作完总结了。曼森刚刚站起来了。”

“芬斯特美克在干什么?”我问。

“他也站起来了。”曼森说，“哇哦——他跟着雪儿进了浴室，准备打个快战。”

“什么？”我长声尖叫起来。

“开个玩笑。”曼特说，“芬斯特美克刚刚握了曼森的手，现在他们一起朝电梯走了。等一下。我要出去到他们身边逛一圈，看看能偷听到什么。”

曼特离开了办公室，我长呼一口把肺里的气都吐光，又倒进了座位。我感觉像刚跑完马拉松一样虚弱而且晕眩。昨晚吃过晚饭吗？没有，我记得，除非你把我终于拖着疲倦的身体回到家后，用微波炉加热的冰冻墨西哥玉米饼算上。那个玉米饼吃起来像用来装它的硬纸板托盘，我只咬了一口就把它扔进了垃圾箱，接着吞了不少“樱桃冰河”冰激凌，才达到食物金字塔里水果的每日推荐定量。我需要补充些维生素，还有胃药；好像有人把我的胃打成了结，放在了火上烤。也许，医生警告我要注意的溃疡已经在未来埋伏好了，现在感觉有一家子溃疡住在我的胃里，一齐在啃它们自己的指甲。

过道里究竟在演什么好戏？到底芬斯特美克作了决定没有？我猛然转身，刚刚走到曼特的门口准备偷看，他就进了办公室。

“没有结果。”曼特报告说，“不过我听见芬斯特美克告诉曼森他很快就会打电话。”

“很快？”我追问道，“一个小时内吗？还是下个星期？下个月？该死的‘很快’到底是什么意思？”

“林赛，别闹了。”曼特说，“我跟你说过了，不管今天结果怎么样，副总裁的位置跑不了。”

“你这么说，不过因为你是我的心理医生。”我说，却忍不住微笑。

我慢慢地从座椅上站起，身上每一块骨头都突然痛起来，肯定是“报告后松懈症”。我不能在这时候生病的。明天早上六点我要飞去西雅图，为一个运动鞋品牌主持焦点小组访谈，他们在西部根本就卖不动。在我们的旧版广告烧掉更多钱之前，我需要找出问题并迅速重新规划广告案。从西雅图我要直飞东京，在那儿待上36个小时，监制一个二线明星主演的古龙水广告的摄制。这个工作必然是个噩梦；就像大多数过气的情景喜剧明星，他吃安定就像吃爆米花一样，因此整个拍摄过程中我都得在旁边看着他。除了这些乱七八糟的事情，如果我赢了格罗斯那一单，我还需要敲定电视和杂志拍摄的细节，买好广告位，并且监督广告制作。

“我有无数工作要做。”我告诉曼特，“最好现在回办公室。”

“嘿，林赛？”曼特说。

我转过身。

“你一直没有回答我的问题。”

“我们能以后再谈吗？”我说着又揉起了自己的脖子。

现在我甚至记不起来曼特问了什么问题。今天晚上之前还有一大堆事情要做，这很不错。我需要分点心，才不会去疯狂地担心到底会公布什么结果。数十封电子邮件在等我挑选过滤，加上我需要检查我的团队为一款葡萄酒类果汁饮料的新产品所做的销售点陈列和店铺促销样品，确保我们和客户的沟通没有偏差。和这家客户比起来，地产大王唐纳德·特朗普都算得上平和而且谦虚的了。

我已经提议过五种不同的方案，每听一个，那个酒类果汁饮料巨头就不耐烦地摇摇头，一面朝着自己的手机吼叫——手机自始至终都贴在他的一边脸上没有离开过："我他妈的才不管收割葡萄有多贵！告诉他，如果他再涨价的话，我就割了他裤裆里的两颗葡萄！"

我必须拼命给我的团队加压，以便拿出些棒得不得了的创意来取悦他，还要让多娜订好航班。我在心里记下，要提醒她不要订红眼航班，红眼航班的空姐总是把灯关掉，在飞机上不能工作。他们不知道飞机舱是不受干扰的最佳工作场所吗？

我非常想在今晚公布名单之前赢得格罗斯的单子，但我必须保持耐心。不管曼特和其他人怎么说，没有亲耳听到曼森宣布我的名字，我不会安心相信自己赢了。如果不能保证已经获胜，那就是一个不确定的结局。

不确定的结局让我紧张。

第二章　背叛

我不顾一切地想要升职，可是机会落到了雪儿手里，只因为她更性感。喜欢了我20年的男人跟亚历克斯一起过了几个小时，就把我完全抛到了九霄云外。我已经29岁，在世界上唯一拥有的东西是我的工作，而在为其奉献了一切之后，它背叛了我。此时此刻，我想成为任何一个人，只要不是我自己。

你可能不相信，我曾经是两姐妹中最漂亮的那一个。

我甚至能够拿出证据：那是一张棕褐色的老照片，照片上婴儿时期的亚历克斯和我并排坐在双人手推车里，妈妈推着我们在街上漫步。我浓密的棕色头发用红色蝴蝶结系成一个广受喜爱的马尾，双手双脚都软乎乎、胖鼓鼓的——在我的生命中，只有这个时间段，人们就这个特质夸赞过我。我是个快活的、好相处的婴儿，经常笑，即使是在街道尽头的希腊老奶奶把我的玫瑰色脸颊捏得更加红润的时候。相反，在生命中最开始的12个月里，亚历克斯长得又秃又瘦，仿佛一只被拔了毛的小鸡仔。她还得了严重的婴儿粉刺，有疝气，害怕陌生人，而且她的哭声——这是爸爸说的，他一想起来还瑟瑟发抖——“能把蝙蝠吓疯”。

我已经记不起来生命中第一年的感觉，那个时候我会吸引人们的目光，他们口气温柔地哄我，为我的大眼睛和好看的笑容欢呼，他们对我满口称赞，而亚历克斯则在哭号，把吃下去的早餐吐出来。可是从我们的第一个生日开始，我家的家庭相册就开始讲述一个完全不同的故事。

亚历克斯的疝气、粉刺还有羞涩统统消失了，尽管我们的眼睛在出生时是相似的海军蓝，但我越长大它却越接近泥巴样的褐色，而她的眼睛则越变越浅，越来越轻盈，最后变成了阳光滤过加勒比海时的一抹阴影。她长了一些必要的体重，尽管一直保持着骨架娇小的精致模样；一头头发长得比格林童话里的莴苣姑娘还要快，变成了长长的、金红色的波浪卷。

不管我们走到哪里——运动场也好，到幼儿园的第一天也好——总有一句话紧紧地跟着我们，好像是铺垫我们生活的背景音乐："呵，那头发！"

人们也会对我微笑，甚至说一些好话，在他们把亚历克斯大夸特夸一番，而且告诉妈妈她应该去拍广告片之后。至少好人们是这么做的。我记得大概五六岁的时候，有一次我和家人一起在小区的店里吃午餐。亚历克斯和我分一份薯条——是好吃、酥酥脆脆的那种——作为乖乖去儿科医生那儿打疫苗的奖励。妈妈把薯条分到我们各自的碟子里，我和亚历克斯都眼睁睁地盯着，绝不让对方多拿一根薯条，就算是在炉底多转了几回、烤焦成了炭色的那一根也不行。这时一个老婆婆从我们旁边蹒跚着经过。她佝偻的身体缩成一团，几乎只到我的眼睛那么高。我简直不能把眼神从她身上挪开：她看起来跟我的"白雪公主"书一模一样。她甚至穿了一身黑。她既没有笑也没有说"哈喽"，只是伸出一只爪子一样的手摸了摸我的头，而我就一动不动地坐着，被吓呆了。

"这一个跟她的姐妹长得不像，太糟糕了。"她说话的声音很刺耳。

妈妈努力想要分散我的注意力，她拼命大声说一些其他的事情，可我还是能感觉到那只布满青筋的手，而且我肯定妈妈也知道。接着，趁亚历克斯不注意的时候，妈妈偷偷给我加了几根薯条，正是这个动作让我的喉咙里打了一个结，让我呼吸困难。仿佛因为我不像亚历克斯一样特别，妈妈就要补偿我，仿佛她也默认这个看法。在医生的办公室里我没有哭，即使护士把一根针扎进了我柔软的上臂，但是当我坐在快餐店里，看着再也不想碰的薯条时，我再也忍不住了，眼泪从脸颊上滚滚流下。

不要误会——我的父母已经尽了最大的努力。在我和亚历克斯之前，他们为要孩子努力了十年。我们出生的那一天，妈妈还有点稀里糊涂、眼泪汪汪的，她每只手各抱着一个粉红色包裹，向医生请教抚养双胞胎的建议。

他想了一会儿，然后说，“她们是不同的个体，那就分别对待她们，不要把她们打扮得一模一样。”

妈妈牢牢记住了他的话：医院提供的那些粉红色毛毯是亚历克斯和我穿过的最后一件相同的东西。我们有各自的房间、各自的衣服和各自的朋友。我们从来不用去上同一个芭蕾舞班和剪一样的发型。但妈妈其实不用担心，就我们各自的条件，亚历克斯和我本来就一定会走上完全不同的道路。我不能想象没有亚历克斯的生活，但并不是因为她是唯一一个真正理解我的人，或者因为我们从同居一个子宫开始就有了心灵感应，而只是因为我花了整个生命去推开亚历克斯，就像游泳的人借用水泥墙的力量翻滚转身，从而跃入相反的方向。

我早就发现，如果我跟亚历克斯追求同样的东西，比如流行、调情和风趣，在每次我赶到终点的时候，所有人都正好在前一秒钟失去了兴趣，刚刚离场回家。亚历克斯在中学的头两年都被选中当返校节皇后；她不得不逃学去青少年时装展，为“萨克斯第五大道精品百货”和梅西百货做模特儿；她在橄榄球赛季结束的时候甩了橄榄球队的队长，转而开始跟篮球队的队长约会，正好赶上篮球队的第一场比赛。她穿着拉拉队员的短裙轻盈地穿过我们中学的大厅，裙摆在两条长腿边飘扬，这时那些紧紧追随着她的目光清楚地显示：每个女孩都想变成她，每个男孩都偷偷地爱着她。

因此，除非想要一生都做个隐形人，我必须找出另外一种方式来引起众人的注意，一种不需要使用完美微笑、长睫毛，或者四号身材的方式。我发现，如果拼命学习，带回家的成绩全是A，那么校长会在每年年尾宣布我的名字，让我走上讲台领取一张证书，而我的父母会在观众席上容光焕发，喜气洋洋。我发现，如果把大学四年拼命压缩成三年，而且每学期都挤上“优秀生”的名单，雇主们会自动上门来找我。我发现如果我在纽约找到一个工作，挣六位数的薪资，工作到感觉头要炸开、身体则属于一个年龄有我两倍大的女人，那么在为高中同学会填调查问卷的时候，我所填上的近况必定让老同学们印象深刻。

有时候，当我在午夜清醒地躺着，想着第二天要完成的事情时，我的念头转得让人感觉眩晕且惊恐。我会扭两下，翻个身，丝绸床单在身体周围皱起来，像一条蛇。什么也不能让我放松——我那个大屏幕等离子电视播放的喜剧做不到；柔软的羊毛靠垫做不到；我用挣到的第一笔奖金在一家私人画廊买了一幅原创抽象画，就连它鲜艳的色彩也做不到。

在这些灰暗却无休无止的时间里，当思绪翻飞、心咚咚地跳个不停时，有时候我会想，如果我不是这么拼命想要找到自己的定位、想要不被自己孪生姐姐的光辉完全遮盖住，不知道事情会变成什么样。如果我降生在另外一个家庭里，还会这么执迷于成功，这么有紧迫感吗？

在这些孤独的漫漫长夜，当我的身体哭号着想睡、思绪却无法停止的时候，我不禁好奇：如果亚历克斯不是我的姐姐，我会不会成为一个完全不一样的人？

“你是在睡觉吗？”

曼特难以置信的声音穿透了我的梦。一个大汗淋漓、非常可怕的梦。梦中我在机场奔跑，想要赶上一架马上就要起飞的飞机。我拼了命跑得越来越快，尽管我能看到地勤员已经关上了通向跑道的门，她站在门口交叠着双臂，朝我摇头。

我从自己的办公桌上抬起头，迷迷糊糊地眨着眼睛。曼特站在我的办公室门口，身边站着他那个当幼儿园老师的女朋友。一张纸粘在了我的脸颊上，也许是靠口水的黏力才这么稳当。无论如何也要保持良好的第一印象——这是我的座右铭。

“我以为你从来不睡觉的。”曼特说。

“我只是要休息一下。”我说。天哪，我听起来简直跟爸爸一模一样。我把那张纸从脸上拨下来，暗自祈祷口红没有把我涂成一个大花脸。

“嗨，”我对曼特的女朋友说，“我是林赛，我发誓我通常比现在这样要精神。”

“我是帕米。”她甜甜地微笑着。帕米？不跟她深究了，我决定。她有娇小的身材和一头金发，看起来跟曼特十分般配；他的上一任女朋友是个脾气多变的素食主义者，经常在饭店制造烂摊子，非要盘问服务生各种菜式都用了什么原料。

“你快迟到了。”曼特说，“你有五分钟时间换衣服。我们在楼下等你。”

好像他兜头淋了我一桶冰水。我从座位上跳起来，一把抓起挂在门后钩子上的手提包。我怎么会忘了今晚是个什么日子？我看了看手表：五点三十分。我睡了整整两个小时。这不可能：我从来不打盹。为什么没有电话打进来吵醒我？为什么没有人来我的办公室？答案马上出现在我的眼前：多娜。当然了，那张贴在我脸上的纸上写着她字体细长的狂草："我把你的电话都拦住了，告诉所有人你在开会。你需要休息，不然会生病的。"

老天爷啊，除了名义上是老板，在这儿我哪件事情能做得了主?

我有五分钟来做准备，仅仅五分钟来让我自己在公布副总裁名单时看起来像个样子——在一个可能改变我整个未来的时刻。不过，我办得到；在这里，我总是能神奇般地从帽子里变出兔子来。我拉开服装袋的拉链，扯出一条黑色的丝绸裙，这是一个私人导购在萨克斯百货为我挑选的。裙子的款式简单保守，但也高雅，至少我希望。我奔进浴室换好衣服，套上导购塞在服装袋里的一双鞋。鞋十分合脚，鞋跟不太高，而且式样经典。我在心里记下来，下次还要再找这个导购；她能够老老实实地遵照客户的意见，不像上一个，那位导购在送来的衣服里加了一件节日主题的毛衣。也许我算不上超级时尚，但我知道一件衣服上要是有圣诞小鹿鲁道夫闪亮的红鼻子，穿出去可是很要命的。

我用冷水漱了漱口，浇了一些在脸颊上，稍稍喷了些香水，然后挪近镜子照了照自己的背影。我的头发还翘着，似乎还过得去，但黑色的眼袋真是需要上点遮盖霜，红红的眼睛也需要一些滴眼液。可是，我皮包里唯一的化妆品是"樱桃炸弹"口红。我从来都不喜欢化妆品，也许是因为亚历克斯一直告诉我，化妆品会让我看起来美丽很多。我涂上了一层薄薄的口红，只为了让脸上有点色彩。曼特是对的；我看起来的确脸色苍白，就算是在补了觉以后。

我告诉自己，在派对昏暗的灯光下面，我的样子看起来会好些，尤其到时候脸上因为睡在一张皱巴巴的纸上压出来的褶痕就会消退。我往嘴里扔了一片肉桂口香糖，向电梯奔去。

“真是圣诞节奇迹。”看到我走进大厅时，曼特说，“快来，我已经叫出租车等着了。”

我们赶到路沿，钻进出租车的后座，曼特坐在中间。我尽量把脚缩得离他远一些，免得帕米嫉妒。那个腋窝没剃干净的素食主义者就很恨我，因为她知道我和曼特有多么亲密，感觉自己受到了威胁（当然我的新小羊皮手袋也帮了倒忙——不过我发誓，我买它仅仅是因为它在打折）。但她其实没有任何理由感觉受威胁；曼特只是一个朋友。我最好的朋友，真的。我们绝对不会交往。

当然，那种想法曾经找上过我，但我在它屁股上飞快踹了一脚，让它明白我的脑袋不是什么可以长期定居的好地方。两年前一个周六的晚上，曼特和我都工作到很晚，我们一起在一家小小的意大利餐厅里吃晚饭，那家餐厅有世界上最好吃的意式土豆球。喝下两瓶基安蒂红葡萄酒之后，我们到了曼特的公寓看《卡萨布兰卡》（是的，那天晚上我们把爱情剧的所有老套剧情都演了一遍）。当我们并肩坐在他最爱的座位上（看！），我意识到一切是多么容易：只要朝他靠近一些，发一个信号看看他是否跟上。我可以把头往右边斜一斜，搁在他的肩膀上。阻止我永久性地改变我们之间关系的，只不过是六英寸的距离。刚刚喝的三杯酒似乎让一切变得很简单。

我转头看着他，发现他不是在看电影，而是在盯着我。我们的脸贴得格外近，我能看见他褐色眼睛里小小的绿色斑点。在这之前，曼特从未如此强烈地吸引过我。他有一张圆脸，卷曲的黑色头发，大概五英尺八英寸高——曼特是男人中的泰迪熊，不是能让裤子自动烧起来的夸张的英雄。但是在那一刻，当我看着他温柔的眼睛和眼角的小笑纹，他简直让人无法抗拒。因此我一蹦跳了起来，在他的公寓里跑开了，我一边找我的鞋子，一边滔滔不绝地说自己有多么累。回想起来，鉴于我到处蹦的样子很像被反复轻微地电击过，也许当时我的那个借口并不可靠。但我吓坏了。

如果曼特和我的确在一起了，最后却分手了呢？如果我的完美主义倾向——好吧，是神经质——把他逼得发疯，而我则没办法容忍他把剪下来的脚指甲在浴室里放成整洁的小堆，怎么办？（我不知道为什么会假想这一条作为分手的理由，不过最好不要去追究它究竟反映了我的什么心理。）

但是在那些曼特和我互相凝视对方、一动不动的时刻，我已经在我们的恋爱中飞速快进，准确地跳到了分手的一幕，并且瞥了一眼失去他以后的未来。那就像看进一个黑暗、孤独的深渊。如果他和我最后发现不喜欢对方，在纽约就再没有一个人真心在乎我了。真正的朋友我一个也没有。曼特是唯一一个我能够找他发牢骚抱怨工作的人，唯一一个我所知道也跟我一样喜欢在深夜吃黑橄榄配蘑菇比萨饼的人，唯一一个在我疲倦、挑剔和感觉不安的时候还喜欢我的人。我不能冒失去他的风险——失去他之后的深渊看起来太可怕，不能细想——所以我逃离了他的公寓，逃向安全的地带。从那以后，我们就再也没有单独在他的公寓待过，我确保了这种事情不会发生。

“到下个拐角朝右转。”我们驶近俱乐部时，曼特告诉司机。

“你准备好了吗？”他问我。

“完全没有问题。”我撒谎说。我的心又开始怦怦跳，感觉头昏眼花，也许是没有吃午饭的缘故。说不定你会认为少吃这么多顿对我的腰部曲线大有益处，可是每天晚上回到家，我总可以英勇地补上所有漏掉的卡路里。不过，现在让我感觉要晕过去的，可不止一个空荡荡的胃。

“今天晚上一定很好玩。”帕米唧唧喳喳地说。我对她露出一个微笑，想要摆脱不安的感觉。她真的很可爱，十分活泼，娇小，友好。哦，刚才我提了她很娇小了吗？我不得不努力不去注意我的一条裤腿能够同时塞下她的两条大腿。

“你可以把我们放下来了。”曼特说，帕米迈出出租车时，他付了账。

“她很可爱。”我小声说。

“你这么觉得吗？”曼特问我，司机则在非常费劲地找零。我有一个理论：大多数出租车司机找零的时候都一点也不急，他们希望超级忙碌的纽约人会大喊一声：“噢，拜托，不用找了！”然后匆忙离开。

我们溜出出租车，曼特把帕米娇巧的小手握在手里，一个保镖往旁边一闪，拉开了“午夜热力”俱乐部的门。一股声浪迎面扑来，几乎把我逼退了几步。噢，现在俱乐部的名字才算是恰如其分呢。酒吧里回荡着一支比吉斯乐队的曲子，调子说不清是悲痛还是狂喜。一个留着费拉·福赛特发型、挂着彩色长念珠的女侍者端着托盘来来去去，托盘里盛着红绿相间、荡来荡去的饮料。就连曼森也穿上了喇叭裤。欢迎来到20世纪70年代，因为显然已经过去的那一次远远未能让我们尽兴。

“曼特，看到你太高兴啦！”曼森一边大叫，一边从一小撮人中朝我们走来，“林赛，我能借用你几分钟吗？”

不等我回答，他已经拖着我经过一个巨大的、从天花板上吊下来的电视屏幕，电视上正在循环播放公司去年的最佳广告片。大概每隔两英尺，一个又一个侍者要么戴着约翰·列侬眼镜，要么穿着松糕鞋，正递过来一托盘新饮料，这些酒意味着崭新且出人意料的同事组合会在今晚出现。接下来的一年中，每一次组合里的两人在办公室走廊里遇到，都会有人拼命地咳嗽，低下眼睛看着地板。在开完假日派对的几个星期内，我们的办公室听起来就像被大面积的支气管炎席卷过一样。

曼森指了指酒吧的一个角落，几把超大的豆袋椅在一盏迪斯科灯下堆成一个半圆。

“芬斯特美克有消息吗？”我脱口而出，一边盯着那些椅子一边想，如果在那儿坐下的话，我就再不会有力气站起来了。

“还没有，”他说，“他可能要花几天时间考虑考虑。嘿，没什么好紧张的。我得说，今年你给公司干得非常出色，非常非常出色。”

曼森的话又小声又含糊，那些充满假日气氛的酒劲头果然很不小。我暗暗在心里记下一笔，要点一杯加酸橙的“塞尔查”矿泉水，装成金汤力的模样。

“谢谢，”我说，“你这些话对我意义重大。”

他侧身向我靠近一些，小声道，“我不该跟你说这些的，不过今天下午我们投票了。”

时间在那一刻忽然停止了。我能感觉到手臂上的每一根汗毛都立了起来。

“什么？”我哑着声音说。

“你是新的创意副总裁。”曼森说。

我闭上眼睛，解脱的感觉瞬间涌遍全身，让我两腿打颤，几乎站不稳；我是邓恩·理查兹 & 克兰兹公司成立以来最年轻的创意副总裁。那些没有去休的假期；那些错过了的影片；那些周日的早晨我起床工作，其他人则在呼呼大睡、舒舒服服蜷着读《时代》杂志，或者趁着娇美的阳光出门远足的时刻——在眼前辉煌的一刻都以圆满告终。现在，我买得起自己的公寓了。我可以到城里任何一家饭店豪掷一顿作为庆祝，甚至在那儿租上一辆车，而不是叫个的士。也许，圣诞节我可以颇为阔气地给爸爸妈妈买两张去欧洲的机票。我会有一间更大的办公室，从那里能看见绝美的风景。还会有印上自己名字缩写的公司文具！我简直等不及要拿起电话打给父母和亚历克斯。我的内心快乐得快要炸开了，却努力让脸上的表情保持平静和职业化。

曼森叫住了一个从我们身边经过的侍者："给这位小姐来一杯香槟。"

"太感谢你了。"我开了个头，不过曼森打断了我。

"是你该得的。"他就说了一句话，对我露出一个微笑。以前我怎么会认为曼森是个外星人呢？他是所有活着的人中间最温暖、最善良的人了。绝对是无比高尚的人种，应该把他作为展品摆进纽约现代艺术博物馆。

"大概再过一个小时，我会公布结果。"他说，"我还想让你说两句。"

"绝对。"我说，脸上情不自禁地露出了笑容。

我吞下一大口香槟，以掩饰自己正在努力眨眼睛憋回快乐的眼泪。对我焦渴的嗓子来说，香槟的味道甜蜜可口。天哪，我爱香槟。为什么我喝香槟喝得这么少？我该每天都喝。我该在里面泡澡。

“好好享受。”曼森说，“到时候我会给你信号。”

他走开了，我赶紧找到曼特和帕米，他们正在看一个文案策划在橙色和鳄梨色相间的长毛地毯上跳“哈娑”舞。

“我要宣布一项公司关于假日派对的新政策。”曼特宣布道，“绝对不能看同事跳舞或者穿泳装。”

“噢，天哪，太好笑了！”我说着歇斯底里地笑起来。

曼特认认真真地看了看我，我从眼角擦掉了几滴眼泪。“你是怀孕了吗？”他问。

“曼迪！”帕米责备他道。不过与此同时，她也小心地朝我的肚子瞄了一眼，我本能地缩了缩肚子。“你永远都不该问一个女人这个问题！”

“要么你怀孕了，要么你就是刚刚被提升做了副总裁。”曼特说，“你比那些熔岩灯还要闪亮。”

我再也忍不住脸上那个大大的笑容了。

“你成功了，是吧？”曼特说着用他的酒杯跟我碰了碰，“还好像是个意外似的。”

“恭喜！”帕米尖叫道，“你当上副总裁了？”

“请先保密。”我恳求他们两人，“曼森还要过一个小时才宣布。”

“你看起来真是开心，”曼特说，“不错。”

“有点承受不了。”我说，“但我确实开心，真开心。”

“什么事这么开心？”有人把脸凑得离我非常近，我都能闻到他的橙子味刮胡水。我把头扭到右边，发现自己正与道格面对着面。道格是我团队里的一个文案策划。

道格称得上魅力十足，如果你喜欢的是个子高大、体格瘦削、毫不含蓄的男人。办公室里的所有女人都暗恋他，而他似乎一心打算满足每一个人的幻想，一次一个。或者是一次两个，如果你认为去年假日派对后流传的故事可以取信的话。

“这位是谁？”道格问，转身向帕米露出一个微笑。曼特伸出一只手臂环着她，把她拉近了一些。

“帕米，”曼特淡淡地说，“我的女朋友。”

道格举高双手，仿佛在说：“没得手，不犯规——何况，天涯何处无芳草。”

“什么事这么开心？”道格问我，“你已经是新任副总裁了？”

曼特救了我，“不是，我们只是在谈熔岩灯。林赛非常喜欢它们。”

“真的？”道格说，“酷毙了。我拿杯饮料过来吧，林赛？帕米？”

“我不用。”帕米说。

“为什么不呢？”我说。忘掉“塞尔查”矿泉水吧，在我一生中最美好的夜晚喝下几杯香槟，又有什么不可以的呢？

“哇。”道格说，他的头猛然向前门扭去。雪儿正在闪亮进场。她还穿着去格罗斯比稿时穿的那件什么也遮不住的衬衣。衬衫并没有变大，如果有变化的话，它只是感染了一场感冒，又减了几磅。

道格像炮弹一样弹射出去迎接她。

“你的酒可能要等一等了。”曼特告诉我。

“谁说不是呢？”我挖苦说。到现在为止，已经另有三个男人和道格一起，争着跟雪儿搭话。

“我该过去祝她在格罗斯那单上好运。”我说。竞争中的创意团队互相祝对方好运是职场习俗，像是拳击手在猛揍对手之前，都要互相碰一碰拳击手套。

“我去拿酒。”曼特说，他挥手拦下一个侍者，我向雪儿走去。天哪，今天真是美妙的一天。我的疲倦不翼而飞，现在我感觉还可以再熬一个通宵。

离雪儿只差几步时，我的黑莓手机在外套口袋里震动了起来。我拿出手机读了短信：

“你绝对不会相信我在哪里，跟谁在一起。打电话给我。”

我笑了。短信是我的老朋友布拉德利·乔奇发来的，我已经好几个星期没有跟布拉德利通过消息了，甚至可能有好几个月。今天再晚些时候我会打电话给他，我向自己允诺。收到这个短信以后，我才发现自己有多么想念他。布拉德利和我正式成为朋友是在二年级，当时班里的小霸王在学校的午餐室绊倒了梅根·斯考利，她扑通一声跌在正端着的一盘类似面包条的东西上。她坐在地上，一边哭一边到处摸眼镜，而布拉德利已经默不作声地打开我们桌上的一瓶番茄酱，倒了一些在小霸王的橙汁里。小霸王灌下一口橙汁，马上吐了出来，溅得白衬衫上到处都是。

小霸王握紧拳头，四处张望着找肇事者时，我偷偷踮着脚溜到了布拉德利旁边的座位上，假装我们一直在聊天。从那以后我们就成了朋友，甚至连高中毕业舞会都是结伴一起去的，不过这段时间我们没怎么见面。布拉德利还住在我们的老街区，给《华盛顿邮报》当摄影师。他的一张人像照最近刚刚得了奖，内容是一个九岁的女孩睡在起居室的地板上，室内点着壁炉取暖，而她的妈妈正盯着一堆还没有付的账单。

布拉德利还在呵护着弱势人群呢。我想象着他的脸，露出了温柔的微笑。

在给父母和亚历克斯打过电话后马上打给他，我决定。这时我离雪儿已经不远，在一大堆互相拥挤着试图接近她的男人中艰难地挤出一条道。

“雪儿？只是过来祝你好运。”我说着伸出手。

她低头看了我的手半天，才握了握。

“谢谢。”她说。一个客户主管递给她一杯红色饮料，正好配上她嘴唇的颜色，她笑了笑，露出了酒窝。

“我猜还要几天才有消息呢，所以我们可以放轻松了。”我说。既然马上就要升任副总裁，我需要试着跟雪儿和平共处。毕竟，她会为我工作。

“噢，我想很快就会有结果的。”她说着啜了一小口饮料，从玻璃杯沿上跟我对视。

她的眼睛里闪动着光彩，不知道为什么让我感到一股凉气从后背升了上来。

“真的？”我想要装出满不在乎的样子咯咯笑上几声，谁知一出口却变成了好似“啄木鸟伍迪”一样的嘿嘿笑。（男人们可喜欢这样的笑了，有人告诉我——这也许可以解释我在约会中为什么会一帆风顺。）

“怎么这么说？”我问雪儿，“曼森说芬斯特美克还没有决定。”

雪儿又盯着我看了一会儿，舔了舔她闪亮的红唇，而我则强迫自己跟她对视。这是雪儿的高压攻势，没错，我告诉自己。她想要一举击倒我。即使是像食肉动物一样舔嘴唇的动作，也许只不过是她在“动物星球”中学来的一着，对着镜子演练过的。

“噢，只不过是感觉而已。”她说着扭过头去。

我瞪着她的后背，想要摆脱内心的不安。我感觉自己像一只丛林里的鹿，刚刚捕捉到了猎人的气息。有些不对劲。

雪儿知道我马上就要升职，她只是惯常地耍花招，我告诉自己。没有什么好担心的。不过……见鬼了，为什么她看起来这么自信？她应该来巴结我才对。

我慢慢地穿过酒吧，回到曼特和帕米的身边。要相信雪儿只是想给我生命中最美好的一天泼点冷水。她只是嫉妒。我得忘掉她，开始计划我的升职感言。我又瞄了一眼手表，这已经不知道是第几次了：曼森应该快宣布结果了。升职感言要说得又简洁又好听，我决定。

“你的酒。”当我走到曼特身边时，他说。

他递给我一杯香槟，我猛灌了一口。香槟的味道没有几分钟之前那么好了。我抬起头看曼特，他正在皱眉。不过，他看的不是我；房间另一侧的什么东西吸引了他的眼神。我追着他的目光看过去。

他正盯着曼森。

“怎么了？”我问。

曼特没有回答。

我转过身，好看清楚曼森。他在一个角落里踱来踱去，猛按手机上的按键。他一遍遍用空出来的那只手摸自己的秃头，好像正在安抚一只战战兢兢的狗，让它平静下来。开开心心醉醺醺的劲头消失了。他看起来很惊恐，一双大眼睛在房间里四处瞄，但一遇到我的目光，就低下来看着地板。

仿佛他受不了跟我对视一样。

“曼特？”我感觉地板在脚底晃动。我仿佛被扼住了脖子。

现在曼森正冲着手机吼叫，但是音乐声太大，我一点也听不见他在说什么。

“没事。”曼特说，他把一只温暖的手放在我的肩膀上。我还没有意识到我的身体这么凉。“他也许只是在跟一个疯客户说话。”

“哦，看起来吃的已经准备好了。”帕米说，“猪肉卷，好吃。我们去拿个盘子来吧？”

“让我们再待一会儿吧。”曼特说。他的眼神一直没有从曼森身上挪开。这时，我们公司的创始人之一邓恩先生急急忙忙穿过房间走到了曼森身边。他们两人聚在一起疯狂地打着手势，接着恰恰在同时，他们一齐转过头看向我。

“出了什么事？”我小声说，胸腔里一阵反胃。

“会没事的。”曼特低声说，我极力想要相信他的话。我感觉自己正在观看一部恐怖电影，主角正要走下一架摇摇欲坠的楼梯，进入一个黑暗的地下室。雪儿的表现太狂妄了。曼森看起来又太心烦。现在曼森把手机递给了邓恩先生，邓恩正在与人通话。有坏事要发生了；杀手就在地下室里。

噢，天哪，为什么他们在向雪儿走去？

邓恩先生在握雪儿的手，她正在微笑，而她的微笑……

“我得——”这句话我再也说不下去了。我的胃在狂跳，我冲进洗手间，猛地及时关上了格子间的门。一整天我都没有吃什么，因此喷进马桶的唯一的东西是香槟。

“林赛？”帕米跟着我进了洗手间。“哦，不。你不会真的怀孕了吧？”

“我想只是午餐吃了些不太好的寿司。”我撒谎说，又冲了马桶，盖上盖子，坐到马桶盖上。双腿颤抖得厉害，我都不相信它们能支撑住我。

“我给你端点水来？”她问，“还是你要吃点脆饼干？”

“听起来不错。”我哑着声音说。我不觉得能吃下任何东西，但这样可以让帕米离开洗手间，让我一个人待着，熬过恐慌的时刻。我需要保持镇定；我善于保持镇定。我也善于处理各种事情。我能应付这个，不管它是什么。

到底发生了什么事情？

按逻辑讲，我知道可能有一百万种解释。也许曼特是对的；也许是一个难对付的大客户，也许曼森和邓恩转头看我只是因为他们想要把这个客户交给我，但最后决定交给雪儿。也许是这样。我确信，一定要是这样。

事情不是这样。

我知道，我十分确定，虽然这种确定让人双腿发软。有什么大事要发生了，糟糕的事情。雪儿做了什么？我思绪飞奔，列举了种种可能性。她不能在公司投票的结果上捣乱；曼森已经告诉我副总裁职位是我的。职位在我的手掌心里，跑不了。

是吧？

“林赛，这是你的水。”帕米说着又走进了洗手间。“那个秃头在找你，不过我告诉他你在洗手间。但是我没有告诉他你在吐。现在他要做个演说，所以他说等会儿跟你讲。”

我打开格子间的门。一股摇摇晃晃、歇斯底里的希望像一个气球一样在身体里升起来。有没有可能我错了？会不会是香槟让我多疑了？曼森马上就要发表演说；所有的事情都在按部就班地进行着。而且他在找我。这一定是好兆头，对吧？我漱了漱口，理了理头发。

“谢谢你，帕米。”我说着接过她递给我的水和饼干。

我能听见曼森在说话，但洗手间的门让他的声音有点扭曲。

“我们要出去吗？”她问道。

“再给我一秒钟。”我说。我伸手到手提包里，涂上了一层“樱桃炸弹”，接着深吸了一口气，看了一会儿镜子里的自己，聚集起力量直到准备妥当。

“嘿！”曼特就站在门外。他示意我们过去。曼森站在DJ台上，正在对着一个麦克风讲话，其他人都一起簇拥在台下。雪儿站在人群的前沿位置，脸上挂着一个大大的微笑。曼特离所有人都隔着几步，曼森和人群他都能看见。

“我错过了什么？”我小声说。

“还没有。”曼特说。

曼森继续讲话，“……真是一个困难的决定，在我们作过的决定中最困难的之一……”

天哪，快说正题，我暗自恳求他。

“……今年她的工作十分出色，她加入公司以后每年都是如此……”

“曼森说了他为什么找我吗？”我问曼特。

他摇了摇头。

“他看起来怎么样？”我小声说。

曼特慢慢吸进一口气，迎上我的眼神。“我不确定。”他说，“好像有些事情……出问题了。”

我闭上眼睛，作了一个简短、热诚的祈祷：拜托。气氛紧张得不得了。我的胃又开始翻江倒海了。

“今天她更是锦上添花。雪儿不仅赢得了格罗斯的一单，她还给斯图尔特·芬斯特美克留下了深刻印象，他刚刚打电话宣布会把旗下所有的广告都给邓恩·理查兹 & 克兰兹公司。不仅仅是格罗斯，而是他拥有的全部七个公司。今天早上，在其他人喝拿铁的时候，雪儿赢得了一个五千万美元的客户。作为一天的工作，业绩可不算差。”

的确不差。

“我荣幸地宣布雪儿·戴维斯成为公司新的副总裁。雪儿，请你上来……”

曼特站在我旁边。他的手扶在我的肩后：“深呼吸。”他小声对着我的耳朵说，“慢慢吸气。”

我遵照他的指示做，像一个机器人。这是一个噩梦。过一会儿我就会醒来，我会从书桌上抬起头，看见多娜的字条。

人头在四周攒动。他们是在看我吗？看我如何反应？我立刻倒退一步，退到曼特的身后。

雪儿接过曼森手里的麦克风，容光焕发地站在台上，掌声像婚礼彩屑一样洒遍了她的全身。迪斯科灯洒下小小的彩虹，照在她光溜溜的金色肩膀和上仰的脸上。她看起来比任何时候都要美丽。

“曼森朝这边来了。”曼特说。他的语调缓慢且温柔，是人们对待车祸伤员所用的口气：你知道你的名字吗？你知道你是谁吗？

“你要我给你拿杯酒来吗？”曼特问。

“非常感谢。”这时雪儿开始说话。

“别离开我。”我请求曼特。

“我就在这儿。”他说。

“雪儿是副总裁？”帕米说着皱起她的鼻子。她的声音太大了，在我的脑袋里回响。“你们俩都是副总裁吗？”

我的思维慢了下来，像一只耗尽电池的机械玩具。我几乎听不懂人们在说什么。他们的嘴在动，但他们的话毫无意义。

“林赛。”

是曼森。他站在我的面前，还在用手摸着头。

“天哪，我很抱歉。我们可以到边上来谈谈吗？”他说。我默不作声地点了点头。每次抬起一只脚都需要我花掉全身的力气，我跟着他走到酒吧的一个角落。就是在这个角落里，他告诉我我赢得了副总裁的位置。还是同样的豆袋椅，同样的熔岩灯。一切怎么还是原样，好像这个世界并没有颠倒过来？

“一刻钟之前，芬斯特美克打了电话。”曼森说。他看着我的左肩，而不是直视我的眼睛。“他把所有的业务都交给了我们。雪儿肯定在他身上下了好一番工夫。然后雪儿威胁说如果得不到副总裁位置的话，她就要跳槽，而且要带着芬斯特美克的全部业务。她逼着我们表态，所以我们召集了一次紧急投票。她赢了你一票。”

我又点了点头，仿佛一切很合理。

“你该当副总裁的，”曼森说，“我还是投票选的你。”

他在试着让我不那么难过。他在分给我一些额外的薯条。

“你在公司的前途还是光明的，”曼森说，“十分光明。再过几年，谁知道呢？”

我努力想挤出一个词，却什么也说不出来。我的喉咙堵住了。

“我要回台上去了。”曼森说，“你还好吧？要我给你拿点什么吗？”

我摇摇头。我挺好；只不过身上太冷。

“我们待会儿再谈。”曼森说，“明天一起吃午饭吧，我们想个办法出来。”

他走开了，就在这时我看见同事们纷纷把脸转向了我，刚开始是一两个人，接着人越来越多，好似体育馆里的球迷掀起了人浪。雪儿已经做完了演说，曼森还在朝讲台走。他的动作吸引了所有人的注意。我在众人的目光中仿佛赤裸裸一丝不挂。所有人都盯着我，脸上是好奇和同情的表情。所有人都知道我失败了，我还不够好。

我疯狂地四处张望着，看见了一个红色的出口标记。我甚至不确信是怎么到那儿的，但一定是跑去的，因为我突然冲出门跑到了人行道上。人行道上有个乞丐坐在倒翻过来的牛奶箱上摇着一只塑料杯里的硬币，人们在街边一家饭店的门口排队。红灯刚刚亮起来，一辆汽车便打着滑穿过了十字路口。日子一如平常，尽管我的生活刚刚炸成了一百万个破破烂烂的碎片。

我的新鞋把脚跟磨起了皮，夜晚寒冷的空气穿透了薄薄的衣料，但我一直没有停下脚步。提包和外套被我忘在酒吧里了——我模糊地记得跑向酒吧出口的时候，提包从肩上滑了下来，里面的东西散了一地——但这没有关系。我的提包、手机、名片——所有名片都装在我父母作为圣诞礼物送给我的、写有我名字的一个盒子里——那些东西还有什么关系呢？唯一重要的事情，这个世界上唯一重要的事情，就是我要把每一分注意力都放在走路上。如果身体一直不停下，也许我纷乱的思绪就会停止。

我不再感到恶心、惊恐或者绝望，但我知道这些情绪都潜伏在附近，像笼子里的动物养精蓄锐等着扭开锁，以便再次扑出来。我必须继续走；我不能放出那些动物。另外，我没有地方可以去。我受不了再走回酒吧面对所有人。没有钥匙，回不了家。没有信用卡，不能去旅馆。我唯一能做的一件事就是漫无目的地走下街道，走上林荫道，在城市里游荡。身边穿着大衣、拎着皮包、在傍晚通勤的人们渐渐换成了外出约会的情侣们，还有一群群吵闹着去酒吧的人和去剧院看戏的游客。

“嘿，宝贝！”

当一个瘦削的金发男人突然朝我跌跌撞撞地走过来时，我感觉自己已经走了好几个小时。他举起手，好像那是一个停止标志。

我瞪着他，仿佛他说的是梵文。他穿着西服，但是衣领已经破烂，右脚的鞋还没了鞋带。

“想喝一杯吗？”他问。他的黄牙看起来像是属于另外一个人，比他要老得多的人。当他微笑时，我注意到他的门牙戳了出来，像是小小的獠牙。

“还是你想来点别的？”他冷笑着，表情一下子从友好变成了愤怒，就像硬币翻了个面。我四下张望着。我不认识这个街区。一只瘦瘦的狗在嗅着一个垃圾罐，周围商店的店面都包着黑色的栅栏门，上面有一些杂乱的涂鸦。我没有感觉到害怕或者愤怒；除了深入骨髓的寒冷，我什么也感觉不到。我不知道以后自己还会不会有感觉。

我绕过那个醉汉，仿佛他只是空气。他朝着我的方向大叫大骂，可是我没有停下脚步。我想要一直走下去。我想要跟阿甘一样到达这个国家的一端，再转头朝另外一条海岸线出发。我经过一家24小时酒吧和一家食品店，店门口堆满了一桶桶红色的花。我踩过小孩玩跳房子画的粉笔线和啤酒瓶褐色的碎玻璃。我一直不停地走，鞋在人行道上啪啪地踏出了稳定的节奏，回荡在这个我深爱的城市。

过了一会儿——也许一个小时，也许三个小时——我走到了一条认得出的街道。我站在街角，抬头看着路牌。不知道为什么，我绕了一个大圈，现在离自己的办公室只有十个街区。温度已经降了15℃，周围在起风。雷雨就要来了。我的牙齿咯咯地打着颤，再也感觉不到自己的双脚。

一个念头在我麻木的大脑里蠢蠢而动。我的书桌抽屉里放了一套公寓的备用钥匙，还有20美元，以备急用。

现在办公室不会有人的，他们都还在开派对呢。我可以溜进大楼里，然后可以回家吞一片安眠药，忘掉一切。

我向右转个身，朝着自己的办公室继续向前走。

“要我给你开盏灯吗？”保安问道。就在刚才，我敲了敲警卫岗的玻璃窗户，他放下餐叉和意大利面，让我进了大楼。我嘟嘟哝哝说完“把钱包掉在了出租车上”的一通话以后，他用万能钥匙打开了我办公室的门。

“我来开灯吧。”我说。我的声音听起来十分沙哑，好像已经接连叫嚷了几个小时。“谢谢你，约翰。”

“别工作得太晚。”他朝我歪歪头，一边朝电梯走去，一边吹口哨吹着一首我听不懂的歌。

我在书桌后的皮椅上坐下来，伸手去够装有钱和钥匙的抽屉。但还没有打开抽屉，我注意到书桌上有些异常。有人把我的铅笔、克里奥奖座还有订书钉都挪到了一边，腾出空儿来在中间放上了一瓶巨大的香槟。瓶身上贴有一张银色卡片。我拿起卡片，一边读一边苦笑。

“祝贺我们最新上任——也是最年轻的——创意副总裁！”卡片说。送卡的是我们公司的董事会。

我拿起那个沉重的瓶子，在手上转了一圈又一圈。是Dom香槟。挺不错的：尽管在背后戳了我一刀，至少他们对我并不小气。

突然我感觉非常非常口渴。我一定是走了好几英里，吸了不少公车和出租车的黑色尾气，喉咙疼痛难忍，连吞咽也十分困难。我扯掉包裹着瓶颈的锡箔和金属线，用大拇指弹开了软木塞。泡沫像瀑布一样流满我的双手，我完全顾不上它，贪婪地从瓶里喝了一大口。

桌上的电话突然响起，我差点把沉重的酒瓶砸在自己的脚趾上。

谁会在这个时候给我的办公室打电话——我瞄了一眼墙上的时钟——在周五晚上的九点半？也许是曼特，或者曼森。他们可以留言；现在我不想跟世界上任何一个人说话。

电话响到第三声的时候，我终于瞥了瞥来电显示。是布拉德利·乔奇。

布拉德利总是让我感觉舒服。布拉德利从二年级开始就对我有“不那么秘密的好感”。从三年级开始，我的老式首饰盒的秘密小格子里就塞着布拉德利送的红绒布心脏，上面写着“做我的爱人”。他是世界上那个总是让我感觉到自己漂亮的人，仿佛我很特殊。他低沉的声音应该能够安抚我的灵魂。

“嘿！”布拉德利大叫道。他的声音很开心，激动，“我整晚都在打你的电话，但你既不接手机又不在家。我简直不敢相信你还在办公室里！”

“是啊，”我说，“要开一个会，走不了。你怎么样？”

“好得不得了，”他说，“真的好得不得了。”

我闭上眼睛，想象着布拉德利。他的棕色头发似乎永远是乱的，体形偏瘦，一双手按身材比例似乎太大了些，好像狗崽的手。他的金属框眼镜后面有一对热诚的眼睛；总在屁股兜里放一支笔、一个笔记本，仿佛放的是钱包一样。他的脖子上至少挂着两台照相机。在高中时，人们认为布拉德利是怪人，至少有些人看不出他是多么亲切、善良、高尚。突然之间，我十分想念他。

“你肯定不会相信今晚我遇到了什么事情。”布拉德利说。

肯定比不过我的这个晚上，我想着，毫不犹豫又灌下一大口。

“我被困在电梯里三个小时，”他说，“你知道贝斯达区市中心的那个车库吗？我去邦诺书店买书，回去取车的时候被困在三层和四层之间了。消防员花了好长时间才把我们弄出来。”

“真糟糕。”我接口说，顺势盖住一个哈欠。

接这个电话是一个错误。今晚我没有办法正常聊天，即使跟布拉德利也不行。筋疲力尽的感觉已经像波浪一样不停袭来，我极其想要听从它的召唤。我渴望一头瘫倒在自己的床上，钻进蓬松的羽绒被，把我的枕头蒙在头上，在黑暗里蜷起来。

“唔，至少你还有东西可以读。”我说着小心地把电话放在耳朵和肩膀之间，用空出的一只手打开抽屉，另一只手则死死地握着香槟。我发现我的钥匙安然无恙地躺在原处，一张20美元的钞票用一只曲别针别在钥匙圈上。谁说“肛门滞留”是一种人格缺陷呢?

“因此我就被困在电梯里了。”布拉德利说。我听见旁边有个女人咯咯地笑。天哪，我真想他快点讲完。我需要挂电话。

“你猜我在电梯里遇见谁了？”

我真不想玩这个游戏。

“不知道。”我简洁地回答。我不想显得无礼，可是布拉德利太开心，太能聊了，而我真的需要回家。

“我给你一个提示。”他说，“她是红头发。”

“没染过的！”一个熟悉的声音叫嚷着，“你可是见过证据的，布拉德利·乔奇！”

这一次我真的摔了香槟瓶：“见鬼！”

“林赛？你还好吧？”布拉德利问。

我抓起香槟瓶，以免洒更多的酒出来。

“亚历克斯？”我用试探的语气问。

“再没有别人了。”她咯咯笑道。她一定是在布拉德利旁边。他们的脸一定靠得非常近，好把手机放在中间，让两个人都听得到。他们的脸颊说不定保持在很来电的距离，刚刚好没有让脸碰上脸。

“真是巧遇。”我说。麻木从我身体里逐渐消退；不安驱逐了它，拼命占据着地盘。

“辛苦这么一趟之后我们都饿坏啦。”布拉德利说。

“英勇地辛苦了一趟。”亚历克斯补上一句。

“英勇。”布拉德利同意道。

“嗯，你很英勇。”亚历克斯说，“布拉德利把他的那瓶水给了我。”

“但你坚持让我喝一半。”布拉德利说，“所以你很高尚。”

干什么——什么大头鬼啊？为什么他们像老夫老妻一样互相给对方

圆话？

“不管了，”布拉德利说，“我们马上要去那个泰餐馆吃晚饭。记得吗？就是上次你到市中心的时候我们一起去的那个地方。”

我们一起吃了加花生酱的烤鸡肉、脆皮春卷，聊了几个小时。那个餐厅灯光昏暗，我突然记起来了。餐厅里放着柔缓的音乐，每张桌上都有许愿蜡烛。

“实在太好笑了。”我说着又灌下了一大口香槟，“天生一头红发？不是吧，亚历克斯？”

“我可是给他看了证据的。”她说。

我闭上了眼睛。亚历克斯说话时压低了嗓子，她在用“旁边有个魅力男士”的腔调说话呢。突然，一种近似于仇恨的情绪像一只拳头一样牢牢攫住了我的胃。

“她给我看了她上臂的汗毛。”布拉德利飞快地说，“相信我，那三个小时我们聊得可真不少。”

“好极了！”我十分开心地接嘴。

“你怎么没有早点告诉我布拉德利现在变得有多帅?”亚历克斯说着大声笑开了。

我简直能够看见活生生的她：她把一只手放在布拉德利瘦削的肩膀上，从他的胸部拂下一块面包屑，斜倚过去从他的叉子上咬上一块东西。亚历克斯只要还有一口气在，就不会停止调情。

我的五脏六腑都收紧了，好像有一只巨手正在抓住它们无情地揉捏。

“盖瑞今晚在干什么呢？”我貌似随意地问。盖瑞是亚历克斯的未婚夫。

“工——作。”亚历克斯说话时把词拖得很长，让“工作”两个字听起来冒出“无——聊”的味道。“老样子。就跟你一样。你现在在办公室干什么呢？”

“我看我们的春卷上来了。”布拉德利说。

“我还要一杯酒。”我听见亚历克斯告诉侍者，“布拉德利你呢？”

“当然。”他说，“我们要好好喝一杯。”

亚历克斯大笑起来，是那种十分亲密、互相了解的笑，听在我的耳朵里好像一个坏蛋的咯咯笑声。“你确定？你不是告诉我说一杯就站不稳了吗。说不定我还要开车送你回家呢。”

我从凳子上跳起来，感觉到一声尖叫就要从喉咙里冲出来。那是我跟布拉德利的专属笑话，我们都是喝一杯就头晕眼花。那是我们的餐馆。他们是不是还坐在我们的桌上？布拉德利是不是也要送她一颗情人红心？

“待会儿再电话给我，亲爱的。”亚历克斯说。电话收线了。

我吞香槟的速度太快了，它流下的时候我感觉烧嗓子。我怒火中烧。真该死，亚历克斯已经有未婚夫了，一个有钱有魅力的男人。为什么她还非要证明自己是多么难以抗拒？为什么她总需要一群男人对着她垂涎三尺？她不知道布拉德利喜欢我，但这并不重要。我从来没有告诉过她我们之间的事情，但她知道布拉德利是我的朋友。她知道我们有多亲密。世界上只有这个男人认为我是家里两姐妹中特别的那一个，她就不能放过他吗？

我在办公室走来走去，热泪盈满了眼眶。

我不顾一切地想要升职，可是机会落到了雪儿手里，只因为她更性感。

喜欢了我20年的男人跟亚历克斯一起过了几个小时，就把我完全抛到了九霄云外。

道理十分明显：漂亮女孩总是赢。不管我多么聪明，不管我工作多么努力，都不重要。我永远都不够好。就算拼命干活，我得到了什么？一个要取光全部存款才买得起的单身公寓（而那些存款是我花了七年时间一点一点攒起来的）、书桌上放的一个金色奖像、已经出现了早期症状的腕骨综合征，越来越糟糕的身体，从来没有停过的头痛。我已经29岁，在世界上唯一拥有的东西是我的工作，而在为其奉献了一切之后，它背叛了我。

我想脱下自己的皮囊，想尖叫着跑过纽约的一条条街道，想蜷起来躲在我的办公桌下哭泣。

我想成为任何一个人，只要不是我自己。

还没有意识到自己在做什么，我猛地拉开办公室的门，大步穿过阴暗的走廊向会议室走去。雪儿的故事板还放在支架上。我拉下幕布，瞪着她的广告案。

我倒退了一步。难以置信。我一直在猜想她的广告创意，但从来没有想到会是这副模样。

她用了一个真实生活片段作为广告。因为过于简单，她的广告流露出一股学生气：两个漂亮的、二十多岁的女人并排站在洗手间的整装镜前面，谈论着各自的唇膏。其中一个女孩不相信格罗斯可以让她的薄嘴唇看起来又丰满又漂亮，但她的朋友让她试了一试，她被说服了。

这东西给雪儿赢了五千万美元的新业务？就这种老套的、被用滥了的

“质疑者变成忠实拥护者”的平常招数？

不过，当然不是这东西给雪儿带来了业务，我记起来后不由闭上了眼睛。她的脸、身体和性感的声音赢得了客户。雪儿也做了她的调查，我确信无疑。但她的调查与我不同。不同的是，她查的不是芬斯特美克最喜欢的饮品，他最喜欢什么样的比格圈，她研究了他，找到了一个自尊的漏洞，并且乘虚而入。哪个中年男人在长指甲轻轻搔过他的膝盖的时候，在女人抛过来“你无可抵挡”的眼神时，在刻意展示的乳沟面前，不会油然心喜呢？尤其是这个男人的婚姻已经陷入僵局，他的太太正在跟30岁左右的飞行员偷情？我一点也不怀疑雪儿在调情之后，会有进一步的行动。说不定她已经跟芬斯特美克在旅馆房间里过了一下午，说不定她早就知道他会打电话，她就可以逼曼森松口。

忽然之间我茅塞顿开：上周雪儿突然去作了一趟神秘旅行。就连她的助理也不知道她去了哪里。她是不是飞去艾斯本，设法跟芬斯特美克见了一面？难道他们从那时候起就不清不楚了？

噢，天哪，我一边想，一边盯着她的故事板看。她从一开始就执行了必胜战略。她到底还是比我聪明。

我举起香槟酒瓶，作势敬了一杯：干得好，雪儿。你单手就把女性解放的时钟拨回了50年。我闭上了眼睛，又把酒瓶举到了嘴边。接着，跌跌撞撞的我差点摔了一跤，只好抓住一只椅子背，才稳下了脚步。香槟的酒劲终于上来了，让我的满腔怒火和痛楚熊熊地蔓延开来。

“做梦也别想我会叫你老板。”我嘟嘟囔囔地说，朝着雪儿的广告案挥了挥香槟瓶。也许刚才说的算不上最有效的办公室宣言，但我会办到的。

第二章

我转身离开，正要出发躲到家里那张安全舒适的床上，走廊里传来了脚步声。最好不要是小偷，我模模糊糊地想。实际上，我有点希望是。能够在他头上砸烂一个香槟酒瓶的话，感觉应该不错，那样就能宣泄一些内心的愤怒和伤痛。我低下头看着酒瓶。要浪费这样的酒实在糟糕。也许我可以在放倒小毛贼之前把它喝光。我尽量保持安静，举起酒瓶喝起来，结果发出的声音跟一支游行的乐队制造出的差不多大：因为我扶在凳子上的手松了，整个人跌在了雪儿的故事板上。我摔倒在地，故事板盖在了身上，压着我的脑袋在地板上重重磕了一下，给整件事画上了一个华丽的句号。今天我确实不走运。

“林赛？是你吗？”

眨眼间道格就到了我身边，把那块愚蠢的故事板从我的头上挪开，又扶我站起来。

“你还好吗？”他问道。

“没事。”我眯着一只眼睛斜瞥了他一眼。我没有办法正眼看他：如果他还不停手，继续把我晃来晃去的话。

“那我就放心了。”道格听上去口气温柔。他握着我的双手，用大拇指抚摩我的手掌心。跟道格比起来，比尔·克林顿就像一个维多利亚时代茶会上戴贞操带的修女。“我没想到你会在这儿。”

“我刚要走。”我说，但我没有动。“你在这儿干什么？”

“我把手机忘在办公室了。”他说，“我可不想整个周末都把它留在这儿。”

我点点头。“今天晚上不太好过，哈？”道格说。他的巧克力棕褐色眼睛看起来既柔情又真诚，声音格外低沉。

“是啊。”我含糊不清地说。假装有什么用呢?

“所有人都以为你会升职做副总裁。”他说话时还握着我的手。

“谢谢。”我说，使劲吞了一口唾沫。接下来的一个月，我跟每一个人之间都会来上一段类似的对话。有些人可能真心为我难过，其他人则很高兴看到我的失败。我不知道哪一种会让我感觉更糟糕一些。

道格眼里的同情让我受不了，我转过头，透过会议室的玻璃墙朝下望。脚下的街道十分繁忙，恰似今早八点十分的景象。敲桶卖艺的男人已经换成了一个老头，老头的衣服破破烂烂，退色得厉害，他像一个鬼魂一样融进了身后的灰色建筑，但他的萨克斯管跟金丝一样闪闪发亮。又一轮出租车加入了争夺街边停车位的战争。人行道上熙熙攘攘，来往的行人正在奔赴餐馆、酒吧或者爵士俱乐部，他们对穿着巨大热狗服发放传单的人不理不睬。街道拐角处，有一个男人和一个女人手挽手地站着，正在等红绿灯变色。当我看着他们的时候，男人探出身子抬起她的下巴吻了一下。但他亲的不是她的嘴唇。他慢慢地、细细地在女人的前额和脸颊上印下一个又一个吻，吻完又亲她的鼻尖。男人的姿势十分轻柔而亲密，让我备感渴望，却又极度痛楚。

从来没有人那样爱过我。

现在布拉德利和亚历克斯正紧靠在一起，有说有笑。烛光会流过她高高的颧骨，在她的头发里散成金色的星星点点。餐馆里进餐的人们会认出她——他们总能够认出她——亚历克斯会露出优雅的笑容，摆好姿势跟他们合拍一张照片，或者讲一个让全场爆笑的笑话，因为亚历克斯就是这样：友善，风趣，同时又十分自我。布拉德利会折服在她的魅力之下，我很确信。

我跟他的友谊还可以保持不变吗？我不知道。当然了，我们还会是朋友，就像读十年级的时候，那时我们会花上好几个小时，互相传递一碗爆米花和三角几何问题的答案。那时候，布拉德利和亚历克斯出没在不同的社交轨道上，她对他来说，大概跟墙上的海报一样难以接近。而且，如果我一定要实话实说的话，那也是我刻意设计的结果。我一直鼓励他们保持陌生人的状态。

有多少次我建议布拉德利一起学习时去他家，而不是我家？我是多么小心，每次邀请他到家时，亚历克斯要么正要出门参加拉拉队彩排，要么正在约会？即使在毕业舞会的晚上，我也确保了他来接我时亚历克斯已经离开家了。我不想他看见我站在亚历克斯的身边，她穿着金色的长裙，裙子紧贴着身体，展现出她的每一条曲线。

现在，亚历克斯知道布拉德利是多么风趣、聪明和友善了。现在他们有了联系。也许今天晚上他们聊的就会超过过去两年里布拉德利和我说过所有的话。下次我回家见到他，他会不会问亚历克斯的事情？他会不会顺水推舟，随口建议我们邀请她一起出来？他会不会看着我……却希望跟他在一起的其实是她？

还是今晚之后她和布拉德利就会一直保持联系？她会不会发现布拉德利不喜欢在爆米花上涂奶油，而喜欢涂蜂蜜（听起来恶心，不过好吃得难以置信）？他会不会（就是这个想法在我的心脏上端端正正刺了一匕首）用他时常用来凝望我的眼神看着她？

“你没事吧？”我几乎已经忘记道格还在身边。我点了点头。

“那这是什么？”他放开我的一只手，用手指尖擦掉了我脸颊上流下的眼泪。

“没什么。”我说，“今天晚上实在太难熬了。”

道格还握着我的另一只手，我突然注意到要宣布我要回家了然后爽快离开，现在恐怕不是最佳的时机。

“真美。”道格说。我扭过头，发现他正直直地盯着我。噢，天哪，我无声地呻吟了一声。

但是我朝他回望过去。我一直没有挪开目光。

“你的头发垂下来了。”道格说，“我从来没见过你头发放下来的样子。”

他伸手解开我的头发，让它绕着我的肩膀垂成一圈，然后用一双大手慢慢地从我脸上把头发往后拂。我闭上眼睛，以免再直视着他。情况真糟糕；面前这个是勾三搭四、招蜂引蝶的道格。嗯，是勾三搭四、招蜂引蝶但迷死人的道格。不过，我必须叫停，马上。

或者再等两到五分钟。他的手指颇为粗糙，但他的抚摸无比精准且温柔，两者结合起来简直让人神魂颠倒。

“你这个样子很美。”他说。他的手久久地停留在我的脸颊上。

我睁开了眼睛。房间里有些昏暗，但是月光透过玻璃墙涌了进来。

“是吗？”我低声问。

你知道事情将要发生之前的那些分分秒秒——比如一个板着脸的医生让你坐下，或者你等待着粉色条在怀孕试纸上显示出来，再有可能一辆汽车在结了冰的光滑路面上朝你滑过来——那时一切似乎在急匆匆地奔向突然来临的刹车。当我的手指环抱上道格的腰时，同样的情形发生了。周围的一切似乎都黯淡了下去，只把我和道格留在一束五色的聚光灯下，围绕我们的世界却突然变成了黑白色。他离得十分近，我能够听见他吞咽时发出的细小声音，看见他刮脸时在下巴上漏掉的一小块。有那么一会儿，我们紧贴着站在一起。

“你真美。”他吐出一口气，用融化的巧克力眼睛盯着我看。

这时我一把抓住了他，狠狠地，吻了他。

他的味道很甘美，就像肉桂和红酒。在我的双手下，他宽阔的后背感觉颇为强壮。欲望的浪潮席卷了我，把今天一天郁积起来的所有情绪冲刷得干干净净。现在我能够想到的唯一一件事，是如何飞快地扒掉道格的衬衫，把我的手放到他的胸上。

“林赛。”他吐气说，“我从来没有想到——”

“什么也不要说。”我恳求道。如果他说出什么陈词滥调的话，这个时刻就毁了，而我万分迫切地想要沉醉其中，想让神魂颠倒的声色犬马带走我的痛苦。

道格的嘴唇既柔软又温暖，当他下颌的短胡楂摩擦过我脖子上敏感的皮肤时，颤抖像热浪一般流遍了我的小腹。他不停地吻我，吻得我几乎意识混乱，他的手指尖滑到我裙子的领口上，温柔地、热情似火地在我的肩膀上画着一个又一个圈。我靠在会议桌上向后仰着头，闭着眼睛，道格的手指滑得越来越低。

“美极了。”他伸手够到我身后，拉开裙子拉链时，又一次低声说。我解开胸衣，不耐烦地扔到一边，把道格拉到身边：这样他的身体就能紧贴着我。各种感觉轮番轰炸着我：他温暖的皮肤；他咬在我耳垂上的嘴唇让人心痒难忍；他把我的裙子脱到臀部，手指触到我的身体时那触电一般的感觉。我想要这一切。我想要这一切想得太厉害，以至于变得脆弱。

道格的手指突然定格了。

“什么声音？”他小声说。

噢，天哪！他是不是发现我穿了老式内衣？

“你听见了吗？”他压低声音问。

我摇摇头，手臂还绕在他的脖子上，感觉摇摇晃晃找不到方向。他为什么停下来了？我不想他停下来，永远不要停。

“该死。”道格小声说。他突然放开了我，我差点又摔倒在地。他弯下腰从地板上抓起衬衣，这时脚步声正好来到会议室前。

“我的故事板应该还在里面——”有人——雪儿——在说话。

“等不及了。”一个男人回答道。“值五千万美元的故事板。最好给它买个画框裱起来。”

灯啪的一声打开，光亮刺痛了我的眼睛，我眯起眼。

雪儿站在过道里，直直地盯着我。她的身边站着邓恩。我的心跳凝固了，环抱住自己的双臂。欲望飞快地从我身体里退潮，就像有人把插头拔掉了一样。

首先开口说话的是雪儿。

“林赛？”

我麻木地瞪着她。

“哦，我倒还没见过你的这一面。”她一边挖苦，一边毫不掩饰地盯着我的胸部。

“事情不是这个样子的。”道格结结巴巴地说。他一向缺乏应变能力；在一次绩效评估里，我甚至都下过类似的结论。

我转过身，用颤抖的手指拉上裙子。

第二章

“我可以解释。”我扭头说。

“我倒是愿意听听。”邓恩先生说，“到我的办公室来。给你两分钟。”

他转身离开了。

邓恩先生坐在办公室桃花心木的书桌后面。他的办公室位于拐角处，配有一个大餐室，以及一个用冰冷的蓝色花岗石和不锈钢装饰的私人洗手间。这就是我渴望的办公室；我总是想象再过十到十五年，等邓恩先生退休，这间办公室就会顺理成章成为我的。

邓恩先生是公司三个创始人中最和善的一个。他长着一把白胡子，凸凸的大肚子，样子有点像圣诞老人，在圣诞夜他甚至亲自扮演圣诞老人的角色，走遍各个办公室把精美小食派发给还没有下班的员工。去年他给了我一根枴杖糖和一只橙子，我说：“谢谢，邓恩先生。”他大声笑道：“谁是邓恩先生。我是圣·尼古拉！”那些话其实还挺可爱的，有点“笨爷爷”的味道。

但现在他的嘴绷成了一条直线，明显流露出不赞成的情绪。

“坐下。”他说，指了指办公桌前的一张凳子。我赶紧听话地坐下。事情恐怕非常糟糕。我从来没有觉得这么丢脸和羞耻。我迫不及待地想让一切赶紧过去。

“我想告诉您我非常抱歉。”我开口说。我简直不能直视他的眼睛，否则眼前会闪现圣·尼古拉的影子，而且我知道我会想起每次跟他见面的场景。

“这种事情以前从来没有发生过，而且我向您保证以后再也不会发生了。”

“林赛，”他截断我的话，“道格是你的下属。”

我惊讶地眨了眨眼睛。他这是准备说什么?

“嗯，严格地说，是的。”我说，“不过他不直接向我汇报。”

“鬼才管他到底向谁汇报。他在你的团队里。”邓恩先生说，“你到底在想什么？”

“这是个错误。”我说着惭愧地低下了头。“非常、非常糟糕的错误。我绝对不会——”

“我知道今晚让你很失望，但这不是借口。”邓恩先生说，“你没有给我一点选择的余地。”

不安瞬间在体内蔓延，割断了我的气管，我不得不拼命地小口呼吸。突然之间我明白他要说什么了，我必须阻止他，我必须让邓恩先生改变主意。

“是道格开的头。”我口齿不清地着急分辩。“问他吧，他会告诉你的。当然这不是说我的所作所为就有理由，我绝不是这个意思——”

“我必须让你走。”邓恩先生说。

他的话像一道凌空击下的霹雳，撕裂了天空。我张开嘴，却没有吐出一个字。我的身体整个颤抖了起来。

邓恩先生吐了一口气。“林赛，我喜欢你。你工作很出色。不过，你不仅丢了职场基本的体面，还有可能给我们公司带来一桩性骚扰官司。你知道我们有规定，不容许这样的事情发生。”

“道格不会告我们的。”我的声音已经变成了歇斯底里的尖叫。“让我跟他谈谈，我发誓他不会打官司的。”

“不行，你不能跟他谈！”邓恩先生大喊一声。现在他是真的生气了，他的脸颊上渗出了红晕。“你想给他留口实，让他说是你叫他闭嘴的吗？你想让他说是你威胁他的吗？你是不是想把公司拖下水，拖进什么乌七八糟的官司——这家公司可是我白手起家辛辛苦苦建起来的！”

“不，不，不，我不是这个意思。”我说着茫然地紧紧握住了双手，好像正在祈祷。天哪，我还能把事情弄得更糟糕吗？现在我必须冷静思考；一切就看现在了。我必须以前所未有的劲头把自己推销出去。

“求您了，就再给我一次机会吧。”我恳求道。如果有用的话，我已经跪下来了。我会吻他的脚，每天给他倒咖啡。为了保住工作，我什么都肯做。事情怎么会变成这样？

在等待曼森宣布副总裁人选之前，我焦虑过，但那跟此时的状况对比起来，简直不算什么。恐惧像野火一般在我身体里烧成了一片。我不由自主地发起了抖，连邓恩先生都注意到了，他的表情微微有所缓和。

“我会更努力工作的。我会做得更好。我发誓类似的事情再也不会发生了。”我的声音跟尖叫差不多。

“我相信。”邓恩先生说，“不过太迟了，已经没有办法弥补了。你知道我们公司的规定。你也明白后果。我很抱歉。”

“不，不，不。”我说，“你不是这个意思。你不是。求你了。”

“林赛，我会给你做推荐人的。”他说，“我只能做到这点了。”

“不过——”我开口说。

“现在你必须离开了。”邓恩先生截断我的话。“请马上收拾好你的东西。这对我来说也不是一件轻松的事情。”

我瞪着他，思绪陷入了混乱。我必须弥补眼前的一切，我还能弥补，我可以——

但是邓恩先生已经站起来走到了门口，拉开门示意我离开。

就这样，打个响指的工夫，我的人生画上了句号。

第三章 铅华尽洗后的真情

我最后看了一眼曼特。他的身影越来越小，我们之间的距离慢慢拉长。我真希望他能笑一笑，失去了明亮的笑容，他的脸看起来是这么悲伤。

我在床上整整躺了三天。失眠痊愈了，我的身体出现了相反的症状。我只想沉浸在深深的没有梦的睡眠中。我拉下百叶窗，让黑暗和寂静包裹着自己。我关掉了手机，任由收到的邮件在过道里堆了一堆又一堆。我睡了一个小时又一个小时，只偶尔醒来从柜子里再取出一条被子加到身上，或者从床头柜上的水杯里喝上一小口。好像一个受了重伤的病号为了加速痊愈而被麻醉昏迷，我的身体正在自愈，带我远远地脱离痛苦，进入睡眠中暂缓一口气。

有一次我听见有人敲门，但我把枕头捂在头上，他们终于还是离开了。我又陷入睡梦中，时间过得飞快，我疲倦的身体急需休息。

到了第四天，我终于起了床，一步一步小心地走到了浴缸边上，调暗灯光，把浴缸放满烫得不得了的热水，加了一整瓶Molton Brown泡泡浴。我喝着一杯带蜂蜜的甘菊茶泡了一个小时，意识却还是一片模糊。仅仅泡茶和放洗澡水两件事已经再次让我筋疲力尽。

我躺在浴缸里，大脑一片空白，只剩下自己正用手指在浴缸的泡沫上茫茫然画着的那些图案。我觉得自己跟一切都失去了联系，就像一只易碎的陶瓷杯被一层一层包裹在报纸和气泡包装纸里。在我的小公寓中，什么都伤害不了我；我感到安全，温暖。当手指被泡软泛红之后，我拔起浴缸的塞子，穿上一件旧T恤，磕磕绊绊地又走回了床边，动作跟老人一样迟缓。

过了几个小时，我醒来听见公寓门打开的声音。

我没有力气动弹。如果是个贼的话，他想拿走什么都行，只要把床给我留下。我想要永远躺在上面，搂着我的蓝色羊毛枕头，让意识躲在一个柔软的地方，不受现实世界的骚扰。

"罗斯小姐？"

来的是我公寓大楼的管理员。

大多数公寓管理员都彻头彻尾地体现出皇后区的气质，无一例外地佩戴着金链，大方地敞开着衬衫。我的公寓管理员则是一个苦苦挣扎的诗人，体重比我还要轻，当一个住客在洗衣房里发现小老鼠时，他尖叫得像一个天主教中学的女学生。

"我要进来了，没问题吧？"

我又闭上了眼睛。也许看见我在睡觉，他就会离开。

"林赛？"

这次是另外一个人的声音。是曼特。

我应该起床给他们弄些茶喝，我模模糊糊地想，但四肢都像灌了铅，根本挪不动。也许他们可以自己照顾自己。

"天哪，如果她干了什么傻事——"曼特在说话。

"把那个煎锅递给我。"管理员说。

"干什么？"曼特问。

"如果是谋杀的话，那个浑蛋可能还在这儿。"管理员说话的口气很是见多识广。

“天哪，”曼特说，“给我闪开。”

卧室的门吱的一声打开了。我应该让管理员修好吱吱叫的门的，正好他在场，再方便不过了。就像命运，天意。命运和天意之间有区别吗？我迷迷糊糊地想。如果有的话，那是一个给上天的命题，不是给我的。

“罗斯小姐？”管理员对着我的脸直喊，“你能听见吗？”

我抬起眼皮。

“林赛？”曼特挤开管理员，几乎把他撞倒，然后出现在我的床边。

“嘿，”他温柔地说，低头凝视着我，把我的钱包放在床上，“我给你带这个来了。”

我抬起手轻轻地挥了挥。挥手这个动作真好看，我一边想一边看着自己的手轻轻来回舞动。如果你动作足够慢而且张开五根手指，那它看起来会像一把扇子。人们应该多挥挥手。

“你感觉还好吧？”曼特问。他身上穿的是西装。他一定是直接从——不。我的思绪嗖的一声缩了回来，像一只从火炉边缩回的手。我不要想那些。

“还好。”我想要说话，但吐出口的是一串嘶哑的声音。我清清嗓子又试了一次。

“还好。”我说，“想睡觉。”

我再次闭上眼睛，意识又开始漂移。

“她可能嗑药嗑多了。”管理员说，“我们可能得把她放到冷水下面冲一冲。”

我睁开一只眼睛想要瞪他。

第三章

“林赛？”曼特说着向我斜了斜身体。他的领带上有一块红斑，看起来像意大利面酱。

“还记得意式土豆团吗？”我问他。

“什么？”他问道，两条眉毛之间起了一道皱纹。

“我想她说的是诺基亚。”管理员贴着曼特的耳朵说，“她想要她的手机，可能是想说再见。打电话给朋友，还有其他人。”

管理员朝我靠过来。我注意到他在试着留山羊胡（可惜实在不怎么成功）。“你——想打——给——谁——啊——？”他拖长了每个词的发音，好像一个教英文的老师在跟一个特别蠢的学生讲话。

“林赛，你吃过东西吗？”曼特问。

“唔？”我说。

曼特啪地打开我的床头柜抽屉，急匆匆翻了一遍，接着脸朝下用手撑着趴到地上，在我的床下瞄来瞄去。

“你没吃药，是吧？”曼特的声音从浴室传来。我希望他不会注意到我洗完澡没有擦浴缸。要论糟糕，什么也比不上浴缸的盖子。

“看看她的瞳孔。”管理员一边建议，一边从衣兜里拿出一支袖珍手电筒照在我的脸上，他是这个城市唯一一个拒绝佩戴工作腰带的管理员。

天哪，这个小个子男人真烦人。我又用枕头捂住脸，希望他们收到暗示赶紧离开。

“林赛，”曼特说，“你能告诉我今天的日期吗？”

我拿下枕头，好不容易挤出一个笑容以示安慰。

“嗯，”我尽量客气地说，“谢谢你们俩过来看我。但我真的要休息了。”

应该够了。我又闭上了眼睛。

我听见他们俩在房间角落窃窃私语。其实，这挺让人安心的，好像有人打开了电视机，调小音量在收看一部肥皂剧。

“只有安眠药。不过只少了一颗……”

“她家的酒呢？”

冰箱的门打开了又关上，接着我听见有人在翻我的柜子。也许他们在找吃的。按理说我应该很饿，但我没有一点胃口，这点倒是不错，这样我就再也不用起床了。

“……崩溃了。我一个阿姨有一次犯了……同样的症状……”

“……医院？”

“……打电话叫人来？”

我又向羽绒被里缩了缩，蜷起身体让自己尽可能地舒服一些，就像一只小松鼠蜷在巢里。我几乎又一次陷入了睡梦中，直到一句话穿过迷雾到达我朦胧的意识，像清清楚楚、令人心惊胆战的空袭警报。

“我找到了她的通讯录。”曼特说，“我马上打电话给她的父母和姐姐。”

我从床上一跃而起，掀开被子，用尽力气尖叫了一声，“不——！”

两个小时以后，我坐到了沙发里，身上暖暖地裹着浴袍，膝盖上还放着半碗鸡肉面汤。曼特在我的食品柜里找到了一个罐头——这大概是食品柜里唯一的东西了——加热过后看着我吃掉了每一勺。尽管面汤的气味并不好闻，我还是尽量咽了下去，免得曼特不高兴。他还让我洗了一个澡，而且打开了百叶窗。我睡着的时候窗外下了雪；街道上倒是干干净净，但树梢还稍稍缀着一些花边。冷冷的明亮阳光是个明确的提示：现在是中午。我花了一会儿工夫才想出今天的日期：是星期二。

“我还好。”这句话我是第一百次说。“我只是有点累。”

我还感觉疲倦，但我知道我不能再躲回床上睡觉。我必须开始收拾自己的生活，或者说要收拾上一次大爆炸后剩下的碎片。答录机闪个不停，上面有16条新消息，大多数是曼特打来的，可是爸爸妈妈也有可能打过电话。他们也许在担心我；我是那个听话、靠得住的女儿，总是在固定日期打电话回家。

“我还以为你做了傻事。”曼特说，“如果你真有那么傻的话，我会杀了你。”

“你对时机的把握总是有问题。”我说。

曼特瞪了我一眼，笑了。我一直都很爱他的微笑，他脸上满溢着灿烂的笑意。突然，一阵深入骨髓的悲哀从内心升起来。我只有29岁，但我感觉自己要老得多。我的皮肤跟玉米皮一般又枯又粗，我的眼睛发痛，好像在昏暗的灯光下不停不歇地读了很久。我感觉体力透支，仿佛自己的生命就快要用尽。而且在某种意义上，我的生活的确已经画上了句号，至少那种我所熟知的生活方式已经再也回不来了。

“你准备怎么办？”曼特问。我把汤放到咖啡桌上，叹了一口气向后仰。

“我不能待在这儿。”我说，“我付不起房租。”

“你没有存点钱吗?”曼特说。

“公寓要出售了。”我说，“我本来打算买下的，可是……”

我环视着公寓，声音低了下来。我爱这里的每一件东西。我的沙发和超大座椅都是纯白色绳绒面，咖啡桌是用纽约州北部一间老仓房打满了结的大门改造的。卧室里只有一张床单雪白的双人床，一床鸭绒被，一个式样简单的木制床头柜，以及角落里枝叶茂密的绿色植物。整个房间跟僧室一样整洁而宁静。壁柜里，我的衣服按颜色从深至浅排成一排，木制衣架都朝向同一个方向。所有的家具收拾得干干净净、闪闪发亮。所有的东西布置得整洁有序，堪称完美。

我深深吸了一口气，再次开口。

“我要再找一份工作，”我说，“但不是在纽约。”

这是洗澡时我得出的结论，我把脸埋进了喷头下的水流，以免曼特听到哭声。我原以为啜泣声涌出胸腔时会发出可怕的嚣叫，可是脸上只流下了一滴眼泪，掺进水中打着旋冲进了管道。我的感觉太麻木，连哭都哭不出来。

“可是你说过邓恩会推荐你的，”曼特回嘴道，“你没必要走的。你在哪里都能找到一个工作。”

“我知道。”我说，“所以我要搬家。”

“搬到马里兰？”曼特的口气分明难以置信。

“你看，我知道雪儿已经把我和道格的事情传到所有人耳朵里了。”我说。我已经躲了三天，现在我必须成熟起来，必须站出来面对一切。“是吧？”

曼特避开了我的目光。“该死的雪儿，”他说，“所有人都知道她是个贱人。”

“所有人也都知道我被解雇了。纽约每个广告公司都会听到风声。你知道小道消息传得有多快。大家不会给邓恩打电话要求推荐信的；他们只会找我们公司里认识的人问情况。公司的人什么都会说。他们会知道我的事情。”

曼特叹了口气。“那又怎么样呢？你犯了一个错。整整七年，就犯了一个错而已。”

“错就是错。”我说。我勉强笑了笑，可是收声太快，听起来像一声咳嗽。“我毁了自己的事业，而且我的错无可弥补。没有办法挽回了，曼特。我只能从头开始。华盛顿特区有一些不错的广告公司，我可以在爸妈家里住上一阵子，搭车去城里，把所有的事情都理顺。”

曼特摇了摇头。“我不觉得这是个好主意。我觉得你应该留下来，斗争到底。过一个月一切都会烟消云散的。休个假，再回来找工作。你不需要搬家。”

我低头看着自己的膝盖，想着曼特的话。他说的对吗？我想象着到一家新公司去工作，去一个崭新的办公室，问候同事，看着他们偷偷忍住窃笑，小声地交头接耳——不。我受不了。

突然之间我又回到了九年级，回到了进入高中的第一个月。我正在替化学老师送一张便条给校长，因此抄近路穿过一条走廊，走廊里有高年级学生的储物柜。我还记得那些储物柜关闭时发出的叮当声，记得磨损了的酱橙色油地毡，还有弥漫在空气中的旧袜子发酵的味道。我身穿前襟打褶的崭新Levis上衣和一条粉色花裙，戴着一件运动胸衣（直到六个月后我才真正开始需要它），大步穿过走廊。老师从整个班的学生中间选中了我，我因此颇为自豪。

“嘿，这是谁啊？”

一个男孩从他那堆朋友中走出来，拦住了我的去路。他身穿白T恤和牛仔裤，看起来有点像詹姆斯·迪恩[1]，只不过脸上的表情要邪气一些。

我瞪着他，用眼神恳求他放我离开。

“她不会说话。”他的一个朋友说。

“蠢人，是这么叫他们的吧？”最先出列的男孩说。他朝我靠近一些，在我脸上扇了一巴掌。“嘿，蠢货。”

“我会说话。”我说，“请让我过去。”

“请让我过去。”他讥笑道，“瞧，蠢货，我办不到啊。这条是高年级的专属走廊。你不是高年级的。你过界了。”

“你被逮捕了！”他的一个朋友模仿着汽笛的声音。

“乖乖听话，把两只手背过去，那样你就不会受伤，蠢蛋。”他说。

“拿我的皮带当手铐。”另外一个男孩一边说，一边从牛仔裤里抽出皮带，他的朋友们大笑着朝我挤过来。

我的心开始狂跳，飞快地四下张望寻找逃跑路线。我感觉自己像落入陷阱的动物。他们的脸上还挂着笑，但这些男孩并不只是开开玩笑就算了的；带头的男孩有一双细眯缝眼睛，眼神有真真实实的残忍劲头。我身边已经围上了大概十几个人，都在看热闹，但谁也不出声。老师们都上哪里去了？怎么没有人来帮帮我？

我的下嘴唇开始颤抖。天哪，别哭出来，我默默祈祷。不清楚什么原

1 James Byron Dean，美国著名电影演员，在1955年主演的电影《天伦梦觉》（East of Eden）中饰演颓废沉沦青年，其主流形象较能代表他所处年代年轻人的反叛和浪漫。——编者注

因，我知道哭泣只会坏事，会让事情变得非常糟糕。

“背过手去，乖乖地。”长得像詹姆斯·迪恩的男孩说，“最后一次警告你。”

“我有个地方关她。”他的朋友说着打开一个储物柜。

一直以来我都有点幽闭恐惧。我看了看那个漆黑的、棺材一样的地方，想象自己被关进里面后如何挣扎、哭号、尖叫。下一堂课的铃声就要响了；老师们会把门关上，不会有人听见我的声音。我会被困在储物柜里，什么也看不见，既无法呼吸，也无法动弹。

“拜托你了。”我说。绝望让我的声音变得柔弱。

詹姆斯·迪恩模样的男孩看着我。

“她看起来挺后悔的。”他对他的朋友们说，“你保证不再犯了吗？”

我拼命点头。鼻涕流了出来，我用手背把它擦干净。

他看着我，摇了摇头。“不行，还不够好。进号子里去。”

他的朋友大笑起来，他伸手抓住我，突然我开始拼命反抗，一边甩胳膊一边踢腿。但是对方的力气实在太大，他轻易地把我的双臂反剪到后背，抬起我向储物柜拖去。

一个声音穿过人群传过来。

“你究竟在搞什么鬼，拉尔夫？”

拉尔夫转过身，我也跟着扭过了脸，面前是亚历克斯。她身穿拉拉队员的制服，外面披着一件男生穿的皮外套。人群一边闪到一旁给她让出一条路，一边盯着她看——他们在她面前一贯如此。即使只有十四岁，亚历克斯已经拥有了这种魅力。

“嗨，宝贝。”拉尔夫说，接着他宣布道，“现在来见见唯一一个有资格到这儿来的一年级新生。”

“阿门。”另外一个男生恭恭敬敬地说。

“放开她。”亚历克斯命令道。突然之间我被松开了。我瘫在地上，像一只螃蟹一样七脚八爪地赶紧从拉尔夫身边爬开。

我感觉到气氛起了变化。现在男孩们的注意力都转移到了亚历克斯身上。他们的头领换人了。

“只是找点乐子。”拉尔夫说着叠起双臂，把拳头放在二头肌下面，好让它们看起来更大些。“你还在乎这个？”

他的声音里不再有威胁的口气。他想要得到亚历克斯的肯定，他想让她喜欢他。

“她是我的双胞胎妹妹。”亚历克斯说，“过来吧，林赛。”

我站起来快步走到她身边。我们一起离开，我听见有人在小声嘀咕：

“双胞胎？”

“见他妈的大头鬼了。”

“他们没弄错吧，这个真是他们家的女儿，不是家里的狗？”其中一个男孩说。拍手声和笑声在过道里回荡。

亚历克斯在我身边停下了脚步。我可以看出她正在跟本能搏斗，想要告诉那些男孩让他们去死。她想要保护我。

我站在她身边，还在因为害怕和愤怒不停地颤抖，五脏六腑都搅成了一团，心里希望她把这个想法变成行动。我想让他们尝到我的痛苦，至少感受到一点点，让他们明白在众人面前受辱是什么感觉。亚历克斯口齿厉害；对她来说，要发起攻击给他们点厉害瞧瞧、让他们后悔欺负我，是非常容易的事情，那样拉尔夫就会成为众人嘲笑的对象。

可是亚历克斯抬脚走开了。她走开了。

在那个糟糕的时刻，我知道她已经权衡过利害，决定她自己受欢迎的程度比给我出头重要。要付的代价太高。她在某种程度上保护了我，而她也只会做到这个程度。

我恨她不肯保护我。

但远不如我看不起自己，看不起我自己竟然还是需要她。

“你还好吧？”当众人再也听不见我们说话时，亚历克斯问。

“没事。”我气恼地说，紧紧地抱住了双臂。

“那些男生有时候很浑蛋。”她说，“特别是拉尔夫。”

她怎么知道那些男生的名字？他们怎么都认识她？我在学校漫无边际的走廊里还摸不着方向，可是亚历克斯一挥小手指，就能带动一半的高年级生，男生的那一半。高中时光会跟初中一模一样，跟小学一样，跟夏天在游泳池度过的时间一样，也像每一次野营、看牙医、我们出席的每一个生日聚会一样：亚历克斯是众人瞩目的焦点，我甚至近不了她的身。我怎么会蠢到以为会有什么不同呢？我怎么会希望在一个这么庞大的学校里找到属于自己的位置，找到自己的朋友，找到自己发光的地方呢？

是亚历克斯的错；一切都是亚历克斯的错。只是因为有她比照，我才显得丑陋。我从心底知道，我不是所有人都觉得漂亮的类型，可是也算不上有多丑。我只是……不起眼。也许我应该再减十磅，但就算保持现状，我也称得上沾了点漂亮的边，而不是丑陋。但是只要有亚历克斯在，我就只能是一个巨大的失败。让人失望。一个遗传抖开的意外的包袱。

“我还好。”我说着又狠狠地擦了擦鼻涕，“别管我。”

“别管你？”亚历克斯说，“我刚刚帮了你个大忙。”

“谢谢你的帮助。”我嘲弄地说完便一溜烟跑开了，留下亚历克斯在原地瞪着我的背影。

到现在已经过去了15年，我却仍然记得拉尔夫在抓住我时撮起上唇冷冷一笑的模样，记得一个在旁围观的胖乎乎的男生脸上露出既厌恶又激动的表情，还记得有人把我叫做“宠物狗”时，人群爆发出的笑声。

那一年我再也没有从那条走廊上经过。

在某种意义上，纽约广告界跟高中颇有共通之处。当然，八卦消息在这个圈子里不再通过叠起来的纸条来传递，而是通过黑莓手机，或者“Velvet”和“Sugar”吧里的马蒂尼。如果留在这个城市，行内每一个人都会知道我是如何一败涂地的。我的简历上会永远附带着一个标注：林赛·罗斯，下班后跟她的男下属一对一进行研讨的女人，着装与否完全由两人随意决定。我永远也迈不过这个坎，永远也躲不过第一次听见我的名字时，同事们眼睛里流露出的那一丝会意的神情。

是不是以后我每次跟男下属相处，未来的老板都会小心提防？会不会我只要碰一碰下属或者为其美言两句，就会惹来风言风语呢？

曼特还坐在身边的沙发上，盯着我看。

“我不觉得我可以在纽约从头来过。”我开口说，“我得去别的地方。我要回家。”

终于把话说出来了，在我的内心深处，这个想法早就已经露出了苗头。

回家去吧，那里的人们还认同我的成功。回家去吧，爸爸妈妈买新车时，还要靠我帮他们讨个好价钱，他们的养老方案还要靠我给挑几只好股票。回家去吧，那里的邻居总爱打听我最近又去哪里出差了，是不是又升职了。回家去吧，以前布拉德利在那里爱过我，说不定他还会爱我。

我不能永远蜷在床上。我从来不服输，现在我要重整旗鼓，他妈的。

我已经想好这次回家如何解释了，而且我也会重新开始自己的生活。也许近期内我成不了副总裁，不过我会找到一个好工作的。我会再次冒出头。我还会拥有曾经梦想的一切。不管付出什么代价。

结果，消除我在纽约留下的全部痕迹需要动用的只是一辆搬家卡车，去一趟高档寄卖行，再跑一趟“善意”旧衣回收中心，为注销电话忙上半天，跟房东讨价还价提前结束租约，最后张罗着把家里那些画和等离子电视都找地方存起来。

突然间我已经站在空空荡荡的寓所里，灰尘在阳光下飞舞，我的脚边放着两只行李箱，恰恰是七年前我刚刚来到纽约谋生时的情景。

“我不敢相信你只有这么点东西。”曼特拎起一只行李箱说。今晚——我在这个城市的最后一个晚上——九点乘火车赶往马里兰回家之前，我要缩在他家的沙发上。我没有问帕米感觉怎么样。

“女人不都是行李一大堆的吗？”曼特问。

“我有好多东西。”我回嘴说，“我运了一卡车到旧衣回收中心。”

“四分之一卡车。”曼特纠正道，“你的发带呢？你的衣服呢？还有你那一大堆讲如何用冰块和保鲜膜取悦男人的杂志，上哪里去了？”

“首先，我十岁的时候就不看《阁楼》了。”我说，“再说，发带？光是知道‘发带’这个词，就已经说明你有多么变态了。”

“我们谈的是你的毛病，不是我的。”曼特说。

天哪，再跟他拌嘴感觉好极了，似乎一切都很正常，尽管在平静的外表下，我感觉自己好似薄脆的冰，只要轻轻一敲就会裂开。

“说来听听，今天晚上有什么计划？”我问，“吃墨西哥餐，看电影？”

“见鬼，当然不是。”曼特说，“这是你在纽约的最后一个晚上。我们要出门。”

他拎起另一只行李箱，我锁上门，我们一起向电梯走去。路上我没有回头，哪怕只是一眼。我必须向前看，不能回头。

来到大厅时，我走到脸上永远挂着微笑的门卫旁边，把钥匙交给他。别想太多，我告诉自己，把事情做完。给他钥匙，他已经摊开手了。就是现在，交钥匙。对了，一步一步来。

“给你，郝克托。”我说。

我伸手进钱包掏出一个小小的信封，里面装着给郝克托提前准备的圣诞红包。郝克托快要五十岁了，是个可靠、结实的家伙。纽约要是缺了他，估计会运转不畅。每天他会身穿干练利落的白色衬衣和一套常年不变的蓝色西服准时出现在大厅里，随时关注着门口的动静，只要一有人来，他就立刻动身打开门。我刚想对他说点什么其他的——谢谢他多次把寄给我的邮件收在他的桌子底下，或者在雨中为我拦出租车——可是一对住在我楼下、跟我不怎么熟的年轻夫妇冲出电梯，风一般向我们赶过来。

突然间他们三个人已经在叽里呱啦地说话，冒出一些诸如“化疗”、“女儿”和“祈祷”的词语；郝克托一边没羞没臊地从眼角抹去眼泪，一边说：“缓解了。是啊，医生说病情有缓解了。”

他们拥抱了他，先是妻子，随后是丈夫。那位丈夫刚开始只是伸出手来准备握一握，但在最后却改变了主意，拉过郝克托，拍着他的背给了一个用力的拥抱。郝克托微笑着点头，一遍又一遍地说：“谢谢你们。上帝保佑你们。”

“他的小孩得了癌症？”曼特小声对我说。

“我猜是的。”我放慢声音说。

我低头看着手里那个样子普通的白色商务信封，郝克托还在跟那对夫妇说话，感谢他们在他女儿住院时候给他做意大利千层面。我的信封里放着一百美元，连卡都没有附。我没有给他煮过意大利千层面。我甚至不知道他的女儿生了病。我只是在急匆匆上班的路上朝郝克托笑一笑；或者在晚上溜进大楼时心不在焉地谢谢他给我开门，通常那种时候我的两只手都没有空，又是拎公文包又是拿中餐外卖，脑子里装满了宣传词、对话、故事板之类的东西。郝克托对我的意义，并不比大厅角落的塑料装饰树大。我不由浮想联翩：他的女儿有多大了？她叫什么名字？她的病还会复发吗？他怎么可以在自己的世界摇摇欲坠时，还每天微笑着给我打开门，好像那就是他每天最大的快乐？

“好了吗？”曼特说。

“当然。”我说。

但是接着我伸手到钱包里，掏出所有的二十块钞票，一股脑塞进了信封。我把信封放在郝克托的办公桌上，趁他还在跟那对年轻夫妇聊天偷偷溜走了。

抱歉。门在身后关上时，我悄声说。声音小得没有人可以听见。

“现在去哪里？”钻进一辆黄色出租车，我问曼特。

“首先，我们去把你这少得可怜的行李放到我那儿，”他说，“我希望所有的发带都能放下。然后——”

“我有个请求。”我插嘴道，“我想去看看‘裸体牛仔’。”

曼特斜眼看着我。

“不开玩笑？”他说。

我用力点头。

“我还想在‘运河街’买个普拉达的仿制包。”我脱口道，话从嘴里越来越快地涌出来。“我想去中央公园坐马车。我想见见名人——货真价实的那种——不要我们平时在公司里碰到的二线明星。我想去Soho区只逛街不买东西。我想去‘Ruby Foo’餐厅吃寿司，去‘Tavern on the Green’餐厅喝饮料。”

“没问题，好啊。”曼特装出一副被吓到的模样，“欢迎到纽约……一游。”

“这些事情我从来都没有做过。”我一阵难过。

这是事实：我已经在纽约住了好几年，但从一开始我就像站在一堵玻璃墙后面，看着别人在街角热吻，与敲水桶的鼓手共舞，或者与一帮朋友吵吵嚷嚷地去酒吧。我住在纽约，但我并不活在纽约。

另外，曼特实在值得夸奖：他既没有笑我，也没有威胁要把我扔出出租车。他只是朝前靠了靠告诉司机开快点，因为我们有很多事要做。

十个小时以后，我的每一个愿望都成了真，好似童话里的仙女教母将魔法棒轻轻在我头上挥了一下。只可惜，仙女教母现身得不是时候。她本来可以出现在那晚的会议室里；相反，她迟到了几个星期，一边抚平长袍的褶皱，正了正她的三重冠，一边唠唠叨叨地讲交通如何繁忙，闹钟怎么坏掉了，还有狗怎么吃掉了她的日程表。不过，至少今天她来了。

“你绝不会想到这是个仿制包，对吧？”我是第十次问这句话。我们坐在“Ruby Foo”餐厅一个角落的位子上，新买的普拉达包让我爱不释手。

“以我妈妈的性命起誓，如果你把它放在真的普拉达包旁边，我绝对看不出一丁点区别。”曼特一脸严肃的表情，把一只手按在心脏的位置。

“闭嘴。”我说，“你就是嫉妒。”

“绝对是的。”他附和道。

“这条线是缝歪了吗？”我一边奇怪，一边靠近包细看。

“你只花了20美元。”曼特说，“用线缝不用强力胶粘，已经算你好运了。”

“我很会讨价还价，对吧？”我沾沾自喜地问。

“棒得很。”曼特说，“你把对方放倒了。”

“他要价25美元呢。”我提醒曼特。

“你打败他了。”曼特说，“他不守规矩，还一肚子牢骚。现在我们可以点东西吃了吗？”

“我要加州卷。”我说，“还要一个金枪鱼卷。噢，还要葱油饼和虾饺。”

“好极了。”侍者忙着下单，曼特说，“我要同样的。”

他靠近过来仔细看着我。

“我知道这一切对你来说，都不容易——”他开口说话，泰迪熊一样的褐色眼睛里满是温柔和关心。

“瑞茜·威瑟斯彭[1]真人比电影上更漂亮。”我突然插话，“我有她

1 Reese Witherspoon，1976年出生，美国女演员。在斯坦福大学读书时即踏入影视界。1996年凭《律政俏佳人》一片成为好莱坞一线女星。——编者注

的唇膏！”

“你是说你偷了她的唇膏吧。”曼特说。

“捡到归我，见者有份。”我说着喝掉了小小一杯清酒。酒很辣，稍微有些药味，正是我需要的。

“不过，在录像前守在莱特曼工作室附近，绝对是个绝妙的主意。”我向曼特亮了亮酒杯。“再加上她还掉了钱包！我旁边的女人只捡到了她的零钱。”

“那你拿到的东西要好得多。”曼特说，“零钱是一直都有的。不管了，我想说，这段时间很不好过——”

“你觉得，裸体牛仔是不是在他的内裤里塞袜子了？”我截断他的话，“我是说，他身上其他的地方没有一处是天然的。他就穿着牛仔靴和小裤衩站在时代广场上，一身的皮肤都是古铜色，乱弹着一把吉他摆姿势照相。天哪，可是女孩们都爱死他了。他用手臂圈着我照相的时候，旁边那个金发女郎好像要冲上来给我一拳的样子。”

“绝对塞袜子了。”曼特的态度有些过于急迫。我不怪他，裸体牛仔能让所有男人信心不足。

“我真喜欢这个唇膏。”我从手袋里拿出唇膏。“颜色再完美不过了吧？我好喜欢，差一点超过喜欢我的包了。”

“好吧。”曼特说着探身过来，“出了什么事？”

“你是什么意思？”我问。

“你高兴得过头了。”他说。

“今天我玩得很开心。”我反驳道。

曼特给了我一个责备的眼神，又是他“狗身上被淋了黄油罐头”的老一套。

“我很高兴你玩得开心。”他慢慢地说，“我也是。”

“那就不要太当真了，破坏气氛。”我恳求他。

我又打开菜单。“瞧，他们有什锦水果冰激凌。”

“林赛。”曼特说，他叹了一口气。“有些话我必须说。有时候我担心你不能好好应付事情。一直以来你都太忙，太雄心勃勃，而且又情绪化，从来没有退后一步想过你真正想要什么，你的感受是什么样。我是说，你一定很难受，可你却一直包啊唇膏啊地说个不停，好像那些才是世界上最重要的事。你没有好好处理自己的感情。”

“你每次亮心理学的招牌，我都讨厌你得很。”我轻轻在他手臂上捶了一拳。“你又不是《花生漫画》里的露茜。”[1]

“我都明白。”曼特不松口，“你不想谈。那好，不过告诉我，你在华盛顿有什么计划？”

“找个工作。”我说。难道事情还不够明显吗？“重回职场。”

“再过六个月，一切会像什么事情也没有发生过一样。”曼特说。

我惊讶地眨眨眼。

“开什么玩笑？”我说，“六个月时间绝对不够我回到原来的位置。大概三年吧。”

“这是你想要的？”曼特说。他朝我探过身来，把手放在我们俩中间的桌上。他的手跟他这个人有同样的风格——舒服、温暖、可靠。“这就是你想要的？”

1 Lucy Van Pelt，著名漫画大师舒尔茨创作的《花生漫画》中的一个形象。她主持了一个心理门诊，在精神分析上有自己独到的见解，常有惊人之语。——编者注他的声音低沉而温柔。不知道为什么，那比他大声对我喊叫让我害怕得多。

“这就是我想要的。”我说。

“那好。”曼特说，听起来却并非那么一回事。

“那好。”我把他的话重复了一遍，感觉稍稍有点气恼，却说不清楚原因。

他环抱双臂圈着胸，看着餐巾纸。我把唇膏在手指间绕来绕去，仿佛那是世界上最小号的警棍。这正是我所需要的：曼特终于变得非常严肃且生气。他想要干什么？让我再蜷缩起来为已经一团糟的生活哭泣？我已经这么做过了，而且一想到那自我迷失的三天是如何迷蒙且恍惚，我就不寒而栗。我再不想重蹈覆辙了，绝对不要。

难道曼特看不出来，我所知道的唯一对策是从现在起把过去的一切都抛在脑后？我在前进，而且我必须全速投入，才能成就所要成就的一切。我没有时间去后悔，去做什么心理分析、高温瑜伽或者那些他觉得我需要的东西。曼特了解我，难道他不知道我唯一熬过这一切的办法就是埋头努力工作，什么也不想？

我抬头看他，发现他正望着我。我忍不住笑了起来。我没有办法一直生他的气。

“威瑟斯彭的唇膏抹到你的牙齿上了。”曼特说。然后他也露出了笑容。

“分着吃一个什锦水果冰激凌当甜点吧？”我问。这是我能说出来的最接近道歉的话了。至于为什么要道歉，我不知道。

“好啊。”曼特说着放开了双臂。

“我们还要一瓶清酒，拜托。”服务生再次上菜时，他说。

抬起头，我看见曼特的褐色眼睛。

“谢谢。”我含糊不清地说。

曼特站在月台上，一双手揣在衣兜里，看着我乘坐的火车隆隆地开出宾州车站。正赶上早晨疯狂的交通高峰期，喧闹着经过他身边的人群几乎把他淹没，但他一动不动，身穿牛仔裤和红色的羊毛外套。我已经告诉他可以自己打一辆出租车到车站，但他坚持要亲眼看到我上车。

我上火车时他在我的手里塞了一张纸条。现在我刚刚打开。

“提供精神援助，收费五毛。”在一幅自画像旁边，他写道。这幅素描里他穿着“露茜”的靴子，戴一顶贝雷帽，抽着小雪茄烟。

“随时打电话给我。”他还写道，“我会想你，丫头。”

不要哭，我严厉地告诫自己。我最后看了一眼曼特。他的身影越来越小，我们之间的距离慢慢拉长。我真希望他能笑一笑，失去了明亮的笑容，他的脸看起来是这么悲伤。

再过一年吧，我会回来探望曼特，我起誓。或者可以邀请他去看我。到那个时候，我会回复到原来的我。我会给他看我的办公室和新公寓——因为那个时候我是绝对不会再跟父母住在一起的了——他会发现我只用了一点点时间就把生活再次复原。

一年，我答应自己。12个月。365天。我会把每一秒都用工作填满，我会非常忙，忙得没有时间想念曼特和旧时光。

等一年并不算久，对吧？

第四章 故乡

我是爸爸妈妈的骄傲。他们将我的成功当做自己为人父母的成就，把自我定位跟我绑定。于是，我知道，不能让他们失望，不是现在，现在应该是他们的黄金岁月。

我已经有一年半没有回过家了，感觉自己就像刚刚掉进兔子洞的爱丽丝，一步踏进了奇境。我可以发誓，爸爸妈妈都变小了——要不然的话，就是我变大了，究竟哪种情况是显而易见的，我不愿意多想，那种可能性让人头疼。在联合车站，我差点笔直地从爸爸妈妈身边走过去，大概是因为他们身上鼓鼓囊囊的情侣外套从下巴一直罩到了膝盖，我根本没有认出他们来。

“Land’s End品牌倾销店打折半价！”妈妈还没有来得及拥抱我就已经快活地高喊起来，我感觉自己像被一团五颜六色的棉花糖击中了一样。

爸爸穿着同款的外套——不过是男人味重一些的褐色——他紧紧地抓着一辆行李车的把手，朝每一个胆敢接近行李车十英尺内的人投去恶狠狠的眼神，仿佛在说：“来啊，看我怎么收拾你。”

“看到你太好了。”他对我说。

他先向一个蹒跚着走近行李车、疑似小偷的老太太投去警告的目光，才不情不愿地从行李车上放开一只手。老爸和我像往常一样轻轻地拥抱了一下，他用力拍拍我的背，好像我噎住了，他要把一大块面包从气管里拍出来。

第四章

“你看起来真不错。”我刚从爸爸的拥抱里解脱出来，呼吸了一些新鲜空气，妈妈就盯着我的脸说，“有点累，不过很不错。你眼睛下面的是黑眼圈吗？”

“我们有个行李车。”爸爸宣布道，“我来把你的包装上。”

“你肯定饿了。”妈妈说，“外套够暖和吗？”她动作夸张地打了个冷战。“噢，外面实在冷得很。你不觉得冷吗？”

“路上还顺利吗？”爸爸问，“有什么耽搁吗？”

“我有点累，倒不是很饿。”我说。才用了这么点时间，我已经适应了爸爸妈妈连珠炮一样的问问题，真是奇妙。感觉好像在海上漂游了许多年以后，你跳上一辆脚踏车骑上街，居然骑得顺顺利利一个磕绊也没有。有的东西，一旦熟悉就永远不会忘记。

“外套绝对暖和。”我接着说，“也没有耽搁，一路上都挺好。”当然挺好，前提是你觉得最欢乐的旅途时光就是先试着阅读《人物》杂志那些家伙出的最新一期调查报告（比如“她的胸是真的吗？列一列隆胸的明星们！”），然后到餐车溜达了三圈，接着填了一半填字游戏，最后盯着窗外一扫而过的风景瞎看，心里希望跳出火车跟在边上奔跑。我一向对安安静静地坐着不在行，今天尤其困难。

“看到你们真是太好了。”我打断又一轮最新的问题。

“是啊，心肝宝贝。”妈妈说着伸出手把我的头发拢在耳朵后面：从我三岁起她就这么做。我本能地把头发朝后摇了摇：从三岁起我就这么做。爸爸一向做得多说得少，他已经高效率地把行李装上了小车。

“就知道最后要靠手动。”他说着拍拍小车，仿佛它是一个瓜，又从单薄的胸腔里呼出一口气。我没有胆量告诉他，其实我们三个人可以轻松地应付我带来的两个中型行李箱。

“跑这么一趟，你肯定饿坏了。”妈妈一边担心地说，一边把想象中的线头从我的肩膀上拂开。

“不过三个小时而已。”我回嘴说，“我有‘奇多’吃。”嗯，再加上一块小小的巧克力碎片曲奇，简直不值一提。我吃第二个曲奇的原因是，它是两个一包的。我别无选择，Amtrak包装袋征服了我。

“可是，”我们一边朝汽车走去，妈妈一边说，“我们还打算去‘安东尼餐厅’吃午饭呢。当然了，他们餐厅的银餐具要是洗得再干净点就好了。”

“就一次。”爸爸说着朝天空望去，似乎上面满是对他的悲惨处境深感同情的男人们。“你就只在叉子上发现了一次意大利面的斑点。一小块脏东西而已，比那个有个嗑药老板娘的印度餐馆好多了。”

“只是染了一头蓝头发而已，谁敢说她就一定嗑药呢？”妈妈说，“可能她就是表现一下自己，也许她是个艺术家呢。哪天她要是出名了，你们都会后悔当初没有好好对待她。再说，也不仅仅是一小块脏东西，都快要有一块硬币大了。”

“瘾君子老板娘每次都让我把名字拼了一遍又一遍。”爸爸嘟嘟囔囔地说，“大麻。那玩意儿会杀死脑细胞。”

“好吧，你知道我们不会去‘Pines of Italy’餐厅，”妈妈说，“吃了那家就放屁。”

“只有吃大蒜面包才会。”爸爸反驳着，把我的两个行李箱都装到家里的旅行车后备箱里。旅行车的侧面全是凹痕。妈妈总是会不小心撞到停车场的柱子上去。

“可你就爱吃大蒜面包。”妈妈说，“如果你不吃掉整篮子面包，只吃一两片的话——”

“安东尼餐厅听起来很合适。”我说。爸爸妈妈同时回头看着我，仿佛他们已经忘了我还在旁边。

那么，我还是先坦白吧。事情是这样的：我告诉父母，回贝塞斯达是因为公司派我为邓恩·理查兹 & 克兰兹建一个分部。29年来，这是我对父母撒的唯一一个真正的谎，除开一两次常见的、说不定是成长必需的小孩子谎话，比如“是亚历克斯吃掉了最后一块曲奇”。撒这个谎让我感觉十分难受，好像穿着一件让人浑身痒痒的羊毛衫在闷热的六月下午去赴一个野餐会。

但当我打电话给爸爸妈妈，告诉他们我要搬回家时，妈妈问：“搬回家？可是你在纽约工作得很顺利啊。”

接着，她的声音稍微拔高了一点点：“对吧？”

这时爸爸拿着另一个话筒加入了对话：“一切都还顺利吗，林赛？”在过去，要是遇到这种有可能让人变得多愁善感的话题，他一向是躲台风一般赶快逃离房间，把问题留给妈妈的。我愣住了。爸爸妈妈担心地抛过来一连串问题，我想到了最后一次回家的情景。那次爸爸坚持要清理水沟，至于天还在下雨、树上还有很多叶子没有掉光、两个月前他才刚刚清理过水沟等等都变成了毫无意义的小细节：总之他患了水沟清理狂热症。我只好给他扶稳梯子——总需要有人来扶梯子，不然的话他说不定会摔断腿——这时，我发现我的眼睛正好跟他的脚踝齐平。爸爸的一双脚踝瘦得可怕，吓了我一跳。脚踝上的皮肤松松垮垮的，有一些星星点点的褐色老人斑，以前我从来没有注意过。

那晚的餐桌上，我看着自己的父母——仔仔细细地打量着他们——发现了许多细微而缓慢的变化，一不小心的话可能忽略：他们戴着老花镜，上下楼梯时会有点迟疑，爸爸的褐色头发已经渐渐蔓生出了灰色，妈妈舀起一小勺土豆泥时一只手在微微颤抖——那天晚上我都看得清清楚楚。爸爸妈妈老了。有一天，他们会离开。那天餐桌上让我难以下咽的，并不仅仅是妈妈没有捣碎、还结了团的土豆泥。

我是爸爸妈妈的骄傲。他们将我的成功当做自己为人父母的成就，把自我定位跟我绑定。 有多少次我偶然听见妈妈在打电话，颇为得意地提到我做了一个完美的报告，或者我跟好些同事相处得不错。我不能让他们失望，不是现在，现在应该是他们的黄金岁月。

“都很顺利。”最后，我对着话筒说。我闭上了眼睛，脱口而出：“其实还是好消息呢。”

“噢。”妈妈松了一口气。“刚才我还担心了一阵。不过，当然不应该担心的。你什么时候要我们担心过？那现在是怎么回事？又升职了？”

“告诉过你了，我们把林赛教得不错。”爸爸自豪地说，“我一辈子的收入加起来都没有她现在挣得多，那是绝对的。”

结果我们就一起去了安东尼餐厅——那个餐叉没洗干净的地方——庆祝我荣归故里，回到马里兰。

“再跟我说说你升职的事情，亲爱的。”一坐进旅行车，妈妈就说。我坐在后座上，感觉又回到了12岁。

“严格来说，这次不算升职。”我说。

“真谦虚。”妈妈对爸爸说，爸爸嘟哝着表示同意。

我清了清嗓子，又开口说话。“真没有什么了不起的。公司要开一个华盛顿分部，让我先来把事情布置好。你知道的，打点好客户和其他事情。”

“你要个多大的办公室？”爸爸问。

“不很确定。”我心浮气躁地拨弄着一缕头发。“嗯，我们先要弄清楚要雇多少人，然后才能算出来。”

“我还是不敢相信。”妈妈说，“两个女儿都跟我们住在一个城市！你知道，亚历克斯不能来吃午饭，太糟糕了。她今天要给*Capital File*杂志拍照。”

“听说了。”我说。妈妈只不过提了区区三次而已。暗地里我是很开心的；我们独处时，亚历克斯不会多问我的工作——她觉得一点意思也没有——不过如果她发现我在勉强应付父母，就会非常讨人厌地问东问西。

“亚历克斯明晚举行订婚派对的时候你会在家，简直太好了。”妈妈说，“时间再合适不过了！”

“我绝对不会错过那个派对的。”我说。嘿，想想看！谎话说得越来越顺嘴。

“我把停车计时票放在哪儿了？”我们靠边停到泊车服务生旁边，妈妈问。她打开钱包翻了个遍。“我发誓就在这里面的。”

“我们后面有辆车在等。”我说着转身抱歉地挥挥手。

“等一下。”妈妈说着抽出一张纸。“不对，这是‘安东尼’的优惠券。”

“至少午饭的时候用得上。”我说。

妈妈仔细研究着优惠券：“有效期是去年。”

爸爸摇下车窗。

“只是找一找停车票。”他告诉服务生，“下午天气不错，对吧？”

“真该死，”妈妈说，“刚刚还在我手上的。”

排在我们后面的车摁了一声喇叭。

“要我找找看吗？”我提议道。

“我一直都放在钱包的外面一层的，”妈妈说，“今天我哪里出了毛病？”

“找东西我很在行。”我的口气有点急，“我很会找东西。”等等，刚才是我的错觉，还是我听起来的确跟雷蒙[1]一模一样？

我转头看了看：现在后面有三辆车，发动机都没有熄火。如果我们是在纽约，恐怕早已经吃上子弹了。城里所有的法官都会判决为杀人有理。

“你找过衣服兜吗？”爸爸问。

“好主意，”妈妈开心地说，“不，衣服兜里没有。”

“也许在另外一个衣袋。”爸爸说。

“也不在那儿。”妈妈说。

又是喇叭声。从车后传来了一声大喊“堵住路的哥们！”我很确定那可不是某人热情洋溢地跟路过的修道士打招呼。

“人们得学会如何保持耐心。”爸爸发表意见说，“这是项失落的艺术。”

“找到了！”妈妈兴高采烈地说，“噢，等等，这是我的采购单子。昨天就该用的，害我忘了买生菜。”

她仔细研究着采购单：“还有草莓馅软饼。”

1 Rain Uan，电影《雨人》男主人公，由达斯汀·霍夫曼饰演。先天弱智，但有许多奇特的本领，如对数字过目不忘，能准确找出失物的位置等。——编者注

“我本来不想说的，”爸爸说，“不过今天早上我就看到了。”

“太阳镜下面的是什么？”我抓住最后的救命稻草。

“啊哈！”妈妈兴高采烈地说，“看，我就知道找得到的。”

我跌回后座里，感觉身上出了一层细汗。严格地说，我回到家乡已经足足有16分钟，可是有些事情我才刚刚想起来。我爱爸妈，可是每次只要跟他们待上几个小时，我就迫切地需要一些雅维和雅尼CD。

顺便说两句我父母的房子。还记得我那个干净、整洁、苦行僧风格的公寓吗？曼特也许会说，那是我叛逆的方式。

我的公寓跟儿时的家正好是一个对比。小时候，爸爸总在休息室里把电视的声音调得越来越响，妈妈则跺着脚走来走去地喊，“去买个助听器吧！”接着报复性地打开肥皂剧。他们的卧室堪称索尼公司的墓地，因为爸爸把坏掉的、他还没有来得及修的电子产品都收在那儿。卧室也是妈妈的地盘，用来放她没空收起来的衣服，还有来不及分类的邮件。每个星期妈妈光是收拾垃圾袋、拖把和吸尘器，就要花上好一番工夫。她站在通向卧室的走廊里一丝不苟地审视眼前的灾难，直到完全受不了、不得不筋疲力尽地撤退到厨房，堆上高高一盘子巧克力牛角面包作为自我安慰。

那绝对不是一幅宁静人家的写照。

噢——你问那些堆在起居室的电子产品怎么样了？我爸妈对产品附带的操作指南一概视而不见，方便他们随心所欲地乱按按钮，最好是能把所有按钮同时按下去。“试试蓝色那个按钮！”妈妈尖叫道，“不不，另外一个蓝色的！你用力按了吗？试试红色那个！”

在他们去度假之前，我必须发电邮给他们，一个字一个字地写明白如何收听答录机上的消息，不然的话他们去机场前一定会错过消息。加上妈妈常常删掉数码相机里的所有照片，爸爸则被去年圣诞节我们送给他的手机吓得够呛。每次手机声一响，他都跳起来朝手机大喊一声“我是罗斯！”，声音大得会让电话那头的人耳膜受损——只能怪他们自己不走运了。有一次，单纯出于恶趣味，亚历克斯把手机调成静音不停拨给爸爸。他痉挛了好几天。

至少我儿时的卧室还保持着整洁，一本本书按作者名沿字母顺序排好，正是我离开时的样子。实际上，我房间里的所有东西似乎都还保持着原样，却又有些不一样。也许不一样了的是我。我最后一次住在这个房间里是大学二年级结束、去纽约做实习之前，那次我仅仅住了两个星期。当时的我浑身充满了精力、希望和雄心，连晚上都难以入睡。这个房间对我来说只是一个小小的中转站，一个能让我充好电、加好油，再投入真实生活的地方。鉴于我要成就的事业太重大，其他一切生活所需的活动——睡觉、吃饭、洗衣服——似乎都是时间的巨大浪费，啰啰嗦嗦地让人受不了。

我必须找回那种狂热且渴求的状态。我必须再找回我自己。那个在会议桌上跟同事胡闹的女人是谁我不知道，但我知道那不是我。

我一直在自己的房间里走来走去，拼凑着零散的记忆。我的木头书桌上还放着一堆堆折了角的书，还有我的学业奖杯。鉴于妈妈时不时清洗它，这大概是整个屋子里最干净的东西了。书桌上方的墙上挂着我的获奖证书——例如国家优秀学生半决赛候选人、高中毕业典礼致辞生——都裱了起来。我还记得上台领这个奖时，妈妈和爸爸蹦起来一起扬手叫道：“林赛，加油！”

在房间的另一边，跟书桌配对的木制梳妆台上放着一个旧珠宝盒。我走过去拿起盒子。粉色天鹅绒已经退得接近白色，盒子里的芭蕾舞小人再也修不好了，但当我“吱啦”一声打开盒盖，“天鹅湖”仍然叮叮当当响起了几个变调的音节。布拉德利送我的情人红心还在里面，放在我藏它的地方，旁边是从高中毕业舞会带回来的玫瑰花。现在花瓣已经变得非常脆弱，我知道一碰它们就会碎掉。

尽管我们只是作为朋友去参加高中毕业舞会，可是布拉德利给我红玫瑰和满天星配成的腕花时，我还是吃了一惊。想到当时，我笑了起来。我已经很多年没有想起毕业舞会了，但现在一幕幕又回到了眼前，像一卷绕着轴慢慢展开的胶片。布拉德利穿着租来的燕尾服，他的两只手臂太长，上衣几乎连瘦削的腰都遮不住。我则穿着一件白色丝绸裙，腰上是编成辫子的金色腰带。这条腰带是我攒了好几个月当小孩保姆的钱才买下的。我还穿着平生第一双高跟鞋，皮肤泛着潮红——整个下午我都在做日光浴。布拉德利来接我时，我打开门看见他脸上的微笑消失了，好似被人用板擦擦得一丝不剩。不知道为什么，我知道那是一件好事。

他递给我一个白色的花店小盒，接着说——

“要喝斯奈普饮料吗？”妈妈站在我房间外面大声喊，“这儿还有Eggo威化饼。家常味道的，我知道你最爱吃了。”

“不是才吃过午饭吗？”我提醒她，“刚过一个小时？”

“你看起来脸色苍白。”妈妈说，“你确定不是生病了？我马上要去超市，要给你买点什么吗？”

“酸奶就好。”我说。

“宝贝，你不是在减肥吧？”妈妈说，“你可一磅也不用减啊。”

“再减一磅，甚至十磅，绝对错不了。”我说着绕着腰上的纽扣掐去一寸长短——管他的，三寸吧。

“知道吧，大多数男人喜欢女人有点肉的，”妈妈说，“只有女人才对其他女人这么苛刻。”

“算了，别管酸奶了。”我说。一路火车让我觉得脏兮兮的，我真想好好洗个热水澡，而不是典型的“放学后”特色对话。

“可我得给你买点喜欢吃的东西。”妈妈有点不开心，“你要吃东西，要不然你会瘦的。”

“妈妈，”我呼出一口长气，“你爱买什么就买什么。都没问题。”

“可是你要什么呢？我一开始就问了。”妈妈指出。

“我要一头长长的秀发。”我小声嘀咕着，努力在心里想象雅尼的形象。“还有纯白袍子。”我提醒自己，眼前的状况只是暂时的。

“刚刚你说想要白吐司？”妈妈问。

“你还是给我斯奈普和威化饼吧。”我告诉她。

“我就知道你爱吃这两样。”她心满意足地说。

我翻了个白眼，把行李箱放在床上打开，一件一件地拿出薄纸包裹好的西服、上衣和裙子，从黑色到米色，到海军蓝。我房间里所有的家具加起来也许还买不起箱子里随便一件衣服。我一向崇尚经典，只买能穿好些年的高品质外衣。就算还只是一个小小的文案策划时，我仍然穿得跟副总裁差不多。打开一套黑色阿玛尼套装时，我的手慢了下来：在格罗斯报告那天，我穿的就是这一套。

别往回看，我一边提醒自己，一边轻轻地抖了抖套装，摊开放在床上。只为了一些糟糕的回忆要扔掉一套阿玛尼，就太好笑了。

我把衣服挂进衣橱，不由自主地按颜色从深到浅把它们排好，同时默默检查了一遍自己的计划。现在是周五，我会利用周末好好休整，到周一早上开始用简历轰炸各公司。一周之内会有好些面试机会，我下了决心。我给自己一个月的时间找工作——不是随便一个工作就可以，而是要找到那个属于我的工作，一个有上升空间的工作——然后再花一个月时间找公寓。我想要一个靠近市中心的地方。亚当斯·摩根地区应该是个不错的选择，附近的街道到处是商铺和餐馆，有点纽约的感觉。

我把带回家的东西都收拾好，将行李箱塞进壁橱，坐到床上。尽管一整天什么都没有干，只是坐了坐火车，吃了一顿午饭，我却突然筋疲力尽。比起21岁时，29岁再从头开始要难太多了。我躺在床上盯着天花板，头顶的正上方有一块水渍。“看起来跟男人裤裆里的球球一模一样。”亚历克斯有次这么跟我说，当时我们都是13岁。“不，一点也不像。”我的口气非常肯定。现在，我不知道哪个事实更让人烦恼：是她说得对，还是我多花了六年的时间才发现她是对的。

亚历克斯。

我在明晚的订婚派对上会见到她，这是18个月来我们第一次见面，以前我们还从来没有分开过这么久。难以想象在很久以前，妈妈曾经摸着肚子，好奇到底正在踢她的是我还是亚历克斯。现在我们两个人沿着天差地别的轨迹生活，好像高速路上的两条平行线，分别奔向这个国家的一头。

跟我不一样，亚历克斯最近事事如意。她的未婚夫盖瑞我只见过一次，那时他们刚刚开始约会，盖瑞带着亚历克斯到纽约出差。我们一起到

第六十五东街的“丹尼尔”吃了一顿晚餐，这里随便一道菜式就可能贵过某些人一个月的月供。盖瑞选的餐厅。他正是我意料中的样子：高个，成功，帅气。我皱了皱鼻子，努力想要记起盖瑞的职业。房地产投资，是这个。我认识他的那天晚上，前半个小时他一直在打手机，听起来是要挽回一桩什么生意。我刚刚认定这人是个浑蛋，他便点了一瓶价值三百美元的酒，转头用一双电力十足的蓝眼睛看着我。“你肯定觉得我是个浑蛋。”后来，他把我迷得死去活来。他跟亚历克斯堪称绝配。

自从和盖瑞在一起以后，亚历克斯和我越来越少聊天了。我们打电话的次数——虽然从来也没有热络过——下降到说不定一个月才有一次。亚历克斯一直很忙，我也一样。六个月前她和盖瑞搬到了一起，四个月后，在阿马尔菲海岸旅行的途中，他们在一艘游轮上订了婚。亚历克斯发给我一张照片，上面是她和盖瑞在阳光下互碰酒杯。即使是在这个无比美妙的时刻，亚历克斯在照相机前摆的姿势还是小心盘算过的，跟模特儿一般完美无缺。她微微撅着屁股，肩膀朝后仰，抬着下巴。我没有把照片裱起来，而是塞在了相册的后面。

明天晚上我会见到他们两个人，全部邻居也会到场，还有父母的朋友，以及我和亚历克斯的一些高中同学。我揉了揉太阳穴，困扰我好几年的头痛又开始了。我脱掉牛仔裤、毛衣和T恤，换上枕头上叠好的睡衣，钻进熟悉的蓝色鸭绒被，想要在晚餐前抓紧时间快快睡一觉。也许我还是生了什么病。我从来不打瞌睡的。

但是一想到明天晚上，我就觉得累。我必须一个接一个地圆谎，好像马戏团里走在钢丝绳上的杂技演员，必须装做我正过着梦想的生活，所有人都期望我会过的生活。不过，我会装下去的，脸上还会挂着微笑。毕竟，我还有别的选择吗？

霍金斯乡村俱乐部好似一个童话城堡。一条蜿蜒的碎石车道通向气派的主楼，夹道有修剪雅致的灌木、点亮的煤气灯，主楼四周环绕着片片茂密绿地。傍晚天气清凉，乡村俱乐部的屋顶仿佛一直伸展到了天空。今天晚上，为了配合亚历克斯和盖瑞的订婚派对，楼梯扶栏上扎着一只又一只白色丝绸蝴蝶结，阶梯正中铺着一条白色地毯，至于随之而来的干洗账单会有多贵，我可不敢想。这是我见过最漂亮的地方。盖瑞是俱乐部的成员，亚历克斯现在也有资格加入了，我猜想。

“真漂亮。”在俱乐部门口停下车，爸爸评价道。不幸的是，他开到了路边的石沿儿上，车胎刮着地面发出难听的声音。他倒车又试了试，结果却更糟糕。一个戴手套的门童一跃上前给我们拉开旅行车的门。

“给他小费。”妈妈小声叨叨。

“我就不给他小费。”爸爸大喊道。门童面无表情地站在旁边。“他不过开了个门而已。如果他能给我一秒钟时间，我就自己开了。”

妈妈翻遍提包里找出一张揉得稀烂的一美元钞票，塞到门童手里。

“谢谢你，先生。”她的语气相当骄傲。

我尽可能不失礼地爬出后座，老爸则在与车钥匙搏斗，拼命要把它从钥匙串上取下来。

“把整串钥匙给他们的都是傻子。”他悄悄上前跟我咬耳朵，“跟把你家交到陌生人手里没什么区别。我们还在这儿开派对呢，没准他们就在扫荡我们的屋子了。”

真是优雅的入场式，标准的罗斯家模式。门童的脸上仍然没有表情，但我十分确定他待会就会使坏给我们的油箱里加上点砂糖。

我们一起走进俱乐部，我屏住了呼吸。门厅的天花板堂皇广阔，墙上镶嵌着成排美丽的拱窗。过道尽头是一个巨大的石制壁炉，周围放着一些舒服的皮沙发。以前我也见过不少不错的地方，但这个俱乐部跟其中最棒的也能比一比。

一个穿白色冬装、身材苗条的中年女人走过来，满脸笑容地欢迎我们。

“你们肯定就是新娘一家了。”她说。我挺好奇是什么出卖了我们，让她识破我们不是俱乐部的老主顾。

“我是戴安娜·狄拉娜，亚历克斯和盖瑞的订婚派对会由我来组织。”

不到几分钟，戴安娜已经让我们脱掉了外套（她对把爸爸妈妈的情侣棉花糖外套送到衣帽间似乎表现出了极大的热情），飞快地带着我们把俱乐部的重要场所粗略逛了一圈，又过了一遍晚上的日程安排。其他客人要隔一个小时才会到，但亚历克斯希望我们早点来拍家庭照片。

“亚历克斯现在跟摄影师在一起。”戴安娜说，“我马上带你们去见她。”

“我可以先去下洗手间吗？”妈妈问。

“我也顺便去一下好了。”爸爸宣布。

“没问题。”戴安娜低声说，脸上挂着一副一本正经的表情。

保持不动声色的表情肯定是这个俱乐部的职业要求。说不定他们的雇员都参加过严格的训练课程，要是某个雇员面对新娘满嘴跑火车的老爸或者“吱吱唧唧”剔着牙、扛着鸟枪、名字叫做“冒失仔”的乡下亲戚不幸没有板住脸，就免不了要被清理出职员的队伍。

“我先带你们去洗手间吧。”戴安娜说，“请跟我来。”

“我去找亚历克斯。”我说。

“你不要等我们一起去吗，亲爱的？”妈妈问。

我孤身游历过不少异国城市，应付过盛气凌人的百万富商，在雷雨时分从吵吵嚷嚷的纽约客中杀出重重包围抢到过出租车。现在只不过是一个区区郊区乡村俱乐部，爸爸妈妈居然觉得我需要他们陪？

“我自己能行。”我说着朝戴安娜微微一笑，意思是说：爸爸妈妈就这样。

她会意地笑了。

“坐电梯到二层，直走进‘骑士房’，”戴安娜对我说，“你肯定能找到亚历克斯的。”

的确是我原汁原味的人生故事，我自嘲地想。

我沿着长长的过道向电梯走去。这个地方惬意得有点过头。每一块露出的空地上都放着水晶碗，盛满美妙绝伦的白色郁金香，而且，“哇！”——那张齐本德尔古董桌前的墙壁上挂的不会是莫奈的真品吧？有可能，我听说该俱乐部的入会费接近六位数。

又一个戴白手套的职员在静候着按电梯按钮，以防我弄脏手指。升到二楼时，我用电梯墙当做镜子整了整着装。我穿着一件海军蓝长裙，戴着式样简洁的钻石耳环，头发比平时的模样要长一些，但我已经照例把它绾了起来。整体来看，对于一个29岁、跟父母同住的失业人员，我的状态不算差，尽管我十分怀疑有人真会乐意跟我换换处境。

电梯的门打开了，正如戴安娜所说，一眼就可以看见正前方的一个房间上用华丽的字母标注着“骑士房”。我穿过走廊，鞋踩在东方风格的豪华地毯上几乎没有发出声音。我打开门。

“漂亮！”有人说。

没错，亚历克斯肯定在这儿。

“保持这个姿势别动。”说话的男人声音很轻柔，要费点力气才能听见，“别动。”

我关上沉重的门，四下打量着房间。从门口不能完全看清亚历克斯，她斜倚在房间另一端一扇打开的窗户边。我朝房间里走了一步，尽量不发出声音以免吵到摄影师。

我立刻明白了摄影师为什么让她站到那些窗的前面。窗户位于墙的中间，好似法式门，大开着露出傍晚的天空。亚历克斯穿着一件银色连衣裙，光亮闪烁一如她身后的星空。我缩在藏身的地方，在嚓嚓的相机声里定定地看了她好一会儿。她蓬松的头发波涛起伏，身材又瘦了一些。那条裙子把她的腰衬得格外纤细，好像换上华服的灰姑娘。但跟以前一样，还是她的脸最吸引我的注意。她一向有一张经典的脸，但瘦了几磅让脸的轮廓更加分明，蓝绿色的眼睛似乎变得更大了些。我从来没有见过这么漂亮的她。

“要我把头朝后扭吗？”亚历克斯问。

“不用。”摄影师的声音仍旧轻柔，我不得不再次努力听清楚。“我不想你摆姿势。”

他的声音里有什么东西让我不太舒服。听起来太熟悉了。

“摆姿势是我的职业。”亚历克斯听起来很开心。“想要我摆得性感点吗？或者摆出非常高兴的样子？还是要我撅嘴呢？我们至少该有个方向吧，布拉德利。”

“我想要你做你自己。”布拉德利温柔地说。

第四章

布拉德利？

我赶紧从门口朝后缩，脑子乱成了一团。布拉德利在这儿？是他在给亚历克斯拍照？出了什么事？

“这个角度拍得够多了。”布拉德利说。

现在是我咳嗽两声接着出场的绝佳时机。但我一动都动不了。布拉德利什么时候开始给亚历克斯的订婚派对拍照片了？没有人告诉过我。我有被蒙在鼓里的感觉，好像一个女人打开丈夫办公室的门，看到他的手正放在秘书的敏感部位。嫉妒咆哮着席卷了我，让我膝盖发软、胃部抽痛。布拉德利正在用照相机镜头追随着亚历克斯，一次又一次地捕捉她完美的脸庞。我的布拉德利。他甚至不知道我也在同一个房间里！

“我们可以试试别的姿势吗？”布拉德利问。

“当然啦。”亚历克斯说，“你想要怎么样？

为什么她说的每一句话听起来都别有深意呢？

“坐下。”布拉德利说。

“在地毯上？会弄脏我的裙子的。”亚历克斯说，但她还是坐到了地上。裙子像水银一样在她身边洒开。

“脱掉鞋子。”布拉德利说。

“你真怪，布拉德利·乔奇。”亚历克斯笑开了。她脱下精致的银色凉鞋，摇晃着脚趾。“噢，感觉真不错。高跟鞋疼死我了。”

布拉德利的相机闪个不停。

“嘿，”亚历克斯叫道，“你没有告诉我会拍我这副样子。”

“放松。”布拉德利说，“这里只有我们两个人。你不用摆姿势。”

他朝她挪了挪。

“不用吗？”亚历克斯说。她的头后仰贴着墙，我可以看见她的肩膀渐渐放松下来。她的锁骨跟小鸟的翅膀一样精致优美。为什么她身上每一处都长得这么完美？

我伸长脖子努力想要看清究竟布拉德利离她有多近。两英尺，也许是。太近了。实在是太近了。

“不行。”布拉德利说，“我不想拍你好像很完美的样子。”

“你是第一个这么跟我说的摄影师。”亚历克斯说，“相信我，他们一张嘴可不是这么一回事。”

打趣的口气从她的声音里消失了。她绕着弓起的双膝环抱着两臂，头朝前搁在自己的手臂上。

“你是累了吗？”布拉德利问。

亚历克斯点点头，接着抬起头，脸上露出担心的模样。“我看起来很疲倦吗？”

“不。”布拉德利说。

他没有多说——没有告诉她她是多么艳光四射，魅力难挡——但这简单的一个字似乎胜过无数的好话，让她安心了。她深深吸口气闭上了眼睛。布拉德利慢慢举起镜头抬到眼前，又拍下了一张照片。

我的心跳声犹如雷鸣，这么大的声音他们居然也没有听到。站在这里，我看不见布拉德利的脸。他在皱眉吗，就像每一次他全情投入的时候？就算在皱眉，布拉德利也从来没有冷酷的时候。他的面容太温柔了。我凝视着他的后背，从这个角度能够看到的就只有后背。他的头发长了一些，绕着脖子微微蜷曲着，穿着一套西服，但我敢打赌他没有系领带。布拉德利不喜欢系领带；领带让他有窒息的感觉。亚历克斯知道这些吗？她不可能知道。

第四章

她远远不像我那样了解布拉德利，我想。愤怒的眼泪涌上了我的眼睛。她不知道，五年级时他拿“Wheaties”麦片当早餐吃了整整一年，因为他非常非常想要在学校的田径日上赢百米比赛，可惜最后却十分不幸地拿了一个第四名。她不知道布拉德利记下来了好些甲壳虫乐队的歌。她不知道，他在他妈妈的葬礼上致了悼词，那时他只有17岁，而在葬礼前一夜听他试演的人，是我。他用嘶哑的声音跟我讲小时候的故事，告诉我每天晚上就寝之前她都给还不识字的布拉德利读一个小时的书。在我们练习过三遍以后，他终于可以把演讲做完，一声也不哭出来。

关于他，亚历克斯什么也不知道。

为什么同在一个房间里，布拉德利还没有察觉到我的存在？

“好吧，”亚历克斯说，“你知道我其实想怎么样吗？”

“说吧。”布拉德利说。

“我想把头伸出窗去呼吸新鲜空气。”亚历克斯说，“我跑了一整天了，发型师花了一个小时才让头发看起来像刚起床的样子，我的头痛得厉害，因为她一直在用梳子扯我的头发。我想一定有个红头发女人抢过她的第一任丈夫，现在她把火发在我的头上。待会儿我还要跟一大群人聊一整晚，可我根本记不住人的名字，所以我说不定会惹火一半的客人。”

她狡黠地笑了。“那样的话，他们在送我结婚礼物时就会小气，我就收不到什么贵重的东西了。”

布拉德利大笑起来。

“那这事一定要做。”他说。

亚历克斯慢慢站起身，他的相机嚓嚓地响着。她放着鞋不管，从窗户探出身子一寸一寸地挪动，仿佛想要尽情享受此刻的每一秒钟。

“外面很美，对吧？”她轻声说。

布拉德利站在一边不停飞快捕捉她的侧面，接着他又挪到她的背后拍了一组照片。那是一个独特的角度；大多数摄影师不会从背后拍新娘，可布拉德利的照片经常在出人意料之处捕捉美。

亚历克斯站在那儿——伸展着两臂，光着脚，头发垂在清瘦的后背——我可以看见布拉德利所见的场面。正是这个场景吓到了我。

我拼命想要做点什么——撞翻一张桌子，把花瓶碰到地上，打开门或者啪的一声把它关上——总之要打破眼前这一刻。但我做不到；我不能暴露自己。我要看看亚历克斯和布拉德利之间到底是怎么回事。

过了一分钟，亚历克斯转过身朝布拉德利笑了。那是一个真正的笑容，她的脸上溢满了笑意。不会是一张完美的照片，但布拉德利按下了快门。

有那么一会儿，时间停止，他们站在那儿，看着对方。只是看着。

我朝后退，静静地在身后摸索着门把手。我必须离开。过一两分钟我会再回到房间，假装从来没看到过他们无比亲密的一刻。承认它只会把事情变糟——会让它成真。说不定布拉德利对他的所有模特都这样，我告诉自己，尽管眼泪已经又涌满了眼眶，我的视线模糊了。他成为一个杰出的摄影师，就是因为这个原因。他的工作是与人们沟通，让他们卸下心防。对他来说，亚历克斯并非例外；她不可以是。他对每个人都这样。而对她来说，布拉德利不过是又一个猎物。他对她毫无意义，绝对没有。再过六个月她就要结婚了，天哪。她要嫁的可是芭比玩偶“肯”的成人版。她完全应该感到丢脸，居然这个时候还来招惹布拉德利这么贴心的男人。

但最糟糕的是，我太了解亚历克斯，我知道她不仅仅是在调情。她对布拉德利好，并不是为了让他好好拍照片。

她是真的喜欢他。

打开门溜进走廊时，我听见亚历克斯小声说，“布拉德利？谢谢。”

不管怎么样，我还是熬过了那个晚上。过了几分钟，老爸老妈和戴安娜一起上了楼，我装做一直在过道闲逛、欣赏墙上的画。我们四人走进房间，布拉德利正忙着调一只照明灯，亚历克斯的鞋也穿回了脚上。我几乎可以假装他们之间那个激情四射的时刻从未发生过。

“林赛！”布拉德利小心放好照明灯朝我走来。他伸出双臂，我投进他熟悉的怀抱。布拉德利的拥抱从来都很实在，从来不会像大多数男人一样僵硬地只伸一只胳膊。我吸了一口他身上熟悉的味道——清新的林木香，类似于香皂，而非昂贵的古龙水——稍微放松了一点。

我退出他的怀抱，又用眼角的余光偷偷打量着布拉德利。他的头发在太阳穴微微有些泛灰：这很适合他，新剪的头发长短也正好。他还换了眼镜，新眼镜不会把他的半张脸都遮掉。他还是瘦，但“皮包骨”之类的词肯定是再也不能用在他身上了。过了这么多年，我突然发现布拉德利已经长得仪表堂堂，绝对魅力十足。我可以理解亚历克斯招惹他的原因。

“真是让人惊喜！”我笑着说，伸出手拥抱了亚历克斯，非常小心不弄乱她脸上的妆和头发。布拉德利跟爸爸妈妈打了招呼。看到了？我可不是小肚鸡肠的人。礼貌且明事理的林赛，看来即使来一个吃比萨大赛，她也管得住自己——哪个男人会不选她，反而去选她那个超模姐姐呢？

“裙子真好看，妹妹。”亚历克斯贴着我的耳朵说，“不过，老天给了你这么漂亮的胸部，你不拿出来招摇的话，又有什么用呢？”

“你一个人就够显我们两个人的份儿了。”我一边用耳语回敬，一边微笑表示我只是开个玩笑。可不是吗。

“布拉德利，我都不知道你今晚会来！”我一口气说完。梅丽尔·斯特里普根本不是我的对手。

“说来话长。”布拉德利说着朝亚历克斯递了一个眼神。

不不不不不不。不行。他们不能当着我的面还互相暧昧。

“我倒想听听看。”我笑得很开心。噢，等到一起回忆这一幕的时候，我们三个人该多开心啊！

“噢，原来那个摄影师放了我们鸽子——我敢打赌他扔下我们跑去拉斯维加斯给什么希尔顿姐妹拍照去了——然后我就想到了布拉德利。”亚历克斯说。

看见了吧？其实事情一点也不复杂。简单得很。简直都算不上一个故事。叫做掌故都够戗。最多是个字幕说明罢了。

“戴安娜，盖瑞在楼下吗？”亚历克斯问。

戴安娜像个秘密特工一样对着自己的衣领小声说了几句，然后点了点头。

“他刚刚到，”她说，“快要上楼了。”

“不如我们先拍一些你和盖瑞的合照，再一起拍全家福吧。”布拉德利提议道，话音刚落，房间门正好打开，盖瑞走了进来。

盖瑞身穿一套定制样式的黑色西服，配着一件闪亮的蓝色衬衫，必定是真丝无疑。他的脸本来就有棱有角，现在一双眼睛被这件衣服衬托得更加有型。他的大衣是羊毛料子，手腕上戴着一块劳力士。忘掉松木味香皂吧——盖瑞浑身都散发着纯正浓郁的成功的味道。

“汉克，见到你真开心。”盖瑞说着穿过房间，步伐又稳又快——高层培训班教授的步子就是这样——握住了我爸爸的手。接着他探身亲了亲老妈表示问候。

“您真美，”他说，“如果我们在婚礼上不小心点，会被您把风头都抢光的。”

“噢，说下去。”妈妈咯咯笑得像个高中生，拍了拍盖瑞的手臂。

“我可没有说笑。”盖瑞似乎一脸严肃的表情。“汉克，你要抓紧时间把你太太的跳舞卡全部填上你的名字，不然今天晚上你再想见到她就难啦。”

妈妈又哧哧笑起来，行了一个屈膝礼。以前我从来没有真正听见过人哧哧地笑，不过她堪称典范。

“林赛，又见到你真是太好了。”盖瑞说完轻轻亲了一下我的脸颊。“既然你回来了，希望我们能多点时间相处。”

我也不得不咽回去一声哧哧的傻笑。没有一个政客比盖瑞更会营造气氛了；当他的注意力转移到你的身上，你会觉得你是全场的焦点所在。还不对，是全宇宙的焦点。

“盖瑞，你还记得布拉德利吧。”亚历克斯说。两个男人握了握手。盖瑞比布拉德利高了三四英寸，还多了二十磅左右的肌肉。我不知道有没有办法不露声色地让亚历克斯注意到这一点，如果她的观察力不像我一样敏锐的话。

“那么，今天晚上是怎么计划的？”盖瑞一边问一边用健壮的胳膊绕着亚历克斯，飞快地挨了挨她的脖子。我在心里默默为他叫好。

“我想先拍些你和亚历克斯两人的照片，再拍全家福。”布拉德利说。他扫了房间一眼。“你们站到那束花旁边好吗？”

盖瑞和亚历克斯照做了，其他人全盯着他们，布拉德利嚓嚓地按着快门。他们看起来真是天造地设的一对。即使穿着三寸高跟鞋，亚历克斯的头也只抵到盖瑞的下巴，在他怀里，她似乎变得前所未有的精致。他们加在一起好像一个为“美人集群后援团”打的广告。（“嗨，我是亚历克斯，我第一次意识到自己是个美人是在”——她开始抽泣——“六岁的时候”。震惊的窃窃私语声从后援团传过来，“才六岁呀。”）

“拍到了一些很不错的。”几分钟后布拉德利说，同时点击着查看数码相机上的照片。“当然，拍你们这样的，想差也差不了。我在想，接下来能不能试试拍点自然的照片，然后再拍全家福。你们能表现得自然一点吗？就当我不存在。”

盖瑞看看亚历克斯，脸上露出了微笑，接着他从上衣兜里掏出一件东西。

“给我的？”亚历克斯问，“是什么呀？”

“只是一件小小的订婚礼物。”盖瑞说。

“你已经送过我一件礼物了。”她埋怨道。不，不是埋怨。埋怨意味着她不想要礼物，可是她已经啪的一声打开了盒子，尖叫起来。盒子里是一副缀着闪亮绿宝石的吊坠耳环。祖母绿宝石，我猜是，虽然我站得太远看不清楚，但我感觉盖瑞不是送人工合成宝石的类型。

亚历克斯一把搂上盖瑞的脖子，盖瑞把她抱起来绕了一圈，好像她跟个小孩一样轻。亚历克斯不停笑着朝后仰头，盖瑞爱意十足地看着她。布拉德利绕着他们转，换了好些角度啪啦啪啦一气拍了不少照片。

爸爸、妈妈、戴安娜和我站在一旁看着。这是我姐姐的本色，这是我认识的亚历克斯。那个蜷缩在地板上、承认自己又疲倦又有压力的女人是个陌生人。我不小心窥见的脆弱已经一闪而过；亚历克斯再次回到注意的焦点，跟平时没有什么不一样，而且她享受着这样的每一秒。

盖瑞对她耳语了几句，接着在她的耳下亲了亲，她又大笑起来。我可不敢在一大群人面前做出这么亲密的举动，不过亚历克斯似乎乐在其中。

接着，布拉德利垂下相机镜头朝我露出一个微笑。

他在看着我！这些年布拉德利曾经多少次凝视着我？上百次？上千次？真有意思，我的心跳突然漏了一拍。我也笑了，一面朝他走过去，一面无意识地伸手捋了捋头发。

“他们在一起看起来棒极了，对吧？”他问我，一边朝亚历克斯挥挥手。

“太对了。”我说。

不过，关于亚历克斯的话已经说得足够了。“你拍过很多订婚照吗？”我问布拉德利。

“这是第一次。”他说，“不过没有办法拒绝一个朋友的要求。”

一个朋友。亚历克斯对他来说只是朋友。而我做布拉德利的朋友的时间要长得多，我提醒自己。

“很久没有聊天了，简直都等不及。这个星期想一起看电影吗？”我问道，莫名其妙地感到一阵紧张。“我会往爆米花上浇蜂蜜的。”

“太好了。”布拉德利说，“我真很想听听你现在工作得怎么样。”

我继续保持微笑。“老样子，不过换了个新地点而已。不过回家的感觉不错。”

“我也很高兴你回来了。”布拉德利说。

他那双清澈的蓝色眼睛有比盖瑞温柔得多的色调，这双眼睛现在锁在我的身上。我几乎忘记了布拉德利的这个习惯；当你说话时他会一直看着你，仔细听你在讲什么，而不是在房间里东看西看，不耐烦地找机会插句嘴。他还有另外一个讨人喜欢的习惯，如果有人说完话，他会等上一会儿，似乎在确认讲话的人确实已经说完，然后才回答。

“我们也可以去那家泰国餐馆喝一杯。”我随口说。

突然间我无比迫切地想要跟布拉德利一起回到那里；把他和亚历克斯在那间餐馆留下的记忆都统统、统统抹掉，像一个浪头把沙滩上的脚印冲刷得干干净净一样。我想用属于我们的回忆取代他们在一起的景象。

“好极了。”布拉德利说。

我意识到自己一直在屏住呼吸，便慢慢呼了一口气。布拉德利仍然在乎我。他可能是暂时被亚历克斯迷住了，不过他是个聪明人。他能够看穿她。只要盖瑞和他的祖母绿宝石一出现，她就完全把布拉德利忘了个精光。

也许，身穿平凡海军蓝裙子的我看上去跟亚历克斯毫无共同点，但当浮华散尽、魔力消失的时候，布拉德利会愿意跟谁在一起呢？是那个先跟他调情、转眼就忘了他的美女，还是那个一直在乎他的平凡丫头？

“这个星期我会打电话给你。”布拉德利说。他笑了。“你相信我还存着你的号码吗？”

在那一刻我开始相信，搬回家也许并没有那么糟糕。

第四章

一句话，亚历克斯的订婚之夜还不算太糟糕，比我担心的要好得多。我们拍了全家福，然后一切进行得非常顺利。戴安娜把我们领进宽阔的舞厅，很快整个房间就被接近2000名宾客挤得满满当当。人们在一个巨大的生食吧旁细细品尝着鱼子酱、牡蛎和寿司，频频向亚历克斯和盖瑞举起香槟杯。川流而过的侍者端着一盘盘放在蒜茸切片面包上的神户牛肉，托盘上还有什锦蔬菜天妇罗和几十种开胃菜，统统摆放得十分精美，让人垂涎欲滴。

“肯定让盖瑞花了一大笔钱。”爸爸一边扯扯裤子一边打量着整个房间。“我们提出要付账，可他不依。”

“你真大方。”我说着轻轻拍拍爸爸的背。恭喜盖瑞得了一分：我不确定老爸要是真的看到账单的模样，还能不能从受到的惊吓中间恢复过来。

整个晚上亚历克斯像花蝴蝶一样到处交游，当她拥抱宾客、跟盖瑞跳舞，然后逗笑所有人的时候，苗条的银色礼服在她身上闪闪发光。她和盖瑞的身上都有一种特殊的磁场，他们周围的空气似乎自然而然充满了兴奋的粒子。人们总在偷偷打量他们，当亚历克斯和盖瑞走到一起，笑声更大了，人们的动作变得更加活泼。我必须告诉亚历克斯，当看见盖瑞讲故事、围着他的人群对他讲的每个字都很上瘾时，我在想：她已经找到了那个完美的男人，为数不多、能够配得上她的男人。

他们跟人群周旋的时候，布拉德利紧随其后不停地按快门。大多数时候我都待在舞池的角落躲父母的朋友，免得他们老问我关于工作的问题，同时也确保有人一直在检查巧克力涂层上的草莓，保证食品质量。这可是一个重要的工作，而且我的工作态度十分认真。

不过，中间布拉德利过来找过我讲话，不是一次，也不是两次，而是三次。每次他一过来，我都感到胸口发闷，有些头晕眼花。我发现，他工作的时候我在看他，对他先花时间让人们放轻松、然后再给他们拍照的风格颇为欣赏。他甚至小心地不挡着托着香槟到处穿梭的几十个服务生。

夜色越来越深，我也放松下来。人们的目光不在我的身上，不会立刻发现我是个骗子。没有人从乐队指挥手里抢过麦克风指着我喊："她被解雇了！另外，她还在会议室桌子上趴到一个下属的身上！"

也许事情最终可以顺利解决，在拒绝了服务生提议的一杯香槟、继续喝苏打水以后，我想。我再也不会有勇气面对香槟了吧，我怀疑。不过至少邓肯先生答应我会做推荐人，而且我的简历才是重点。不出一个月我就会找到新工作，对得起我发过的誓。布拉德利和亚历克斯的确友好，但是每个人都看得出她和盖瑞才是天生一对。

再说布拉德利已经说过，很快他会打电话给我。

整个晚上，我都默默地守着这个秘密想法，仿佛它是一个枕头。布拉德利的出现在我身上唤起了种种感情，很久以来我都不知道他们像火山一样沉睡着。

为什么以前我从来没有感受到他的吸引力？当看到他跪下为盖瑞四岁的侄女拍照时，我困惑地想。小女孩要在仪式上做花童。刚开始她十分害羞地躲在妈妈的长裙后面，但布拉德利开玩笑对那个妈妈说，"女士，我真不想告诉你这件事，不过你多长了两只脚！看脚下！"小女孩咯咯地笑起来，终于不躲了。

有没有可能是因为我太了解布拉德利了，我好奇地想。他转过身发现了我的眼神，送来一个熟悉的羞涩微笑。是不是我太拿他当哥哥，需要拉开一点距离才能意识到其实他多有魅力?

布拉德利已经喜欢了我很多年。也许他已经看清了一些事情，而我太忙太瞎，竟然没有看到。也许他一直都知道我们属于彼此，我们注定要在一起，而他会一直等到我醒悟的一天。

第五章 亲情试探

没想到亚历克斯会主动约我，有那么几分钟，我们是在真正地交心，可是等我们分析完爸爸妈妈，还可以说什么？除了相同的基因库之外，我想不出我们还有什么共同点。

“我不该告诉你的。”吉文思公司的总裁一边说，一边伸出纤细的手指，把她桌上的一堆文件重新整了整。我腰背挺直坐在她办公桌边的硬木座椅上，几乎不敢呼吸。她最后审视了我一眼。我很庆幸自己今天穿了炭色的普拉达套装，尽管今早穿衣服的时候，我绝没有想到居然要靠外套发挥它的职业魔力。我默默地感谢身上的肛门滞留人格基因，它绝对值得信赖，正是它让我随时处于紧绷状态；为了回报它，我必须从头改造自己，做一个随时随地保持条理的人。

“我觉得你会非常顺利地融入我们公司。”吉文思女士的语调和缓，轻轻点了点头，仿佛在确证她自己的见解。她有那种权威的温柔声音，我不得不努力去听清楚她所讲的每一个字。

“谢谢。”我说。我也对她露出一个微笑，尽量表现出谦虚却自信的样子，心却怦怦一阵乱跳。正在发生的一切让人难以置信。这是周三，亚历克斯的订婚派对才过去三天，我的生活重新回复正常，速度快得一点也不真实。我来到这儿——华盛顿特区最大的广告公司——只不过是随便投份简历。面对面的人际交往十分重要，我承认，所以我把简历递给了公司的前台。公司有个客户主管的空缺，也许这着能让我比其他应聘者多一点点优势。说不定前台会把我的简历放到一沓简历的最上方，也有可能会告诉她的老板我长得不像个连环杀人犯。可是谁想到就在我踏进电梯的那一刻，辛西娅·吉文思本人正好匆匆忙忙穿过大厅，朝电梯走来。我伸出手帮她拦着电梯门不让关上，她看了我一眼，说："谢谢。你不知道，很多人连手都懒得抬。"

她的头发比预想的要短，还戴着眼镜，但我做过功课，立刻根据她网站上的照片认出了面前的人。她是华盛顿特区顶级广告事务所的创始人，这家事务所在我想供职的公司名单上排第一位。

电梯还没有上到第十六层，吉文思女士已经在翻我的简历，而我拼命想要从她的生平里想起一点有用的信息。这些东西昨晚我在网上看了不少。18年前，她从5000美金和一个雇员起家，创立了这家事务所。她的公司制作了四支超级广告，客户包括"雪碧"和"士力架"。她精通三种语言，在香港、伦敦都开有分部，最近还光彩夺目地上了《广告时代》做封面人物。

我坐在她的对面偷偷扫视她的办公室，企图收集一些个人信息，好让我给她留下个好印象。要是她有那种幼儿园做的笨重的镇纸娃娃就好了，花瓶里有束花也行，那我可以夸上几句，或者一张裱起来的照片……什么都没有。她的办公室里找不到任何零碎的小玩意儿，缺乏私人色彩。她的生平里没有提到配偶或者小孩，手上也没有戴婚戒。

吉文思小姐本人——不知道为什么，我没有办法称她辛西娅——坐在座位上，姿态好似芭蕾舞演员一样笔直端庄。她穿着一套黑西服，身上仅有的首饰是一条精致的镶钻金项链和一块"肖邦"表。她只化了薄薄的妆，外表高雅，动作严谨而审慎。她身上所有的一切都在尖叫："财富！成功！权力！”当然，也有可能是高级寄宿学校培养出来的一种文雅腔调。

“这个航空公司的策划案……”吉文思小姐一边从我的文件夹里拿起那份广告，一边压低声音。后半句话没有说完。她仔细研究起广告案来。

“这支广告推出以后，营业额在两周内上涨了百分之十四。”我赶紧说，同时从公文包里抽出一页写满了相关数据的纸，递给对面的吉文思小姐。

她又点了点头。

“你有什么问题要问我吗？”她问。

只有一个：要怎么办，我才能活得跟你一样？我想。

在她位于拐角——这可是永远的黄金位置——的巨大的办公室里，每一件东西都闪闪发光。她的皮沙发似乎还没有遭受过跟屁股亲密接触的屈辱，她的书桌上只放了一台超薄电脑，其纤薄小巧足以让超模嫉妒，除此之外就只有一沓收拾得十分规整的文件。即使是咖啡桌上摆放的商业杂志，也一丝不苟地保持着条理。

我还没有来得及回答——一定要问一个问题，要不然就显得太心急了——有人敲了敲办公室敞开的门。

“抱歉打搅了。”

这是一个四十多岁、个子高大的女人——差不多跟吉文思小姐一个年纪——她看起来确实颇为抱歉，还有一点点害怕。她瞥了我一眼，吉文思小姐朝她点点头，“说吧。”

“凯特琳还没有来上班。”她小声说，“我觉得她今天不会来了。”

吉文思小姐脸上没有丝毫表情，只是眼周稍微绷紧了一些。

“给负责招临时工的猎头公司打电话，让他们另外送一个人来。”她说，“告诉他们如果这个还不行的话，以后我们再也不会找他们了。”

女人离开办公室，吉文思小姐俯身前倾拿起电话听筒：“乔斯琳，请把我的电话都转到前台，等我们把这堆乱七八糟的事情处理好了再接进来。还有，你给我订一张去香港的机票，时间是明天我在旧金山的演说完毕以后；从香港回来的路上我还要顺便去伦敦分部。请注意保密——我不想他们知道我要去。”

不等对方回答，吉文思小姐已经挂了电话。她呼出一口气，又把注意力集中在我身上。

“我可不喜欢一天的工作有个这种开头。”她说着轻轻揉着太阳穴。我不知道为什么她还要管这么低层的人事。难道不应该是助理的工作吗？可能她的助理干活不够积极：如果是这样的话，那拍着大街哭天喊地找新工作的人，就不会只有凯特琳一个了。

“人事问题总是复杂得很。”我表示理解，“在邓恩·理查兹 & 克兰兹，我手下有大概20个人，我知道员工有责任心是多么重要。”

“那你为什么离开公司？”吉文思小姐问。

对这个问题，我已经准备好了答案。

“家里有人生病——”我的暂时性精神失常的确可以算成精神病，“——我想离家近一些。不过我向您保证，我的工作没有受影响，也永远不会因为私人事务受影响。”只有一半是谎话，真的。一个健怡谎言。可以摆在减肥食品栏里出售，女人们可以拿它的卡路里跟“信口开河”和

“好心的谎话”两款进行对比。

吉文思小姐点点头，接着突然站起来伸出了一只手。

“谢谢你，”她说，“我会出差几天。你方便下下周的周一下午两点钟再来吗？我想再跟你聊聊，也让我们公司的负责人见见你。”

从周一起再过一个星期。吉文思小姐就有时间去做我的背景调查了，不过邓恩先生答应过我。他答应过的。

我不能表现得太急切，必须让吉文思小姐觉得其他公司也想要我。我停顿了一会儿，在幻想中自己的日程表里胡乱调剂出一个空缺，接着我笑了。

“那就下下周的周一。”我说，“我很期待。”

她的电话响了。她瞄了一眼，我赶紧说：“我自己出去就可以了。”

我还没有走到门口，她已经跟一个客户说上了话，说是当天晚上要定一个时间一起吃晚餐。我走进过道，脸上立刻炸开了一个大大的笑容。我会得到这个工作；我很确定。吉文思小姐不是浪费时间的类型。除非她非常想要雇我，不然不会让我再来面试一次的。

我穿过过道朝我的幸运电梯走去，差点没有控制好冲动踢掉了脚上的高跟鞋。一离开大楼，我就径直来到最好的餐馆——就现在我能找到的来说——买了超大杯卡布奇诺加一个巧克力牛角面包，以示庆祝。今天下午我还是会按原计划打电话给猎头——小心点坏不了事——不过我发自内心地知道，这个工作跑不了。我感觉得到。

我是注定要在这儿工作的；我所知道的这家公司的点点滴滴都跟我的人生计划搭配得完美无缺：海外办事处，经过精挑细选的、让人过目不忘的客户名单，办公室在位于首都的黄金地段——K大街——的一幢大楼里占据显要位置。刚开始我会从创意团队做起，然后不出六个月，吉文思小姐就会好奇她的公司在没有我的情况下是怎么活了那么久的。他们什么都还没有发现。我有了第二次机会，而我明白这种机会有多么宝贵。这一次，机会再也不会从我的指缝里溜走了；我会死死地抓紧它。

付账前，我穿过一扇门去上厕所。都是紧张惹的祸；我突然非常内急。我走进洗手间照了照镜子——好极了，面试的时候牙齿上显然没有夹带小烘饼的碎屑——接着钻进了一个小隔间。这个餐厅的洗手间挺不错；每间都从地板一直隔到天花板，墙上贴的似乎是手绘意大利瓷。噢，是的，我马上就可以再次回到这种生活了。

听到洗手间的门吱呀打开时，我的脸上还挂着笑容。

“她不会跟着我们吧？”一个女人说。

“我不觉得。”另一个女人回答道，“不过如果我们待在这儿的时间超过了一分钟，说不定她就放出寻血猎犬追来了。”

这个声音——我刚刚听过。这是吉文思小姐的助理，那个干活不积极的女人。我愣在了隔间里。

“明天她要出差。”另外那个女人说，“那我们就不用躲在洗手间里了。”

“只去几天。”助理埋怨说，“她会在旧金山待四个小时。可能每个小时她都会给我打一次电话。然后去香港两天。谁去香港会只待两天？一去一回不就两天了吗？”

“我知道一个办法可以折磨她。”那个同事说，“把她对齐的杂志抽一本弄乱。”

两个女人大笑起来。

“就因为她过得糟糕，她就不让其他人过好。”助理说，“你相信吗，我不得不求她才请到假去看孩子学校的表演？结果她让我周五晚上加班补回来。”

“她是拉拉吗？”同事问，“我一直好奇得很。”

“谁知道呢？”助理说，“她从来没有私人电话，而且每天晚上都工作得很晚。我觉得她是个无性人。再说了，谁会想跟她上床？”

“特别是她说不定会拿支铅笔在日程表上写下来：前戏，九点整到九点零五分。正剧，九点零六分到九点十二分。”同事咯咯地笑道。

“而且，如果男人到那个时候还没完，他就惨了。”助理说，“她说不定会作一个评估报告，告诉他需要提高效率。嘿，明天想一起吃午饭吗？可能今天我没时间。”

“十二点四分到十二点十六分我有空，我想。”同事大笑道，洗手间的门在她们身后关上了。

我待在原地，仍然一动也不敢动。这时我才注意到自己一直在屏住呼吸，于是松了一口气，它在小隔间的贴瓷墙面上回荡。

好吧，她们恨吉文思小姐。哪个雇员不抱怨老板呢？好吧，吉文思小姐是个控制狂。还是个工作狂。不然她怎么能成为所在领域的顶尖人物呢？说不定她们只是嫉妒她位于拐角的办公室和她上流社会的生活方式。

如果吉文思小姐真的是个苛刻的老板，怎么办？扒人一层皮的老板我完全可以应付；他们吓不倒我。她在我身上挑不出什么刺。我不会在私人事务上浪费时间，对晚下班或者周末加班也没有怨言。拜托，我是主动这么做的。在纽约的时候，我的首任老板甚至跟我说过，其实我可以多休休假，总把假期换成现金也不好。

我的掌心出了些汗，开隔间门时手在锁上打了个滑。我再次伸出手去开锁，隔间的四面墙却开始摇晃起来，倒在了我的身上。突然间巨大的幽闭恐惧席卷了我。不要关着我，我的意识尖叫道。我拼命吸气，用肩膀顶着门。过了一会儿我终于反应过来，其实唯一的办法是拉开它。我冲出隔间，两条腿瑟瑟发抖，几乎站不稳。

我必须抓住些什么，马上，以免有人进来看见我眼睛冒火、双腿打颤。我走到水池旁用纸手巾接了些冷水，拍在前额和脸颊上，再慢慢地吸气，强迫自己镇定下来。

幽闭恐惧是面试的后遗症，紧张情绪还没散完呢，我一边告诉自己一边打开水龙头，冲冲还在发抖的双手。除此之外没有别的理由。把其他的东西扯进来分析眼前的情况，然后得出结论——曼特就经常忍不住这么做——简直太可笑了。

是的，十年后我想站在吉文思小姐的位置。但这不表示我会变得跟她一模一样。我不想要那样枯燥、孤独的生活。而我不会那样过的，我向自己保证，又抬了抬颤抖的下巴。很多女人兼顾了工作和家庭，而且平衡得很出色。很多成功女人有丰富的、充实的私人生活。我把耳朵边那个喋喋不休的小声音推开，它唧唧喳喳地问我要是连周末都必须待在办公室里，我哪里会有时间生孩子，组建一个家庭。

我刚刚要相信一切都会好起来，却低下头看见了自己的双手。它们还在不由自主地互相清洗。

我刚刚把卡布奇诺举到嘴边喝了一口，手机在衣兜里震动起来。嗡嗡声吓了我一跳，几滴泡沫洒在了西服外套的前襟上。三桌外坐着的那个俊男在他的报纸后面窃笑。

果然是亚历克斯。

“能帮我一个忙吗？”她问。

“当然。”我说着用餐巾纸擦着外套，女服务生在我桌上放下一个超大的巧克力牛角面包。俊男应该收到了信息：我是一个贪吃鬼，还邋遢——确定你不想跟我搭讪吗？

“你能过来看看我的结婚礼服吗？”亚历克斯问，“我要听真话。”

我瞥了一眼手表。既然洗手间闹剧已经收尾，那今天有很多安排。我想仔细调查一下吉文思公司，另外还要跟猎头联系。如果我能尽快完成一两个面试的话，吉文思小姐说不定会收到风声。到谈报酬的时候，有市场需求绝对不是一件坏事。

“今天吗？”我绕开亚历克斯的话。

“不然呢？难道等到七月我婚礼结束的时候吗？”她说，“拜托。就算是你，开个小差吃个午饭还是可以的吧。而且，派对那天我们都没有时间讲话。”

“好吧。”我说着又把脑子里的时间表调了调。亚历克斯和盖瑞的住处在乔治敦。去完他们家我可以去网吧工作一个下午，不用回家。说不定在网吧能多干点活，家里还上演着老爸老妈的电视决斗呢：“体育中心”对垒肥皂剧。我离开家的时候爸爸调高了音量，不过，那些电视白日天后可是一心要跟华盛顿红皮队争个高下。

“午饭我会叫些寿司来。”亚历克斯说。

我啪地关掉了手机，感觉心里惊疑不定。为什么亚历克斯会让我看她的结婚礼服？她早说过觉得我穿得太保守。我没想到她会想听我的意见。还有，“派对那天我们都没时间讲话……”拜托。我们可不是那种天天聊天的姐妹。我知道有那种无话不说的姐妹，她们一起消磨周末，一有什么小破事就急急忙忙打电话讲给对方听，不过亚历克斯和我从来不是那样。我们甚至都不像其他我知道的姐妹，亲密到打架的时候会扯头发对骂。其实我挺满意我们两人之间的关系，我想亚历克斯也是一样。那她为什么要见我？

也许她是在向我求助。

这个陌生的想法在我脑子里转了几圈，我反复地掂量着它的可能性。亚历克斯跟我从来算不上好朋友——我们太不一样了——不过要是她在努力，我猜我还是会配合的。我们都是大人了，自高中毕业以来第一次住在同一座城市里。既然我的生活正在回到正轨，多照顾一下亚历克斯也没有什么大不了。可以从她的婚礼开始，我想的话。

再说我可以抽出时间，我不由得意地想。今天早上是个巨大的成功，加上上周末我已经把父母的房子收拾得有点像样了。连冰箱都作了处理：刷了架子，扔掉了一个硬邦邦的丁香橙子——我记得在几年前的圣诞节时见过它。

我悠闲地喝光了卡布奇诺，给猎头打了个电话，正好赶上他在办公室里。我们聊了一会儿，他让我发邮件把简历给他，接着答应在一两天之内联系我好好谈谈我的职业前景。我刚刚挂上电话，手机嗡嗡地显示收到一条曼特的短信：

重大新闻……雪儿的假胸在芬斯特美克的飞机上发生爆炸，导致压力失衡……葬礼细节随后通知。（另将为假胸举行入土仪式，特建议各位宾客以向有机硅协会捐款替代送花。）

我笑了，付了女服务员放到桌上的账单，还留下一笔相当可观的小费——毕竟我在这儿赖了好长一段时间。十五分钟后，我在亚历克斯家门口钻出了一辆出租车。

从外面看，房子似乎很小。乔治敦狭窄的街道上，房屋都密密麻麻地挤在一起，好似交通高峰期的地铁乘客。可是亚历克斯一打开门，我就明白房子的表象只是一个错觉。宽敞的屋里有高高的天花板，玻璃门通向开阔的、枝叶茂密的后院。在屋后，我看见一个穿白色制服的清洁女工正在清洗木地板。

亚历克斯告诉过我，盖瑞买下房子后雇了一名顶尖的室内设计师。这很有道理：法式乡村装饰风格太高雅整洁了，凭亚历克斯绝对没有办法想得出来。我们小的时候，她的卧室完全是个猪窝，开了盖的指甲油板结在梳妆台上，一件又一件衣服乱扔在床上，她晚上睡觉居然没有被活埋，实在是个奇迹。我在屋里到处张望，向自己发了个誓：不远的将来我也会有一间差不多的房子，而不是住在有“男人裤裆里的球球”天花板的卧室里。

“房子真不错。”我说。

“我讨厌我的礼服。”亚历克斯宣布。她的头发高高梳成了一个马尾辫，身上穿着一件粉色浴袍。

“对一个傍晚举行的婚礼来说，是有点太不正式了。”我同意道。

“闭嘴。”她说，“来吧。礼服在楼上。”

我跟着她上了旋转楼梯，走进一间几乎跟家里客厅一样大的试衣间。

这个房间看起来就像亚历克斯的。地板上散落着几十双鞋，立起的高跟像排排致命的尖钉，不知道在哪里的扬声器里传出艾米·怀恩豪斯(Amy Winehouse)的歌曲，一面巨大的镜子盖住了整张墙。镜子前是一张梳妆台，上面放着的化妆品比倩碧柜台里的还多。我注意到亚历克斯还是没有把她的指甲油瓶盖上盖子，不过至少现在她不用求爸爸多给零花钱，也不用在旧指甲油干掉的时候顺手牵羊拿些新的回来。看看这个地方，盖瑞完全可以买下莎莉·韩森本人。

“我想要你说真话，别客气。”亚历克斯说。

她抖落浴袍，我及时调开目光，但已经看见了大片光滑、闪亮的皮肤和一条淡紫色丁字裤。谁会在舒服的浴袍里面穿丁字裤在家里走来走去？那跟把图钉放在卧室拖鞋里没有什么区别。

“婚礼策划非要我穿这件礼服。”亚历克斯说。她正把衣服套过头顶，声音听起来闷闷的。

“亚历克斯！”我骂道，赶紧过去帮她。“天哪，别这么扯衣服。你会把它弄坏的。”

“只不过是件样服。”亚历克斯说，“他们还没有把正装做好呢。”

我把衣服的层次理好，后退几步。

“怎么样？”她说，“怎么啦？你这么看着我干什么？你也讨厌它？”

我摇了摇头。

“你真的喜欢？”亚历克斯问。

我点点头。

“可是，会不会太……膨了？我一直都说不要穿蓬蓬的裙子。不过‘露牙托里’——就是那个婚礼策划——不停说，“你一辈子就只有这么一次机会可以穿一件蓬蓬的礼服而不被人取笑的”。托里让我试了一百条蓬蓬裙，到最后实在累死了，我就投降了。知道吧，这就是他们的花招。先给你看一百万条丑得吓人的礼服，接着拿出一条没那么糟糕的，你就死抱着不放，因为已经完全没有审美能力了。”

“亚历克斯，”我终于找回了自己的声音，“闭嘴。它太完美了。”

的确是。

我原以为亚历克斯会挑些时髦性感的衣服，可能是一件开衩到大腿的纤细丝绸长袍。——她会借什么合身的东西展示身材吧。可是她选的这件礼服是一条白色丝绸裙，蕾丝中袖，大圆领，紧掐腰。礼服长及曳地，但没有拖尾，设计简单却经典，高雅而不陈腐。即使亚历克斯头上还扎着马尾辫，脸上也没有化妆，她还是迷倒了我。

“我不知道。”亚历克斯皱眉。她绕着我扭来扭去地照镜子。“真的吗？”

“拜托，亚历克斯，你知道你美极了。”我有点不耐烦了。这是玩游戏吗，名字叫做“给亚历克斯安安心，告诉她她从来都光彩照人”？如果是的话，我可不想玩。

“而且我要想好怎么弄头发。”亚历克斯说，“你觉得呢？”

如果她指望我站在旁边，在她搔首弄姿的时候发出惊叹，那我不得不说，那条马尾辫扎得太紧了，让她的脑子有点供血不畅。跟亚历克斯谈谈她的婚礼是一回事，至于尝试担当“亚历克斯粉丝俱乐部”的主席职位，则是另外一回事。

第五章

亚历克斯还没有问过我任何关于工作的事情。她也没有问我离开纽约有什么感觉。她想谈的只是她自己。或者说得更明白一点，她希望我们的话题绕着她的容貌转。

我怎么会觉得今天会有什么惊喜呢？我怎么会认为我们的关系会跟小时候不一样，会有什么变化呢？

“你不是有六个月的时间来决定发型吗？”我倒进一张皮椅子，从地板上捡起一本《华盛顿人》杂志匆匆扫了几眼标题，才发现封面上正是身穿一套蓝色比基尼的亚历克斯。我把杂志扔到地上。

“是啊。”亚历克斯说，“可是要做的事情太多了。有点吃不消。”

“你还有个婚礼策划，”我说，“她不是该包揽所有的工作吗？”

亚历克斯觉得她有很多事情要做？现在是中午，她却还穿着浴袍，女佣在擦地板，快递员会给她送来寿司。除了做脸部护理以及跟私人教练司文一起健身以外，今天下午她可能就没什么别的安排了。

好吧，这么说有点过分。她的私人教练说不定叫迈克呢。是的，是的，亚历克斯也工作，而且她的工作要求她光鲜亮丽。她甚至可以报销面部护理。但我还是恼火了。亚历克斯和我待在一起不能超过两分钟，原因就在这儿。她从来都有点被宠坏的样子——太多人关注容易落下这个毛病——而且不知道为什么，今天她的自恋让我比以前更加生气。

“对了，跟老爸老妈一起住感觉怎么样？”她一边问一边用脚踢我。我在皮椅上靠边挪了挪，她坐到了我的身边。

我翻个白眼，叹口气，摇了摇头。

“跟你想的一样。”我说，“妈妈经常站在卧室门口对我喊上一长串问题，不过她觉得没有冲到我房间来已经算给我足够的空间了。昨天她甚至打手机给我，那时我们就隔着一个房间。”

这时我想起一件事，笑了起来。

“笑什么？”亚历克斯追问。

“有天午餐的时候，我们三人都叫了酒喝，”我说，“结果爸爸从衣兜里掏出一支铅笔在桌布上乱画，想要算明白到底分开点酒便宜一些，还是合在一起点更便宜。”

“是那个有瘾君子老板娘的餐馆？”亚历克斯问。

“没洗干净的勺子。”我说。

“噢。”亚历克斯说，“安东尼饭店。盖瑞第一次去见爸爸妈妈的时候，我们也是去的那儿。他们一出汽车就站在人行道上吵了五分钟，吵的是老爸到底有没有记得锁车门。”

“走回去看看要简单多了。”我说。

“那样他们就没得吵了。”亚历克斯说。

“很有道理。”我说。

又是一阵沉默，但是这次并不感觉特别尴尬。

“噢，爸爸还一直在讲辛普森先生，好像他们不共戴天一样。还记得他们以前好得穿一条裤子的时候吗？”

“爸爸退休之后第二天，辛普森先生把两个院子间的树篱剪掉了三英寸，”亚历克斯回想道，脸上露出了微笑，“爸爸气炸了。”

“能量转移。”我说，“爸爸需要一个地方来发泄精力。”

“别拿你那些时髦的SAT词汇来糊弄我。”亚历克斯打趣说。

“这是个心理学词汇。”我说。曼特教过我。我记起上火车时他塞到我手里的画，又笑了起来。周末我要打电话给他，跟他说说我的新工作。

“怎么了？”亚历克斯追问。

“只是在想一个朋友。”我说，“纽约的某人。”

亚历克斯的眼睛里浮上一丝笑意，“一个特别的朋友？”

“闭嘴。”我说，“你听起来跟幼儿园老师差不多。”

“这么说——”

她的手机响了，下半句话没有说完。

“可能是送寿司的。”她说着站起来。

“哈喽？”她声音里的热度突然上升到了三十度左右。“嘿！是你啊！本来打算晚点打电话给你的。”

她心不在焉地解开马尾辫，一头长发垂到了肩膀上，她用手指摆弄着。

“今天晚上？”

我又拾起地上的杂志翻了翻。有那么几分钟，亚历克斯和我是在真正地交心。可是等我们分析完爸爸妈妈，还可以说什么？除了相同的基因库之外，我们还有什么共同点？

“我很乐意。”亚历克斯说，“盖瑞在纽约，不过我可以在拍完节目之后去见你。”

我打开杂志读起来，没有听到她后来讲的话。手里的文章讲的是一个个人信息管理顾问怎样理顺一个女人乱糟糟的纸堆。对了，对了，这是我最喜欢的招数之一——把邮件拿到垃圾箱的上方打开，这样你可以直接把垃圾邮件扔掉，不让它有机会占领厨房柜台。哦，不过我还不知道这招：把电器收据钉在说明书里，那当你需要退款的时候，东西便一应俱全。

“不好意思。”亚历克斯说着挂上电话，“刚才是布拉德利。我应该问问他是不是想跟你打声招呼的，不过刚才没有想到。”

电击一般的感觉流遍了我的全身。

“刚才是布拉德利的电话？”我问。我的声音嘶哑。我清清嗓子装做咳嗽的模样。

“嗯哼。”亚历克斯说着在大落地镜里审视自己的身影。

坐在这张皮椅上，我正处在亚历克斯和镜中人之间。不管看哪里，面前都是一丛丛金红色头发和白色丝绸。亚历克斯在我身前，在我身后，甚至从手里的杂志上对我露出微笑。她的美丽又炫目又强大，我躲不开。

“他要干什么？”我问。

“今天晚上我们要一起去喝一杯，他要给我订婚派对的样片。”她钻出了礼服，把它扔在我旁边的皮椅上。

布拉德利为什么打电话给亚历克斯，不打给我？

“盖瑞不去？”我问。天哪，亚历克斯的大腿是塑过形吧。我可以看见上面细细的肌肉束。

“盖瑞不想看看样片吗？”我问。

“我不觉得他会在乎我挑哪张。”她在嘴上点上桃红色的唇膏。“本来就是女孩的玩意儿。”

亚历克斯的玩意儿，你是这个意思吧，我酸酸地想。有什么比跟那个我喜欢的男人共度一晚浏览你自己的照片更好的呢？这个男人可能也喜欢我，如果我的姐姐不挡路的话。也许亚历克斯不知道我对布拉德利的感觉，不过这并不重要。他是我的。她怎么就不能放手呢？

我跳起来抓起钱包。不过这次没有拿对，亚历克斯家的地板上乱放了好几十个。我到处乱摸，终于找到了自己的那一个。

“刚想起来还有个约会，”我直愣愣地说，“要走了。”

“午饭怎么办？”亚历克斯不再照镜子，转过身。

我没有回答。我已经下了楼梯朝门跑去。

第六章　这么近那么远

现在我在想，被亚历克斯的光彩吞噬是多么容易的事情，即使是成年以后。我想到了以我为骄傲的父母。我想到多年的辛苦工作、小心勾勒的人生规划。这么多年规划和盘算下来，我为什么从来没有后退一步想过究竟自己想要什么？

我必须离亚历克斯远一些，趁我还没有做出什么疯狂的事情，比如因为她今晚要去见布拉德利而大发雷霆。那样她就会明白我对他的感觉，亚历克斯一向善于阅人。我不想让她知道。在确定布拉德利对我的感觉之前，我不想让任何人知道。是否我只是他的一个朋友？当机会再次来到，他会不会再次爱上我？还是说现在的他已经悄悄对亚历克斯动了爱慕之心？那样的话我和他将永远没有未来，因为对他来说，我只是一个安慰奖。

我冲下街道，竭尽全力拉开和亚历克斯之间的距离。为什么在姐姐身边，我总会受伤？我已经29岁了，但感觉又一次回到了高中时代。亚历克斯上了这个城市的杂志封面；今天晚上她会在电视上亮相；随后她跟我喜欢的男人有个约会。她拥有一切。她从来就一样都不缺。

热泪蒙住了我的眼睛，我一步踏到了街上。喇叭声突然响起，我跳回路边，一辆公交车呼啸着开过。我只走了两个街区，但离M大街和威斯康星大道交接的街角已经只剩下一条街。我眨眨眼，街角处一栋巨大的建筑映入了我的眼帘。这是乔治敦公园。

我低头看看自己那一身朴实无华的套装和低跟鞋，又回头看了看商场。

突然间一股冲动征服了我。我需要漂亮内衣。我渴望鲜艳的口红。我迫不及待要脱掉古板的炭色西服换上一身新衣服，一身让我感到迷人、性感和年轻的衣服，它能让我逃避自己，躲开那些轮番轰炸着我的可怕感觉。

我跑上通向商场的扶梯，飞快地穿过走廊，一个接一个检视着经过的店铺名字。然后，我看到它了：维多利亚的秘密。

“全棉短裤正在打折。”一个戴银色鼻环的售货小姐告诉我。这时我刚刚冲进商店，好像后面有人在追我一样。“买一送一。”

“我想要点性感的。”我告诉她。

“是要去度蜜月吗？”售货小姐问。我可以看见她的白色背心下面露出豹纹胸衣的带子。“我们刚刚到了一款漂亮得不行的睡衣，还有配套的长袍。”

长袍？“维多利亚的秘密”的售货小姐也觉得我是个老古板。她，还有那些靠在柜台上涂暗紫色指甲的售货小姐，说不定等我一出门就会取笑我。

“至少我们把那些老奶奶穿的短裤都塞给她了。”紫色指甲会说，“我还以为永远都卖不出去呢。”

我眯起了眼睛。

“其实我想要条吊袜带。”我一本正经地说，“原来那条坏了。”

她眨眨眼睛，走到一个展台边递给我一条吊袜带。黑色蕾丝，好家伙。

二十分钟以后，拎着满载填充塑形胸罩、精致蕾丝丁字裤，还有一只红色丝绸泰迪熊的粉色包装袋，我大步迈进了隔壁的店铺。过了几分钟再出门时，我身穿黑色紧身牛仔裤、裸色蕾丝背心、暗红色小山羊皮短外套。

这是一个开始，但我需要的不止这些！我疼痛的内心感觉空荡荡，而我拼命想把它填上。我冲进一家又一家店铺，就像一个寻找解药的瘾君子，眼神不放过任何一个角落。我想要什么？一个软皮钱包？美黑啫喱？或者一件丝绸露背上衣，深紫色的，几乎接近黑色的那一种？

我到处乱逛，四处看模特儿身上展示的各种诱人物件。新款春装肯定刚刚上市：短款毛衣罩衫、奶白色紧身T恤，还有纵横交错绕到腿上的黑色系带高跟鞋，小巧的银耳环，绿松石手镯，露肩裙子，只齐到大腿的性感小短裙，带郁金香形状衣袖的波希米亚薄纱上衣。突然我想要全部买下：所有我没有试过的化妆品，所有那些可爱、性感的衣服——我敏感的鼻子一直故意忽略掉它们的气息，因为清楚下一季它们就会过时，而我制作精良的经典款将永远经典下去。

我抱了一满怀衣服急匆匆走进试衣间。出来的时候，我挑了两件贴身T恤，一件橙色，一件樱桃红；一件黑色丝绸套头衣服，后部开衩，会露出我背后的曲线；一件效果惊人的紧身胸衣，有黑色镶边蕾丝；一件深V领连衣裙，颜色是消防车红，还有一件露肩奶油色连身裙。我环顾四周，使劲吸了吸气。现在我需要一些时髦的耳环，还有一瓶新香水。我还没有买够，长远来讲。

MAC柜台后面的女人盯着我看。

“过来。”她说着向我示意，“我们每天都免费为客人上妆。我太想给你化一化了。”

第六章

通常免费妆都吓得我够戗。我见过不少女人化完后多了厚眼线和小丑样腮红，看起来像老了20岁。不过MAC的女促销员年轻且时髦，黑头发有一缕挑染成粉红色，右边肩膀上还有一个星星文身。看上去，她深深理解混搭的意义。

“管他呢。”我说。我把衣服放在柜台上，坐到凳子上。

“你眼睛和嘴唇的轮廓都很分明。”她说着把什么凉凉滑滑的东西涂到我脸上，又用一块化妆棉擦干净。“我强烈推荐你用深色。”

“千万不要是粉蓝和绿色。”我恳求道。

“放轻松。”她命令道，“我看起来像要把你变成斯特福德式太太的人吗？”

我闭着眼睛，小刷子扫过眼睑，扫过脸颊，一支唇笔轻轻地沿着我的唇线移动。

“我的李子色眼影上哪儿去了？”她嘀咕说，我吓了一跳，睁开了眼睛。

“别睁开。”她说，手里挥舞着一个样子吓人的银色东西，我认出那是一只睫毛夹——亚历克斯总是把它们放在洗手间。

亚历克斯。

“别皱眉。”MAC促销小姐又命令道，我把脑子里的想法都赶了出去。

她在我的眼睛下面涂上些什么东西，然后沿着上眼睫毛画线。

“上一点亮金色会很衬你的橄榄色皮肤。”她小声说，手指轻滑过我的脸，“我要在你的锁骨上也刷上几笔。”

过了一会儿，她说，“你介意我动你的刘海儿吗？”

“非常乐意。”我回答说。她喷了喷刘海儿，开始做发型。我感觉到她将头发解散了垂在肩膀上，接着用手指一缕缕拧起来，用一种非常好闻、带柚子味的东西喷在上面。

十五分钟后我睁开眼睛，盯着镜子。一个陌生人在镜中回望着我。我的眼睛似乎变大了，肌肤光泽，好似刚刚在海滩过完一个下午。刘海儿被梳到了一边，突出了颧骨。而我的嘴唇……噢，我的嘴唇！

“你把我的嘴唇变厚了。”我一边说，一边伸手去摸。

“秘诀是在上嘴唇的唇弓上方点一些遮瑕霜，”她说，“你的嘴唇已经够厚了，不过这样看起来会更丰满。”

“我全要了。”我告诉她。我拿出信用卡。

“好的。”她说，“现在我会给你画一张图表，告诉你每件东西怎么用，这样下次你就能自己掌握了。不过，你还需要一些好用的化妆刷。化妆的秘诀全在刷子上。还有，拜托你帮我们两人一个忙，把刘海儿再留长一两寸。”

我拿起购物袋和她递过来的图表，朝电梯走去。路上每遇到一面镜子，我就停下凝视自己。鞋子。现在我需要鞋。我上了一层楼，立刻发现了一双焦糖色皮靴，鞋前有小巧的银扣。靴子的皮十分柔软，摸在手里似乎正在融化。我必须买下它；对它的渴慕之情无比强烈，我简直无法抵抗。

“你知道这些靴子的秘密吗？”一个售货小姐悄悄走过来小声说，“其中一只的鞋跟只比另外一只矮一点点。”

“为什么？”

“穿上在房间里走一圈，你就明白了。”她匆匆走进贮藏室，带回来适合我的尺寸。

令人难以置信。我不仅仅换上了新鞋，连走路的样子都换了。我的臀好像T台模特儿一样撅起来，不停向两侧轻轻摆动。一个乘电梯的男人扭头瞪着我，结果忘了出电梯，绊了一跤。

“绝对物有所值。”我告诉售货小姐。

不一样的不仅仅是唇膏和皮靴。我也不一样了，突然我意识到。我不再紧张地向前耸着肩膀，眼睛也不再盯着地面。我在散发一些神秘的东西。这种东西对我来说非常陌生。强大、美好、醉人的东西。

“你能再给我一双黑色高跟鞋吗？带子绑小腿的那种？”我把信用卡递给售货员。

“当然。八号是吧。知道吗，玛丽莲·梦露也曾经把高跟鞋其中一只削掉一点点。”售货员一边透露，一边结了账。“你的男朋友一定会喜欢这些高跟鞋的。”

“男朋友？”我说着使了个眼色，“你是指男朋友们吧？”

“加油，姑娘！”她说着把我端庄的黑色旧单鞋和崭新的系带凉鞋放进同一个袋子，递了过来。

我又涂上了一层新唇膏，一路摆到了街上。过一会儿我会清楚地认识到信用卡的损失，对刚刚所做的一切进行反省。过一会儿我会惊慌失措，想不好到底是不是该把东西都退回去，还是一股脑堆在柜子后面假装什么事都没有发生过。但是现在，我只想陶醉在这焕然一新的感觉里。

室外的空气又凉爽又清新，扑在我的脸上。

我抬手拦了一辆出租车，那只手落下垂到身边时，我感觉欢喜的劲头正在消散。亚历克斯和布拉德利要去喝东西，我不能一个人待在家里。我知道我会疯掉，会想象布拉德利一边盯着亚历克斯的照片，一边告诉她她有多迷人，而他们的大腿正一寸一寸地挪到一起。嫉妒的灰烬正在升温，我感觉到了危险。

亚历克斯和布拉德利要去酒吧？好吧，那我也去酒吧好了。我可以叫上一杯酒，陶醉在我的全新外表中，重温一些吉文思小姐邀请我二次面试时所感到的快乐。我不会让亚历克斯把它也夺走。

我向波托马克河走去。那儿有家位于河上叫做Tony & Joe的海鲜餐厅，大约只有三个街区远。我大步穿过人行道，几个迎面走来的男人站到一边让我过去。真有趣，通常我才是那个给别人让道的人。以前我从来没有注意到。我走路的姿势不一样了，现在我占用了更多的空间，却不感到抱歉。包裹在手上前后摇摆，我迈着大步向前走。一个骑摩托车经过的家伙朝我吹了一声口哨，以前的我会把头扭开，可是这次我转过身对他笑了笑。

喝上一杯绝对没错。也许我还应该犒赏自己一顿大餐。

我正在横穿海鲜餐厅的室外停车场，远处传来了讲话声。那是一个男人低沉而愤怒的声音，还有一个女人在尖声乞求。可能只是跟她的男朋友拌嘴吧，我想，可是本能让我停下了脚步。

一辆卡车正好挡住了我的视线，我朝边上挪了挪，看到了那对情侣。男人大概有40岁，又矮又瘦，穿着西装，打着领带。我看不到他的眼睛，虽然已经到了黄昏，他还是戴着一副太阳镜，严严实实地挡住了它们。

“请你让一让，让我进车好吗？”女人说，“你这种样子，我不能和你说话。”

“臭婆娘，”男人喊道，“你不能跟我说话？你他妈的怎么不能跟我说话了？”

第六章

这家伙显然很愤怒，他就要失控了。我应该叫911吗？会不会太反应过度？我不知道。他向她走过去，她一直在后退，他的脸上绝对是愤怒的表情。两个人都没有看见我。我是不是该喊救命？我疯狂地四处张望：唯一能够看见的是一个在河边遛狗的人，可是他离我们大概有一百码。他也许听不见我。

我还没来得决定，突然传来了一声巨响。难道那个男人把女人扔到车上了？我来不及细想，扔下包朝他们跑过去。

“嘿！”我喊道，“放开她！”

男人正摩拳擦掌，女人的后背靠在车上。他看见了我，一个字没有说就走开了，好像这是一个周日的下午，他正在随处散步。

“你没事吧？”我跑到女人身边问。

“我想是的，”她说，可是两条腿显然不听话，她从车上滑到了地面上。女人看上去很惊恐，一张脸十分苍白，我很怕她会晕倒。她那双蓝色的眼睛因为惊恐睁得大大的。

“他打了你吗？”我问。我靠过去检查了她的脸，但没有看到任何伤痕。“要我叫辆救护车吗？”

“他踹了我的车。”她指着驾驶座旁边的一个凹痕，呼地长出了一口气，我也放心地叹了口气。

“不过如果你不来的话，他可能就会打我了。”她说，“谢谢。”

“我很高兴能帮上忙。”我说，“要叫警察吗？”

她摇了摇头。“刚才那位‘风度绅士’是我的前夫。”她说。

“哇。”我说。我想不出什么别的话说。

“你能猜出来我为什么跟他离婚了吧？”她的笑声没有玩笑的成分，

接着女人摇了摇头。“我真是个白痴。不明白为什么我会同意今天晚上和他见面。我们要签署一些文件，本来我该把东西放在他律师的办公室就走的，可我一直在想，我们结婚已经七年了。我想还是有点放不下吧。我以为我们可以握个手，祝福对方。我的意思是，当初我嫁给他的时候，他不是这样的……”

她突然住了嘴，站了起来。

“我很抱歉。”她说，“上帝啊，我糟透了，都跟你讲起故事来了，再次感谢你。”

“你确定你可以开车吗？”我问。她的脸色还是很苍白。“不想打个电话给什么人吗？”

“我没事的。”她伸出手紧紧地握住了我。这个女人双手冰凉。她拍拍衣服，打开车门钻了进去。但她没有点火启动。

“如果你确定的话。”我说。我走开几步拾起购物包，扭头朝后看。女人还坐在那儿，望着空中。她的脸十分悲伤。我没办法控制住冲动，又走回了她的车边。

“我刚打算去喝一杯。”我告诉她，指着远处的餐馆。“想一起来吗？坐上一会儿，你可能会感觉好些。”

我不知道自己为什么会这么做。也许是因为她那坦白而友好的脸，深深的笑纹从眼睛散开，证明了一个事实：这是一个经常笑的女人。再有可能是我在她的身上看见了一个共通的灵魂：这个女人的生活也已经四分五裂，现在她正在试着把碎片拼起来。

“现在？”她抬头看着我，“你没有约人吗？”

“没有。我一个人。”我说。

"真的？"她说，"我不相信长成你这种样子还会一个人出来。"

对这句话，我能说什么呢？是说这不是真正的我；还是说我只是临时披上了戏装，就像万圣节那些虚张声势的孩子？

"我很乐意跟你一起去，如果你真不介意的话。"她说，"听起来，喝上一杯酒再好不过了。"

她钻出汽车，我们走进Tony＆Joe餐厅。午餐时间已经过了，要开始狂欢又早了些，因此饭店里有不少空座位随我们挑。我们坐到一对软垫椅子上，紧靠着一堵玻璃墙，可以俯瞰河水。我原本应该感到尴尬——我跟一个素不相识的女人在一起，只知道她有个有暴力倾向的前夫——可是她身上的某种特质马上就让我安下了心。或者全新的我本来就很放松。说不定，换上新衣服上好妆让我感觉自己是在扮演某个角色，正在引领我的是另外一个人。

"我都不知道你的名字。"我们各点了一杯夏敦埃后，她说。

"我叫林赛。"我告诉她。

"我叫梅。"她说，"非常感谢。你相信吗——"

她的手机响了，把下半句话拦腰截断。

"抱歉。"梅说，"是工作电话。你不介意吧？我就说几句。"

"一点也不，"我告诉她。真有意思，梅看起来一点不像在职场打拼的类型。穿着花朵长裙，有一头棕灰色鬈发的她，更让我联想到牙仙女的母亲。不过话又说回来，我可能看起来也不像那种在大学期间死守优秀生位置的人，我一边想一边往上扯身上的小背心，以免胸部露出来。

"缘聚公司。"梅对着手机说，"哦，德夫林，很高兴接到你的电话！不过，现在你不应该在约会吗？"

她听着对方的回答，皱起了眉，然后摇摇头。

“你只是太紧张。”她说，“这很正常。过去14年你只出去约会过一次。所有人要从离婚走出来都不容易。”

嗯……有趣。

“德夫林，你是一个聪明、善良的男人。你知道有多少女人巴不得能认识你吗？”梅问道，“你要我看看你列的聊天话题吗？”

听到这儿，正装做观赏河景的我再也装不下去了，我毫不掩饰地瞪着梅。

“嗯，嗯……别漏了你的爱尔兰之旅。”梅说，“讲讲那只狗溜进酒吧的滑稽故事。还有，别忘了结束约会的规则。如果你不感兴趣，不要说你会打电话给她。只要告诉她你过得很愉快就好。”

梅挂了电话，把手机放进提包。

“抱歉。”她说着啜了一大口酒。女服务员在她打电话时已经端来了两杯。“啊，你听到了。我有个叫‘缘聚’的服务公司，刚才是我的一个客户。”

“真的吗？你在这行有多久了？”我问。

“大概八年吧。”她说，“我非常喜欢。在给客户找对象之前，我会先了解他们。这样他们才会感觉确实在相亲。而且我还做背景和信用调查，确保安全。”

“棒极了。”我说，“那你有多少客户呢？”

“大概是60个左右，不管什么时候。”她说着露出了酒窝，“已经有九对结婚啦！”

“成绩相当不错。”我说，在谈论工作时，可以明显地看到梅整个人放松了。但这不是我不停提问的原因。我是真的感兴趣。

“谈我谈得够多了。”她说，“说说你吧。不当格外善良的英雄，不在停车场拯救女性的时候，你是做什么的？

我勉强露出一个笑容。有意思，但我以前确实热爱“你是做什么的”这一类问题；现在它让我的胃一阵抽紧。

“嗯，我刚刚从纽约搬到这儿。”我说。

“这就说得通了。”梅说，“我就觉得今晚你不去见男朋友是有原因的。纽约对你来说，有什么特别的人吗？”

我想到了布拉德利，顿时感觉自己的脸沉了下来。是的，是有一个特别的人，而他现在正跟我的孪生姐姐在一起。

“抱歉，”梅说，“我问了太多问题。不过，听听这个能不能让你好受点：从你一进酒吧，吧台那边的那帮家伙就在盯着你看。”

吧台边果然有三个雅痞，全部穿着黑色套装，领带松松地结在脖子上。他们在微笑，其中一个朝我举起啤酒杯示意。

我向梅转过身，“真的？从我一进门？”

“拜托，甜心，你肯定早习惯了。”她说。

我又看了看那群男人，扭头对着梅。要是她知道事实的话。我不知道如何应付那些跟我调情的男人。我该怎么做？也对他们举杯吗？还是过去打招呼？我感觉像到了异国的异乡人，一个字也不认识，一点风俗人情也不懂。我只要一张嘴，所有人就会发现我根本不属于这里。

“再跟我说说你的公司吧。”我飞快朝吧台边的男人露出一个微笑，然后重新转移到安全地带，扭头对梅说，“那你怎么知道要把谁跟谁配成一对？”

“只是一种感觉，”她的眼睛亮了，“这是我最喜欢的地方。有时候，只看纸面的话，你绝对想不到那样两个人会来电。不过第六感告诉我，把他们凑在一起说不定有结果。你相不相信，那个嗡嗡响的小声音对的时候远远超过错的时候？”

“难道你大多数客户都离过婚吗？”我问。

“有一些吧，不过我接到过各种类型的客户。大学生，鳏夫，甚至还有一个前马里兰小姐亚军，”她说，“现在她正在跟一个国家卫生研究院的科学家交往，非常幸福。我还在考虑用他们两个打广告。”

她上下打量着我。“你知道吗，我认识一个男人，你一定跟他合得来。感兴趣吗，当然，不收任何费用。

“谢谢，”我说，“不过我有男朋友了。我的意思是说，不算真的，但我希望是。”

“啊，”梅说，“嗯，幸运的家伙。”

“谢谢你。”我的脸上发烧。难道亚历克斯的每一天就是这么过的吗？人们到处毫不吝啬地赞美她，就像朝她扔五彩纸屑？多么惬意的生活方式；唯一一样定期浇在我头上的东西，是雨。

“不过，我对另外一样东西很感兴趣。”我说，“跟我说说你的广告。你找广告代理了吗？”

“我见了一家广告公司，不过我花不起他们要的那笔钱。你相信光是做一个杂志广告，他们就要收两万美金吗？还不包括上杂志的费用。我想还是自己做吧。”梅说。

说到“两万美金”时，梅的声音接近耳语，好像那是一个什么了不得的数字，大声说出来会惹祸一样。也许我不该告诉她，以前我每年光是快递账单就值这个数。

“在纽约的时候，我在广告公司工作。”我说着倒回座位，抿了一口酒。“也许我可以提提意见。你多跟我说说你的广告吧？”

“现在？”梅问。

“现在。”我说。

突然间我非常希望能帮上忙，希望重新投进我所熟知的世界。梅应该好好休息一段时间，也许我可以帮她。也许今天我遇上梅是有原因的。就算在梦里，我也能轻松为梅定出广告策略。我能帮她拓展业务。工作从来都是我最热爱的逃避方式。要不去想亚历克斯、布拉德利以及今天发生的其他事情，还有什么办法比一头扎进工作更好呢？开始吧，就在此时此地。

梅的广告创意是场灾难。她想用张照片：甜蜜的一对并排坐在沙发上，朝着摄像机微笑。既无趣，还缺噱头。说不定人们会直接跳过这一页，根本没兴趣知道这到底是个牙膏广告，还是个卖减价沙发床的。这个广告简直是过眼就忘，我似乎已经听见了它那敲响的丧钟。

“我喜欢你的想法。”她点第二杯酒的时候，我先扯了个小谎，接着泼上一盆冷水：“不过，我可以提点建议吗，也许可以换个角度思考呢？”

“当然，”梅说，“你是专家。”

“你要知道人们想从约会婚介服务中得到些什么。”我靠近她，把手肘撑在膝盖上。

“可能你认为事情一目了然——他们想要找到一些特别的人——可也许事情远远没有这么简单。是什么阻止潜在客户拿起电话打给你呢？”

梅皱起了前额。“也许他们害怕？”

“但是怕什么呢？”我问，“是怕相亲遇上一个精神病吗？还是怕别人会觉得找约会中介是绝望的表现？除非你能弄明白人们为什么不敢打电话给你，你是没有办法让他们安心的。而且，这也是你的广告公司要做的：让客户安心，诱惑他们。”

“哇。”梅说，“我都不知道要从哪里开始。你都是怎么做这种调查的？”

“听过焦点小组吗？”我问她。

她点点头：“我猜就是。”

“你知道吗？”我说着四下打量整个酒吧。现在吧里挤满了二三十岁的男女客人，都在调情、大笑，到处攀谈打听对方。

“我们现在正在你的焦点小组中间。”我告诉梅。

十分钟后，我的面前站了十几个人，男女都有。他们是被我和梅许诺的免费饮料吸引过来的。我的三个雅痞也在其中，还有一个前来庆祝自己离婚的女人，她带了一群女伴。我把她们单独挑了出来，因为这些女伴用一根绳在她的腰上缠了一圈易拉罐，还在她的臀上贴了一张标牌，写着“新近离婚！”我的感觉是，这群女人在告诉我想要什么样的约会服务时，应该不会害臊。剩下的人是一个混搭组合：一个一直在酒吧独坐的胡须男，他在等一个一直没有现身的哥们儿；一个非常迷人的男士带了一位同样漂亮的女人，两人从大学开始就是朋友，但从来没有跟对方约会过（这两人之间电力十足；只要其中一个再喝上几杯柠檬鸡尾酒，他们就会一起滚到地毯上），还有一群来自法律事务所的办公室同事。

“大家都能听见我讲话吗？”我问，“对吗？太好了。那我们现在开始。我的名字是林赛，我想知道你们对约会服务有什么看法。”

“我从来没有试过。”离婚女人的一个朋友马上尖着嗓子喊道。

“为什么不呢？”我问。

“丢不起这个脸。”她说，一些人小声表示同意：“衰人才找约会服务。”

梅疯狂地记着笔记，这是我分配给她的任务。

“你呢？”我问其中一个雅痞。

“如果你跟我约会的话，我就当你的约会服务客户。”他说。他的朋友们大笑起来，跟他击了个掌。

我憋住一个微笑，飞快地转向一直在酒吧独坐的男人。

“你又怎么样？”我问。

“我不知道，”他说，“似乎有点怪。”

“这么说，约会服务古里古怪，还让人丢脸。”我说。

“跟我的前夫一个样！”臀部挂着标牌的女人喊道，她的朋友们尖笑出声。现在又有一些人被热闹吸引，聚了过来。我爬到一张脚凳上，以便看到每一个人。感谢上帝，喝了一杯之后我就停下了，不然脚上的不对称靴子很有可能会让我摔上一跤。

“我不觉得约会服务有多糟糕，”有人说，“我认识的人有一半在用Match.com。”

“没错，不过我一个朋友用过约会服务，结果发现相亲对象是个已经结了婚的。”一个女人在人群另一端喊道，“而且真人比照片重50磅。”

“加上一条：人们对自己的描述不老实。”我说。

“有个在克利夫兰的家伙，”律师事务所的一个人说，“他要飞过来见我的朋友。这个人大概有60岁吧。我在Google上查到了他，警告了我朋友。”

突然之间，一半人都在点头表示同意；他们都有一个被网络交友害惨了的“朋友”。

“那相亲呢？”我问道。

“毁灭友谊的最佳捷径，”有人深有感触地说，“你把他们凑成一对儿，结果他们恨上对方了，全部怪在你头上。”

“有一次我朋友把一个同事介绍给我，可那个同事简直是头猪。”离婚女人的一个朋友叫道。她的声音稍微低了下去。“我当时想，‘怎么回事，你是觉得我也是头猪吗？’不然的话她怎么会介绍这种人给我呢？”

“可恶”挂易拉罐的女人同情地说，“你绝对不是猪。”

“你也不是。”先前讲话的女人眼泪汪汪地说，用手臂绕着朋友的脖子。醉醺醺的两个人热情拥抱起来，易拉罐碰得叮当响。

“你觉得会有正常人使用约会服务吗？”我问道，“有没有谁通过约会服务结婚的？”

“他们会说谎。”一个雅痞喊道，“他们会说是白水漂流的时候认识的，或者在其他什么地方。”

“或者在监狱里。”一个律师事务所的嚷道，人群喝起彩来。

“所以基本没有什么理由要找约会服务。”我让声音一直传到人群的边缘，压下欢呼声。老东家曾经送我去一个媒体专家处培训，学习如何在演讲中做到这些。这是当着一大群人讲话、我却没有被吓倒的原因之一。不过，今晚我比平常更加轻松自如。新衣服和新装扮让我更有活力。

“不过，如果约会中介会帮做背景调查，确保对方没有结婚呢？”我问，“如果有人在你认识约会对象之前就调查过对方而且准备好照片了呢？如果这个中介把关严格，不让人浑水摸鱼呢？那会不会有点不一样？”

“也许。”易拉罐女人承认道，一些人也小声表示赞同。

“谢谢你们，”我说，“你们都帮了大忙。”

我走下脚凳，来到梅的身边。

“你太不可思议了，”她说，“看看你指挥人的模样！”

“是挺有趣，”我说。我发现今晚的确很有意思。

“我简直无法相信你为我做的这一切。”梅说，“这也太多了。”

“你只有一个办法可以感谢我，”我说，“让我给你做广告吧。我十分清楚要做什么。”

凌晨两点，我的眼睛感觉像火烤一样，后背隐隐作痛，嘴里陈咖啡的味道久久不散。卧室地板上散落着一堆杂志碎片，我的两根手指一直并在一起：它们都粘上了胶水。

但我给梅制作的广告可不算坏。

我低头看着床上的那堆纸。午夜时我完全转变了策略，决定取消做整版广告，转而做一个1/4 版广告。我从各色杂志上剪下照片和文字拼贴出自己的设计，轮番想象着不同设计方案在纸媒杂志上的效果，它们像柏玛刮胡膏的老式路标牌一般互相比拼。

第一个广告是一个迷人的年轻女子的特写镜头。她坐在一家饭店的餐桌边，对面是一个拄着拐杖、满头白发的男人。

“他说他26岁。”大写的红色广告语标在她的头上。

第二支广告里一个男人在震惊地盯着他的信用卡账单。这一次红色广告语写的是："我带她出去吃饭。她带走了我的信用卡。"

我的第三支广告主题是一个举着金色婚戒的女人。"他让我周末跟他一起出去。接着，他的妻子打来了电话。"

最后一支广告只是简单的一行亮红色广告语，放在黑色背景上："相亲。我们承诺唯一的意外是惊喜。"

我突然感觉筋疲力尽，一下跌坐到床上。有多久没有这么做了？一个人坐下来从头到尾制作一支广告，而不必掘地三尺地做调查，一边跟艺术总监和架子奇大的时尚摄影师合作一边满足客户的自尊心——有些客户动不动就提出要求改这改那，把我的最佳创意改得一团糟。

我突然意识到，研究生毕业是分界点。那是我自己做主的最后时候，最后一次我从工作中体验到乐趣。

我坐起来把广告塞进公文包。这些广告不会赢得任何奖项，但它们会帮上梅。而且，因为一直在拼命工作，今天晚上我几乎没有想到亚历克斯和布拉德利。我完全没有想到壁橱藏着的新衣服，它们还在购物袋里没有拆开呢。我沉浸在工作中，把感情推到了一边，就像常做的一样。

如果得到吉文思的职位，我的生活就会是这个模样——仅仅需要减去其中的创意和成就感。深夜时分，火辣辣的眼睛，胃里滋长的溃疡。当然，我赶紧提醒自己，会有一张丰厚的薪水单、股票期权和一个高层的位置。

不知道什么原因，曼特的脸飘进了我的思绪。我能清晰地看到他的棕色眼睛和灿烂笑容，仿佛他正坐在我的对面。如果他在这儿，会为我们点上一个橄榄蘑菇味比萨，唠叨说我工作太拼命，然后把网球塞到自己的衬衫里装成雪儿的样子。突然间，对他的思念毫不留情地吞没了我。

我掏出手机开始拨他的号码，接着我慢慢地放下了手。他可能已经睡了呢。帕米会蜷在他的身边，像一只忠实的虎斑小猫。噢，不，不，我不要变成怨妇。

我拿起一本书翻了几页，又扔回了床上。不如去起居室看电视或者吃点什么零食。但我不饿，也不想看电视。

我很孤独。

我再也装不下去了。我第一次意识到工作不再占据所有的时间和想法之后，我的生活是多么贫乏。除了布拉德利，我跟高中和大学的大多数朋友都失去了联系。我甚至都说不上有什么爱好。去年我报名参加了一个针织班，当时觉得能够缓解压力，但结局并不乐观。因为我意识到，在花了一百多美金和同等价值的时间以后，我只收获了一件丑毛衣，毛衣中间的一个洞大得能够扔过去一只篮球。

除了两箱高级服装和一些出自我手的广告之外，我的生活还有什么？

“难道这就是你想要的吗？”本该要升职的那天曼特曾经问过我。我没有回答他；当时我忙着激动。

而现在我在想，被亚历克斯的光彩吞噬是多么容易的事情，即使是成年以后。我想到了以我为骄傲的父母。我想到多年的辛苦工作、小心勾勒的人生规划。这么多年规划和盘算下来，我为什么从来没有后退一步想过究竟自己想要什么？似乎我一直在走一条预设的道路，而且前方没有任何稍有偏离的岔路。我的选择一向清楚明白，似乎无须多想。直到被解雇的那天——想到那晚，我本能地打了个寒噤——在那条已经规划清晰的路上，我都没有踏错过一步。

但是自从那天晚上，一切陷入了一团乱麻。在吉文思一闪而过的恐惧，我的购物狂热，始料不及的对布拉德利的全新感觉——我的生活怎么会变得这么复杂这么快?

“这就是你想要的吗？”是曼特的声音，他又问了一遍。

我在床上躺了一分钟。思考。

接下来发生的事情让我感到惊讶。

“我有选择吗？”我大声问道。

第七章 再也无法回馈的爱

这一刻我已经明白，我最担心的事情正在发生。布拉德利正一步一步倾倒在亚历克斯的魔咒之下。最糟糕的是，我甚至不能怪他。

第二天早晨醒过来时还不到七点钟。与平常一样，我先迷糊了一会儿，才想起自己并不在纽约的公寓里。熟悉的耻辱感再次像一床厚厚的羽绒被一般席卷过来：我被解雇了。我搞砸了自己的生活，还对每个人都说谎。天哪，我没有办法忍受又一轮反省——昨晚上演的那个回合已经很糟糕——我跳下床，心里希望运动可以粉碎乱七八糟的想法。虽然只睡了半个晚上，我却不觉得累。我的身体早就身经百战，习惯了一晚上只休息四到五个小时。

趁爸爸和他的字谜游戏还没有占领厕所，我快步走进淋浴室。刚刚关上水龙头，妈妈敲响了门："甜心？"

"再等一下。"我说着用一张浴巾拧干头发。

"我只是想知道你想从宜家要什么东西。"妈妈说。

"不用了，谢谢。"我穿上长袍。

"我去给院子里的家具买些新垫子。"妈妈说。

如果我不回答，她也许会心领神会；在喝上咖啡之前，我可不是个健谈的人。

"垫子在打折。"爸爸在门外大喊。

第七章

也许他们领会不到。

“知道吧，在这儿花99美分，你就能吃上早餐。”爸爸没有打算停。

“不要忘了告诉他们，别在你的煎饼上涂越橘酱。”妈妈提醒爸爸，“你自己知道你有多讨厌那东西。”

“酸不溜丢的小东西。”爸爸同意道。

在公寓独居的日子已经让我忘记了这所房子里是绝对藏不住一点隐私的。似乎没有人想要这玩意儿。过去，就算我还在浴缸里，亚历克斯也能面不改色地走进来悠闲地上好妆，直到我用爸爸的工具在门上装了把锁。

“你觉得黄白色条纹靠垫怎么样？”我在腿上涂护肤液时，妈妈问爸爸。他们都懒得从门外走开。

“海军蓝怎么不好了？”爸爸问。

“海军蓝我们用了好多年了。”妈妈说，“我想换一换。”

“想换一换，是吧？”爸爸低声说，“这个你是不是也想换一换？”

我的老天啊！他那难道是挑逗的口气吗？

“汉克！”妈妈咯咯地笑起来。

走廊里发生的事情我再也不能想下去了，我开大了吹风机，压住了身上的一阵战栗。感谢上帝，关掉吹风机时他们已经离开，大概是骚扰爪哇国人去了。

我飞快穿上衣服，泡上一壶咖啡，一边收拾老妈的垃圾抽屉一边重新整理思维。（我的天哪，为什么会有人把收据揉得像用过的纸巾，然后塞进小球里；另外，不出水的废笔不扔掉，反而集了一大堆？）首先要把做好的广告送到梅的住处，我一边想一边按日期把收据整理分类夹在一起。

然后要去网吧开始工作。下周一很快就要到了，我还得对吉文思公司做做调查。

擦干净厨房餐台，我走进走廊取出一把车钥匙——是开父母的备用车用的。但锁上门后，我的手僵住了。

昨天晚上我完全像另一个人。如果今天梅看到我，会怎么想？我朝挂在走廊里的镜子看去。我的头发盘了起来，戴着一副简洁的珍珠耳环，全身着装颜色暗沉。

梅还能认出我来吗？

我想到她昨晚称赞我的模样，还有那种感觉有多么惬意。马上要发生的事情十分糟糕：见到我之后她会恍然大悟，会满眼迷惑地仔细观察眼前的人，她会奇怪到底是灯光太昏暗，还是她点的酒太烈了。

为了不让自己想下去，我又走回了自己的卧室。换一套新衣服只要两分钟，再上个妆，多花十分钟。我告诉自己这不代表什么，同时脱下西装挂回衣柜。跟梅见完面之后，我再变回我自己。

我穿上黑色新胸衣和配套内裤，钻进Rock & Republic仔裤，套上黑色上衣。从正面看，上衣的式样简单而经典，后背却露出一抹若隐若现的肌肤，对比强烈得出人意料。仔裤是昨天穿过的，不过一点也没有松。我又是蹲又是挤又是垫，把东西都穿好，身上出了一点汗。不过，令人高兴的是如果我穿这些衣服的次数够多，就永远也用不着健身房了。（令人不那么高兴的是，我可能会生出多重人格。不过，嘿，至少其中一个人格身材非常苗条！）

MAC的售货小姐把化妆品装在一个光滑的黑色购物袋里，用粉色纸隔开，每一个都包装得跟生日礼物一样漂亮。我找到她画的图表，翻遍袋子找出遮瑕霜、眼影、唇膏，都放在洗手台上，像一个外科医生在准备一个棘手的手术。

“好，”我告诉浴室镜中自己的身影，“该开始工作啦。”

我并不是第一次用唇膏。以前我有一支淡粉色唇膏，每次想起来的时候擦一擦。有时候黑眼圈特别明显，我会在药柜里乱翻，却找到已经干裂的、不知道什么时候买的遮瑕膏。但我从来没有玩过化妆品。对我来说，擦口红几乎跟擦除臭剂一样淫荡。我从来没有在手背上把各种粉底和金色闪粉混在一起一个一个比例地试，直到找出最漂亮的搭配。我从来没有在自己的眼睑上刷过缎子一般的眼影，好像一个艺术家为一朵花瓣填上色彩。我从来不知道化妆品如此变化多端、富有质感。我从来没想到上妆跟手指画一样乐趣多多。

我用新唇刷从两支唇膏上各取了一点色轻轻涂在嘴上。化妆师是对的；我的嘴唇轮廓的确很深，我一边想一边从镜子前往后退，好看得清楚些。真有意思，我居然从来没有认真考虑过用化妆品。我用一支灰色软笔纹好上眼线， 用小指尖晕开造出烟熏效果——MAC化妆师给的指示就是这样——接着上好睫毛膏，小心不让它结块，再涂上薄薄的一层清透唇彩。画完后我细细地在镜子中间审视自己的脸，又在两腮补了一点玫瑰色腮红。

眼影对我来说是最棘手的。MAC的化妆师用了什么魔法：她给我涂了三种眼影，却让我的眼睛看起来像没上过妆一样？我忠实地遵循了她的图表，先用Wedge 打底，然后用Brule 提亮，再用一只刷子——它的形状像世界上最小的铲子——上匀。一番忙碌后，我的眼睛看起来出人意料地性感。性感——如果我脑子不够清醒的话，真会被这个不知道从哪里冒出来的词吓一跳。

为了验证，我试图回想煎饼的配方：还是性感。我心算了几个简单的乘法题，想了想天气：还是性感。化妆真是一件不可思议的事。

我解散头发，把刘海儿梳到一侧，又回到镜子前。太神奇了。我几乎认不出自己。才过了短短几分钟，我已经完全变了模样。现在，背负着与灰姑娘相同的秘密，我能够了解她的感觉。让她变美的是水晶鞋和新装，还是别的？一些不能装瓶、不能售卖的东西？因为我觉得自己的一副旧皮囊里钻进了一个完全不同的人。一个更大胆、笑口常开的人。一个有着跟我相同的面容、但我并不认识的人。这个人的胸部大了整整一号。（好吧，准确说来，这个奇迹在神奇胸衣柜台标价为39.99美元）

我从镜前转身折好套装，把它和单鞋、纸巾，以及MAC化妆师卖给我的卸妆液一起收进一个空的购物袋，接着拿起车钥匙，再一次向梅的住处走去。

“太令人难以置信了。”梅盯着我做的广告说。广告摊放在她面前的餐桌上，好似一手扑克牌。

“如果你的朋友或者家人可以帮你拍照的话，你甚至都不用雇模特儿。”“我说，“可以省下一大笔钱。”

“我简直不敢相信你为我做的一切，”梅说，“你怎么这么好呢？”

“这不算什么，”我说，“我喜欢。”

茶壶尖叫起来，梅站起身。

“我真希望能为你做点什么。”她在舒适的黄色调厨房里走来走去，取出笨重的土黄色茶杯和一罐橙花蜜。“昨天你帮了我，今天你又在帮我的生意。我感觉你是我的神奇仙女教母。”

第七章

她在一个碟子里放了些巧克力碎片曲奇，我拿起一块咬了一口，一只邋遢的小狗满怀希望地抬头盯着我。唔，自制曲奇，加了点黏太妃糖。

“这些饼干就是报酬。”我说，“太好吃了。”

“我喜欢烤东西。”梅说，“以前我还梦想过开一家面包店。”

“那怎么没有开呢？”我问。我能想象她穿着大白围裙，在卷曲的头发上戴着一顶帽子把面团碾平。她有那种居家气质。

“可惜我更喜欢睡懒觉。”她说，我笑了。

“我不是那种可以在凌晨三点起床烤面包的人。所以，我所有的朋友都被我用饼干和派填得饱饱的。”

“你怎么会想到做婚介？”我问。

“我的婚姻不算美满，我很孤独。”她说。

她低头看着自己的手，手里端着茶杯，接着她又抬起了头。

“我可以说我发现了一个不错的商机。跟大多数人，我都是这么说的。”她说，“不过，或者我可以告诉你我的婚姻四分五裂，我想投入一些什么事情，好不去想它。可是事实是，在内心深处我并不快乐。我迫切需要相信真爱是存在的，如果我没有遇到，那其他人可能有这个运气。开这个公司对我来说是一种希望的寄托。每天我都会遇见刚刚经历可怕的离婚的人、心碎的人、认为自己再也没有能力去爱的人……而我帮助他们。我帮助他们重塑自信，找到希望，帮他们再次去爱。当终于聚齐足够的勇气时，我提出了离婚。”

“哇。”我说。

接着我流出了眼泪。

跟人们看到别人哭之后的通常反应不一样，梅一点也不惊慌，也没有尴尬；她只是递给我一张纸巾，把手放在我的手上。

“我很抱歉，”我说着擦擦脸，“我从来不哭的。”

“所以更有理由释放一次。”梅的回答很简单。

“哦，该死。”我低头看着弄脏的纸巾，上面染上了一道五色彩虹。“我忘了我的妆了。”

就这样，坐在一个陌生女人的厨房里，穿着紧身仔裤，屋子里有我用妈妈的《好管家》老杂志做成的广告拼贴画，我——那个以前只穿Donna Karan和阿玛尼，管理艺术总监、摄影师队伍及平面设计师队伍的我——开始大笑，而且我控制不住自己。我笑得越来越厉害，两只手紧紧地抓住身侧，泪水不停地沿着脸颊流下。突然梅也跟我一起笑了起来。

当终于不再哭也不再笑的时候，我把一切都告诉了梅。

“让我们来说清楚。” 一个小时后，梅说。饼干早就不见了，我很想知道有什么办法可以在不引人注意的情况下松一松牛仔裤的腰。

“你觉得，布拉德利喜欢亚历克斯。”梅说，“你还担心她在跟他调情。”

“严格来说，不算跟他调情。”我说，“只是让他爱上她。”

“可她已经订婚了。”梅一句话点破。

“你没有见过亚历克斯，”我说，“男人们才不在乎她是不是单身。他们就是会爱上她。女孩也一样。高中时，亚历克斯穿什么，第二天全校的女生就跟风穿什么。总有陌生人跑到她面前告诉她她是多美丽；飞禽绕她盘旋，走兽齐聚身旁。”

梅朝我抬了抬眉毛。

“好吧。如果她去过森林的话，它们会这么干的。”我说。

第七章

“但是你也很美。”梅说。

“我一点也不像她。”我说。我讨厌自己声音里慢慢浮现的苦涩；它非常小气，好像我是一个嫉妒的三岁小孩。“通常我都不化妆，不搽什么东西。我都不知道为什么会买了这么一大堆东西。这不是我。”

“跟那家伙——他叫道格是吧——胡闹的也不是你，对吧。”梅说。她俯身挠了挠一只黑色拉布拉多犬的耳朵，它刚刚溜进厨房。她到底有几只狗？我心不在焉地想。

“太不像我了。”我加重语气。

“那到底是怎么回事？”梅问道。

我把脸埋进了两只手里。她的问题似乎在厨房回响，从墙上反弹过来，又在我的面前盘旋。发生了什么事？为什么我会跟一个甚至谈不上喜欢的男人搅在一块？我怎么会毁掉了纽约的工作？为什么当我的生活好不容易有机会重回正轨，我却冲动地买了一堆用不着的衣服？还有在吉文思公司那一闪而过、到达巅峰的恐惧，让我在女洗手间无法呼吸、摇摇欲坠的一瞬间。

我还以为回家会让我找回立足之本。可是这些连绵不断的陌生感又是什么？为什么昨晚我竟然哭到睡着了，我不是从来都不哭的吗？

梅耐心地等着，而我的脑子里万马奔腾。各种思绪互相碰撞，堵塞了交通；它们摁着喇叭，向对方竖起手指。她坐在式样简洁的木制餐桌边，旁边有一本食谱，翻开到一道南瓜汤的一页，还有一堆报纸、杂志和笨重的茶杯。她一直在添“喜乐”茶。她家的一切似乎天衣无缝地凑成一幅拼图：她的绒面沙发和那只晃到上面打瞌睡的老拉布拉多；一束束绕着厨房门的熏衣草干花；咖啡桌上放着一堆软边平装书；火炉边的架子上，一些小小的灰色罐子里装着香料。这是一个热爱厨艺的女人，喜欢待在家里，以舒服为原则。梅的品性清晰可见，而她也懂得坚守自己。

几个星期前我也是同样的人；我十分清楚生活中重要的是什么。但现在我感觉自己是一个由碎片拼装组成的疯狂大集合。

“我不知道是怎么回事。”最后我说。

“但你的家人还以为你在为原来那家公司工作呢。”梅说。

我苦涩地点点头。

“你的压力很大，”梅说，“你不想让他们失望。”

“不仅仅是那样。”我说。

梅对我十分坦诚，现在我必须回报她同等的诚实。也许，我回报的是我自己。

“还有就是，我喜欢做那个聪明的女儿。我喜欢爸爸妈妈跟我问东问西。我喜欢感觉自己既能干又成功。我喜欢——”我的声音突然低了下去，“感觉自己比亚历克斯聪明。”

“当然，”梅轻声说，“谁不会呢？”

“还有我告诉过你的那个面试。”我说，“不知道为什么，每次我想到它都很害怕。我想过一头扎回原来的世界开始没日没夜地工作，突然间……”

我不得不大口吸气；我连那句话都说不完。

我强迫自己说下去。“这是生平第一次我的人生出现了一段空白，突然间好像困惑和恐惧全都涌了过来。现在的我做的事情，原来的我会以为一万年也不会发生在自己身上。昨天我花了300美元买化妆品，但我不化妆。永远别想。天哪，我是哪里出了问题？”

第七章

“我不认为你有什么问题。”梅说。她站起来倒满茶杯，又坐下。“但你要听听昨晚我看见了什么吗？”

我点点头。

“我看到了一个自信、聪明、善良的女人。”梅说，“最开始你吓跑了我的前夫，接着你请我一起去喝一杯，因为你发现了我抖得有多厉害。有多少人会为一个完全陌生的人做这些呢？ 还有在酒吧的时候，那么多人在吵闹，你却有办法吸引他们的注意，把他们引导到问题上来。你……魅力四射。”

我坐在那里，沐浴着最后那个词的光彩。

“但那不是我，”我终于说，“这就是关键。我不是这样的人。”

梅看着我，笑了。

“嗯，不管她是谁，我都有点喜欢她。”她的声音很温柔。

我瞪着她。我毫无准备，因此没有办法回答。那些我做的事情到底是好是坏，我还没有想过——好吧，除了在会议室桌上纠缠的那一次。我敢肯定那属于“坏女孩”的一边。我只专注于一个事实，那就是我做的这些事情都不是我。

梅的电话响了。

“哦，不，”她一边说，一边对我举起一根手指。“别那么想。”

“缘聚公司。是的，我们接受新客户。非常感谢您的电话。”她说，“我能记下来，然后给您回电话吗？”

梅伸手从电话边拿起一支笔一沓纸草草地记着笔记，一边发出同情的声音，“唔。噢，亲爱的，我很抱歉听到这个消息。不，一点也不要担心。我们会解决的。”

我又用手里的餐巾纸擦了擦脸，想把脸上的妆都弄干净。如果吃掉曲奇盘子里的渣，会不会很吓人？我不知道。管他的呢，我的自尊早就不知道丢到哪儿去了。

“抱歉。”梅说着挂断了电话，“不过，这个电话正好让我有了个想法。”

我不再舔食指，而是抬头看着她。

“简·斯文森，38岁，两年前离婚，”她开始读笔记，“她已经准备好重新开始约会了。想去跟她聊聊吗？”

“我？”我说。

“然后，如果你愿意，你可以把她和公司的其他客户配成一对。”梅说，“我们可以一起查卷宗，看看谁跟她最配。如果你喜欢的话，我很乐意雇用你。”

我瞪着她。“你是说真的吗？”

“我需要额外的人手，”梅说，“尤其现在还有广告要处理。我有一种感觉，业务会增长很多。也许这个工作也能帮到你。你可以花上一点点时间找出真正想要什么。你可以一直在这儿工作，如果你决定接受另外的那份工作，也可以随时离开。没有关系。”

在这儿工作？加入梅的公司？

我想到了坐在新潮电脑前的吉文思小姐，又看了看梅。她的右脸颊上有一块巧克力污渍。她在餐台上——而不是位于香港的办公室——办公。她在家里光脚走路，完全不把在工作日里花上两个小时跟我聊天当做一回事。她的生活和我完全相反。我怎么能为她工作呢？我怎么能一头撞到这么一条陌生、出乎意料的路上呢？

第七章

梅肯定感觉到了我的犹豫。

“想想吧，”她劝道，“如果你决定不来，我希望我们仍然是朋友。”

梅还没有查过我的背景，就给了我一份工作。她甚至没有提到薪水。她知道我上一份工作赚多少钱吗？不管怎么样她怎么都付不起我原来的薪水。坐在她的厨房、喝着加蜂蜜的茶的确十分美好愉快，但它并不是真实的生活。不是我的生活。

我正想着如何礼貌地拒绝而不伤害梅的感情，手机发出了一阵震动。我低头看见一个陌生的本地号码。

“接吧。”梅说，“从我们一见面，我就在接手机。”

“可能只是电话推销员，”我说，“我很快就应付完了。”

不是电话推销员。

听到布拉德利的声音，我的心跳加快了一些。

“嗨。”我说。

“刚刚给你家打过电话，你妈妈给了我这个号码。”他说，“我不知道今晚你是不是想去看那部电影。”

“当然，”我说。上帝啊，为什么我想不到什么有趣的话？

“八点左右来接你？”他问道。

“太好了！”我说。要风趣，要迷人；特洛伊的海伦比不过我。

“哎呀，我的编辑刚刚找我。”布拉德利说，“要走了，待会儿见。”

“让我猜猜，”我挂上电话，梅说，“是那个人。”

“是啊，”我说。我忍不住脸上的微笑。“今晚我要跟他出去。”

“真不错。”梅说，“你已经认定他了，是吧？”

“也许。”我说。

“我只有一条小小的建议。”梅说，“不要太担心你的姐姐。我觉得单就个人讲，你非常出色。还有，别忘了我建议的那份工作。这样吧：如果你去采访这个客户，给她找到合适的对象，我付你300美金。你可以这么想：这笔钱可以弥补买化妆品的损失，你就不用内疚了。”

“当然，”我不想伤害她的感情，还是表示了赞同。“我会考虑的。”

接下来我一直在一家咖啡店工作。四点左右我终于收拾起手提电脑，好准备晚上跟布拉德利的约会。这一天完成的工作不多。有关布拉德利的回忆一直在脑海里闪现，我小口喝着拿铁，痴痴地冲着远方微笑。看上去我可能颇像“通用食品国际”咖啡广告里的笨蛋（“狂叫的狗、尖叫的小孩和爆了的马桶都统统滚开，这是属于我的时刻！”），但我控制不住。今晚我要跟布拉德利约会，而我心里想的都是他。

在种种回忆中，有一幕尤其挥之不去。那是我们进大学之前的夏天——我要去普林斯顿大学，他要去康涅狄格州立大学——他刚刚买了一辆二手“奥兹莫比尔超级短剑”敞篷车，车上有摇摇欲坠的挡泥板和消不了声的消声器。八月的一个潮湿的晚上，他开着敞着篷、加满油的车到了我家：那时我们18岁，一切似乎都有可能。

“爱死这辆车了！”我跑出来屋子对他说，他都没有来得及上台阶按响门铃。我一直在从客厅窗户往外看，等他。

在这之前，我已经耍过不少小花招不让布拉德利接近亚历克斯。有时候他来了，如果她在家，我会假装去爸爸妈妈的车上拿东西，那样的话布拉德利还没有靠近屋子就会被我截住。还有几次我到屋子门口跟他见面，身上已经穿着齐整的外套，手里拿着钱包，一边回头大喊“拜拜”一边告诉布拉德利恐怕我们要迟到了。这个借口并不总是适用，比如，如果我们是要去图书馆一起学习的话就说不通，但是鉴于我的肛门滞留神经症，没有人会多问什么。

难道是我太多疑？也许。可是布拉德利注视着我的那种眼神——他还以为我没有在注意他呢——天哪，那是其他人总是投向亚历克斯的目光。也许，当时的我应该相信即使布拉德利看见亚历克斯经过房间，看见她刚洗过还没有干的头发、带电的眼睛、健康光泽的小麦色肌肤，他对我的感觉也不会消失。那是亚历克斯赢得返校节皇后桂冠的一年；那年，单单一个晚上她就出现在三个本地电视广告里，激动的邻居一个劲给我家打电话；那年她飞到纽约给《十七岁》杂志拍摄一个跨页广告。（不知道该不该顺便提一句：当时为了拍照，一个疯狂的艺术总监把她打扮成了牧羊女，让她在一群臭不可闻的绵羊前面搔首弄姿。）

当然，在学校，亚历克斯和布拉德利并不是没有碰面的机会。但是至少学校里有无数路人夹在他们中间；亚历克斯的身边从来都不缺追随者。他们一起上过一两门课，但从来没有一起独处过，除了在走廊遇到时简单打声招呼，他们也没有搭过话。我不想打破这种状态。

因此我跳进布拉德利的车里，在日落之前上了路。途中我们的话并不多，因为气氛融洽无须多言；甚至当收音机里响起“路易路易”的歌声，我和他居然同时伸出手去换台。我们都笑了，我和他的手指在收音机按钮上碰到了一起。

我们在城里转了几圈，到一家7-11便利店买了些樱桃“思乐冰”，布拉德利又向学校开去。

不知道为什么，我早有预感今晚一定会回到这儿。

我非常盼望现实生活能早早开始——先是大学，然后是研究生院，再接着是超棒的工作，还有高数额的、丰厚的401（K）养老金——但是那天晚上，当抬头看见学校的旧红砖楼和草坪上一块写着“恭喜毕业！”的标牌时，我哽咽了。高中并不是我生命中最美好的时光，但它也并非一无是处。

“走吧。”布拉德利说。他跳下车快步走到我身边，一把抓住了我的手。

“我们要去哪里？”我没有握紧他的手，手软绵绵地滑了出来。

我已经这样做了多少次？布拉德利从来不逼我，但他用各种各样的办法暗示过，在我们之间，他想要的不仅仅是友谊。在电影院里，他把手臂放在座位中间的扶手上，好让我在恐怖镜头出现的时候握着。我从来没有伸过手。每一次我们拥抱着互道晚安时，他会把脸转向我，我明白他希望我能够吻他。但我总是退开。我爱布拉德利，但对我来说，他更像一个哥哥。如果吻他的话，我说不定会忍不住大笑起来，那对他的自尊心和我们的友谊都不是什么好事。因此我让事情自生自灭，而温柔的布拉德利从来不会强迫我。

“看到屋顶上那块平地了吗？”布拉德利问我，手指着学校的天空。

我点点头。

“那就是我们要去的地方。”他说。

“那儿？真的吗？”我问，“我们不会惹麻烦吗？”

“他们还能怎么管我们？”布拉德利问道，“停学？”

第七章

“没有梯子我们怎么也上不去。”我说。（其实，我还说了一些书呆子傻话，比如“他们可以撤销我们的文凭！”不过这是我的回忆，我有权根据需要进行改编。）

“也许你是对的，”布拉德利说，“那我们能不能绕学校转一圈，怀怀旧？”

“当然。”我说。我们向着角落走去，路上我差点迎头撞上一架梯子——没错，一架闪亮、宽阔的梯子正斜倚在墙上。

“来吧。”布拉德利握住梯子的两侧，一只脚踩上第一级阶梯。

“布拉德利！”我一边小声说一边向四周张望，“你早就布置好了？”

“谁，我吗？”他又爬上一级，“看来梯子还挺结实。真的不想和我一起爬上去吗？”

“你疯了。”我低声说着又四下扫视了一圈，虽然离我们最近的人也有几百码远。

在我们学校这个地方，一名同班同学曾经因为偷车蹲了号子，另外一个嗑了太多迷幻药差点在学校洗手间里死翘翘，还有几个同学在出席毕业典礼时身着孕妇装，所以爬梯子对于叛逆青春期来说，应该算不上最出格的举动。不过在那之前，我制造过的唯一的烂摊子是在微积分考试里得了一个B^+。（说实话，说这是烂摊子，是因为它把我的脑子弄乱了。那天妈妈还问我要不要吃一片她的安定。）

“上来吗？”布拉德利已经爬完梯子，攀上了屋顶。

我一只脚踩上了最低的一阶。

“我恐高。”我抱怨说。

“别往下看。”布拉德利鼓励道。

我又踏上一只脚。

“我的鞋很滑，”我说，“可能在草地上弄湿了。”

“你不会滑倒的。”布拉德利说。

又是一步。

“你不会为了今晚专门买了梯子吧？”我问。

“偷的。”布拉德利说。

我的下巴掉到了地上。

“开玩笑的。”他说，“来吧，你就快要到了。”

“六岁的时候我从树上掉下来过。”我说，“得了脑震荡。好吧，差一点。”

“是差点从树上掉下来还是差点脑震荡？”布拉德利问。

“都有。”我说。

“只差两小步。”布拉德利哄我，“眼睛看我，别看下面。”

然后他伸出手，张开一双瘦削的手臂把我拉进他安全的怀抱。

“谢谢。”我说着从他的怀里退开，假装他是怕我站不稳才这么做的。我也假装没有看见他脸上一闪而过的受伤的表情。

“哦，布拉德利。”过了一会儿，我呼出一口气，转了一个圈。面前的学校是我从来没有见过的模样：巨大的绿色长方形两翼有一排又一排空空的看台，那是学校的橄榄球场。看起来格外宏伟，却有些莫名的伤感。毗邻学校的小车库里，凯瑞先生开了一个驾校。我转身遥望着草坪角落里那棵巨大的橡树。这一直是我钟爱的地方，我可以抱着教科书蜷起来吃自带的午餐，远远躲开餐厅正中那张喧闹的饭桌，亚历克斯正在那儿被众人簇拥。从屋顶看，脚下的风景像一幅宽广的油画。

“饿吗？”布拉德利一边问，一边摊开一张红色格子桌布铺在屋顶上。我转头看见一只野餐篮：肯定是他提前藏在了屋顶上。篮子里装着法式面包和布里白乳酪，草莓，还有黑巧克力。全是我爱吃的东西。

“布拉德利！”我尖叫道。

他打开一瓶起泡苹果酒，笑了。连要带两副塑料眼镜他也没有忘记。他把一切都安排得很周到。

我们在屋顶坐了好几个小时，太阳早已没入地平线，蟋蟀开始歌唱。我想他和我都很清楚，这将是离家上学前最后一次相聚。以前我从来没有觉得与布拉德利如此接近。他又切给我一片奶酪，我看见他大拇指上的白色伤痕——那是十一岁时他从自行车上摔下来留下的纪念。我们拿班上那个惹人讨厌的橄榄球球员开玩笑，他刚弄了一个个性车牌，上面写着“边锋”。跟往常一样，布拉德利一笑眉毛便往上挑。我们甚至谈到了他的母亲，她在前一年十月过世，败给了她搏斗了很长时间的乳腺癌。

“我每天都想她。”布拉德利说。

他微微扭开头，但我已经看见他眼睛里闪烁的泪光。“我觉得我会一直这样下去。”

“记得有一次她给你办了一个‘50%生日’聚会吗？”我说，“为你做了半个蛋糕。”

“她还给我唱了‘快乐50%生日’。”布拉德利微笑着回忆道。

“她真是个好妈妈。”我说。这些年我们经常待在布拉德利家，她总是对我很热情。“我也想她了。”

我们一起凝视着夜色，沉默了一会儿，布拉德利用一只手臂绕住我，把我拉到身边。我突然意识到这一刻正在他的计划中：梯子、装满我爱吃的东西的野餐篮子、黄昏下的屋顶。他在向我示爱。这是布拉德利铤而走险的“万福玛丽一掷”，是在我们分道扬镳去大学之前，他最后的、大胆的绝地一击。

他的嘴唇快要落上我的唇时，我才闭上了眼睛。他的嘴唇又温又软，但我没有任何感觉。没有感觉到胸中有小猫乱挠，也不想抱住他把他拉进怀里。什么都没有。我所感到的激情跟亲吻自己的枕头差不多。

过了一会儿，我退开了。早点结束也许更加容易收场。

“我很抱歉。”我轻声说。我的确爱他，但不是他想要的那种爱。

“我不能——”我开口说。

“没关系。”布拉德利简单地说。他两颊通红扭开了头。

哦，布拉德利，我看着他瘦削的后背想。我很想抱抱他，可我知道那样只会让一切更糟糕。沉默着一起坐了一会儿，他站起来向我伸出一只手。尽管我深深伤害了他，他仍旧保持着绅士风度。

“天晚了。”他说。还不到九点半。

他和我一起离开学校的屋顶，我们之间有一些变化已经不可挽回，而他和我都明白。驱车回家的路上我一直在喋喋不休，想要掩盖发生了什么事。如果我们的举动像平时一样，也许可以把屋顶上那个吻掩饰过去：那不过是老朋友之间友好地轻轻碰了一下。我们可以完全忘记这件事，回到过去。

可是布拉德利不肯一起装傻。

“再见。”他把车停在我家门前说道，眼睛还是躲着我。我能够感觉到他的痛苦；在车里，正是这股无所不在的力量隔开了我们两个人。我没有办法像每次夜晚分别时那样伸出手去拥抱他。

“明天我会给你打电话。”我说，“好吗？”

“当然。”他说。

我站在街上，久久地凝视着黑暗的夜色，布拉德利的车早已经离开。他是我见过最好的男人。

那我为什么不能回馈他的爱？

当我从咖啡店回到家，准备晚上出门与布拉德利约会时，一件糟糕到无法想象的事情发生了。

亚历克斯坐在厨房的餐桌边翻着一本杂志。她身穿我的紧身小背心，而且是能够造出绝妙好身材、有黑色蕾丝边的那件。

一眼见到她后，我简直心慌到头脑发昏，差点要认为她已经发现我藏在壁橱深处的衣服和化妆品。不过，亚历克斯的紧身背心比我的小了三号。当然。我低头看看身上不起眼的灰色西装和白色丝绸衬衣。在离开梅家去咖啡厅前，我已经换过衣服。一股莫名的怒火“嗖”一声在胸腔里熊熊燃烧起来。

“你在这儿干什么？”我问道。

爸爸——他正在柜子里乱翻东西吃——听完猛地站起来，柜门边猛地磕在他的脑袋上。

也许我的语气太激动了。

“我也很高兴见到你。”亚历克斯的声音听起来有点伤心。

“抱歉。”我说，“只是没想到会见到你。”

我瞄了一眼手表。已经快到五点半了，布拉德利八点就会到。如果亚历克斯非要拖到很晚才离开，我会打电话给布拉德利提议改到餐厅见面。

“我只是想看看大家。”亚历克斯说，“而且昨天你才陪了我一会儿，就抛下我了。怎么回事？”

“忘了有个会。”我说着打开冰箱，把头埋在里面。我不想让她看到我的脸。她会发现我在撒谎。

“有谁饿了吗？”妈妈一边问一边走进厨房，“我可以给大家做晚饭。”

“不要。”亚历克斯和我异口同声喊道。

“我想请大家吃外卖。”亚历克斯说，“想吃中国菜呢，还是印度菜？”

我惊讶地看着她。一个温馨的夜晚，跟父母和妹妹一起待在家里？难道亚历克斯真的这么缺乏娱乐？上一次我们四个人一起在家度过宁静的夜晚，是……我皱起鼻子努力回想，却发现记忆里一片空白。也许是两年前的圣诞节，我们发觉妈妈放好了火鸡却忘了打开烤箱，结果全家只能一起出门吃比萨，去的那家小餐厅窗户上有个霓虹灯标志，角落里有个脸色阴沉的少年在独自霸着一台弹球机玩。每次弹子球滑进沟里他都发出一串咒骂，我们的节日餐里不时交织着他的骂声。少年玩游戏的技术差劲，可是他的硬币好像取之不尽。总之，那年的圣诞餐不是为耶稣庆生最神圣的方式。

“听起来很棒。”妈妈说，“全家人一起好好吃个晚饭。”

“盖瑞今天晚上在干什么？”我问。

“他正从洛杉矶坐红眼航班回来呢。”亚历克斯说，“明天早上我到机场去接他。”

“不要停在有黑窗户的卡车旁边。”爸爸警告说。

“他今天看了《费尔医生》。”妈妈透露道，“讲的是12年前一个女人在停车场被绑架的事情。”

她压低声音神秘兮兮地小声说：“人间蒸发了，一点踪迹都找不到。”

“我没有看那部电影。”爸爸反驳道，但所有人似乎都没有听见他的话。

“那是吃中国菜还是印度菜？”亚历克斯问。

“中国菜。”妈妈说，而同一刻爸爸正好回答，“印度菜”。

今晚我可以穿新买的仔裤配“玛丽莲·梦露”皮靴，上身再套一件经典毛衣——那件白色羊绒套头毛衣会是一个不错的选择，其庄重风格可以抵消一些彩绘牛仔的风骚气——也许我还会擦点口红。我要显得漂亮些。我希望布拉德利再用曾经凝视我的眼神看我。

“你在想什么？”亚历克斯问，“那个在纽约的特别的朋友？”

“你在纽约有个特别的朋友？”妈妈尖叫道。

“不，我没有。”我说着用力瞪了亚历克斯一眼。

“你的眼睛里有什么东西吗？”她一脸天真地问我，“都变成斗鸡眼了。”

“我给你拿点药水来。”爸爸飞快地向浴室奔去，“别碰它！眼睛很容易感染！”

我忍不住笑了，亚历克斯也一起笑了起来。

接着她朝我靠过来。“上次我见到你之后，你是不是修过眉毛？”

“就一点点。”我承认道。

“看起来挺漂亮的。”她说。

这也许是亚历克斯第一次发自内心地赞美我。感觉很奇怪。她肯定也意识到了，因为她立刻补上一句，“《黑道家族》里那帮家伙都快要嫉妒你了。”

“说得不错。”我告诉她，“你的胸部是缩水了么？”

就是这样。感觉好多了。

“别吵了，女孩们。”妈妈说。

“我们只是开玩笑。”亚历克斯说，“对吧，林赛？”

“好吧。”我说。如果以同样娱乐和玩笑的劲头，祈祷她再滴一些蛋黄酱在那件跟我撞衫的小背心上（差点就可以算成偷我的了），应该也不算过分。

“哦，林赛，我差点忘了。”妈妈说，“威廉姆斯夫人想知道你能不能跟她的儿子谈谈SAT。”

“谈什么？”我问。

“就是给些怎么考试的建议。”妈妈大而化之地说，“我告诉她你的数学部分得了900分，她绝对记住你了。”

“妈妈，”我说，“满分只有800分。”

妈妈啪啪地拍着她的手，仿佛可以拍碎我刚刚顶的嘴。“你明天会在家里吃晚餐吗，亲爱的？”她问我，“我可以让他们在晚饭之后来。”

“好吧。”我叹了口气。

“好极了。”妈妈说，“我会烤些饼干的。

亚历克斯朝我眨眨眼睛，我忍不住笑了。要记得买些饼干回来，以防万一。

“我要出门去买晚饭。”亚历克斯说，“要一起来吗，妹妹？”

我看着她躺在餐厅椅子里，一条长脚钩在扶手上。阳光从她身后的窗口泻进来，将她的长发变成了一片闪耀的金红。跟往常一样，她的面庞线条优雅，肌肤润泽，妆化得自然完美，完全无迹可寻。或者她根本就没有用化妆品——太难说了。

“当然。”过了一会儿，我说。

但我忍不住想知道她怎么会提这种要求。以前亚历克斯可不太乐意跟我待在一起。即使是我住在纽约时，她也只会在碰巧路过的时候打个电话。有时候我们会一起简单喝杯咖啡，但通常情况下我也在别处出差，或者忙得没有时间去见她。如果我们其中任何一个稍稍努力一下——如果她提前给我打个电话或者我把会议改个时间——我们待在一起的时间可能多得多。但我们都懒得费心。

那为什么现在亚历克斯却在尝试，在我们之间的距离已经拉得太远、几乎再也不能逾越的时候？

“准备好了？”她手里叮叮当当地摆弄着钥匙。

“我去你的车那边找你。”我说着看了看表。最好现在打个电话给布拉德利提议换个离电影院近的地方见面，以防万一。“我要打个电话。”

门铃响起时，我们正在收拾晚餐（吃的是中餐；在妈妈快要跟他闹崩的时候，爸爸确定中餐一直都是他的心头好，妈妈点中餐则是帮了他一个忙）。

“我来开门。”亚历克斯说着跳起来。

我看了看表：快到七点半了。我等不及要去准备跟布拉德利的约会。我已经给他留了一个消息，约他八点钟在电影院隔壁的咖啡馆见面。这意味着我需要收拾起衣服，找个加油站换上新装。我不想让亚历克斯看到我的新衣服，她会像嗜血鲨鱼一样绕着我团团转，拿我开玩笑，也许还会说什么终于学会在21世纪血拼之类的话。在她的细细盘查下，我会觉得自己很蠢，新面目的魔力也会一扫而光。

我刚刚站起来，亚历克斯走回到餐桌旁。这时我意识到，最糟糕的事情还没有发生。现在它就在面前。

亚历克斯身后两步跟着布拉德利。

“哎呀。”妈妈说，看着我。

“嗨，大家好。”布拉德利说。

我回头看着妈妈。

“我忘了告诉你布拉德利打过电话，不巧你和亚历克斯一起出门买晚饭去了。”妈妈说。

“没有什么关系。”布拉德利告诉我，“如果你还没有准备好，我可以等你。刚好在附近拍一组照片，所以一拍完就直接过来了。”

“不，这样就挺好。”我挤出一个微笑，低头看着身上的套装。今晚本来不该这样开头。本来布拉德利一打开门，会看到我脚上蹬着新皮靴，穿着仔裤，一头美发蓬蓬松松。本来他脸上那抹微笑应该悄悄地消逝，就像那一次他为我心动。

“要啤酒吗？”亚历克斯提议道。

“不，现在不用。”布拉德利说。

如果现在解散头发或者涂上口红，那所有人都会注意到我。甚至更糟，看起来就像我做这些都是为了布拉德利。何况我已经没有时间换装了。必须在布拉德利和亚历克斯开口说话之前赶紧离开。他们之间没有进一步了解的必要。

“可以走了吗？”我问，正赶上亚历克斯说，“嘿，布拉德利，要不要吃点中餐？”

突然间她已经装满一碟子蛋卷和蒜香鸡，妈妈给布拉德利端来一杯水，他在桌旁坐下。

“你不会相信布拉德利拍的照片有多棒。”亚历克斯说着坐到他的身旁。为什么不干脆坐到他腿上呢？我酸溜溜地想。不，不，不是酸溜溜。“酸溜溜”让人想到时刻抿着嘴的老处女。不动声色——这个才是我要的词。

“下周我会带些片子过来。”布拉德利对爸爸妈妈说，“昨天晚上亚历克斯已经把她最喜欢的挑出来了。”

我感觉自己像一只未系的孤舟，正朝海水深处漂去。我必须重新控制局面。我赶紧拉过一张椅子，坐在布拉德利的另一边。

“还记得你给学校年鉴拍的照片吗？”我问他，“你爬到房梁上在学校演戏剧时拍的那一组？”

照片是我帮布拉德利冲洗的；我希望他记起我们一起在暗房度过的时光。

“我就是那时候才知道以后想做个摄影师。”布拉德利满脸笑意地告诉我。

“再来点米饭？”亚历克斯问他，他转身看着她。

“再喝点水？”我问他，他的头又扭回来。

“不用了。”他说，样子有点吃惊。也有可能扭到脖子了。

“布拉德利，跟我说说，这段时间你还在忙些什么？”妈妈说，“你爸爸怎么样？”

“他很好，”布拉德利说，“还在法律事务所工作，不过几年前开始就缩短了工作时间。”

“你呢？”妈妈问，“最近在跟什么人交往吗？”

哦，天哪。为什么？为什么？妈妈甚至向我挤了挤眼。真是没有最糟，只有更糟。现在的状态已经到了媲美倒跳凌波舞的地步。

“现在没有。”布拉德利说，“几个月前我跟女朋友分手了。”

“你想看什么电影？”我问。这个话题似乎不算太好，不过不管怎么样，必须让妈妈闭嘴。

“噢，你们是要去看电影吗？”亚历克斯问。我突然意识到自己的处境有多么糟糕：不过我怪不了别人，都是自己惹的。

“是啊，奥兰多·布鲁姆的新片。”布拉德利说，“要一起去吗？”

布拉德利当然会这么说。他个性很随和；当亚历克斯睁大水汪汪的眼睛可怜兮兮地看着我们时，他还能说什么呢？

“当然了。”亚历克斯说，“你们确实不介意吗？”

她直视着我，我呛了一声：“当然不。”

我还能怎么办？跳过桌子掐死她吗？扯她的头发？踢小腿？在她的洗发水里灌上脱毛剂？让她——

“我们什么时候走？”我刚刚开始浮想联翩地造出了不少新创意，却被亚历克斯的提问打断。

布拉德利看了看表。“也许现在我们就该走了。”他说，“在贝塞斯达找车位一直都不容易。”

“我们开两辆车去吧？”我热心地提议。战略规划一直是我的强项。“我是说，这样你待会儿就不用再回来取车了，亚历克斯。”

“不用，我跟你们挤挤好了。”亚历克斯兴高采烈地说。

我冲上楼脱下西装，套上一条棕褐色裤子和一双平底鞋，搭配原来穿着的丝绸衬衫。我强迫自己不要去想车后备箱里的漂亮新衣服。等我穿戴整齐下楼时，布拉德利刚刚摆脱妈妈的好意唠叨——关于他要不要洗自己的脏碟子。接着，亚历克斯和我一起出了门，去赴我期盼已久的，与布拉德利的约会。

“早点送我的女儿回来！”爸爸在我们身后大声喊，一边哈哈大笑一边拍着他的膝盖。

哦，天哪。

如果奥兰多·布鲁姆的裸臀还不能吸引你的全部注意力的话，你该知道肯定有什么不对劲。我坐在座位上，气一直都不顺。亚历克斯今晚非要掺和，已经够糟糕的了。影院门口卖小吃的那个家伙肆无忌惮地跟她调情，还给了她免费的爆米花，却弄错了我点的东西，已经够糟糕的了——何况我只点了一瓶水而已。不过，尽管我比最难伺候的新娘哥斯拉还要热情高涨，费心费力安排好了三个人要坐的座位，一切还是搞砸了。

买票时我像一个橄榄球教练一样盘算着各种可能性。如果让布拉德利打头先过影院过道，我和亚历克斯跟在身后，那他肯定会坐那排尽头的位置。我可以坐在他旁边，亚历克斯在最边上。完美极了。下过道的时候，我只要让布拉德利走在第一个就好。

不过，如果布拉德利站在一边，让我和亚历克斯先入座怎么办？那亚历克斯就会在中间，而我只能被迫干掉她，如果中途吓人的地方她拽了他的胳膊的话。何况，我们看的还是一部浪漫喜剧。

“布拉德利？要黄油么？”亚历克斯一边问一边从小摊主手里接过超大桶免费爆米花。我从衣兜里拿出装蜂蜜的小塑料包——从一家咖啡馆顺手牵羊拿走的。布拉德利和我目光交汇，我们都笑了。

“不，谢谢。”布拉德利说，我的胸闷稍稍有些缓解。

进入影院时，运气似乎光顾了我。电影院挤得水泄不通，但我们在最后一排找到了座位，而我毫不费劲就坐到了亚历克斯和布拉德利中间。完美。好吧，至少是现阶段能够到达的完美极限，鉴于跟我约会的男人并不清楚这是一个约会，而我的姐姐正弯腰越过我从桶里抓了一把爆米花——爆米花放在布拉德利结实的双腿之间。

电影开始的时候，我是不是该用膝盖不小心碰一碰布拉德利的膝盖，还是那太明显了？也许可以等到电影结束放演职员表时再小声跟他咬耳朵。我伸手到提包里乱摸，想找一只薄荷口香糖。

难道这就是多年前布拉德利的感觉，不由自主地想要接触我，却不知道我会如何回应？我突然一阵心痛，为那个清瘦、敏感的少年布拉德利难过。我多么希望那时已回报他的感情。可是，又有多少中学罗曼史在成年后还能继续？现在这样其实更好，好过要等到更晚才认识布拉德利。至少现在我们之间存在真正的可能。

我倒回座位，想要找些有趣的话讲给布拉德利听。也许我还可以靠过去顺便放一只手在他的胳膊上。当然，只是为了强调我的观点。

屏幕上开始放一个关于大屠杀的预告片。也许，用这个话题开玩笑不是个好主意；人类自相残杀的闹剧所体现的幽默不是每个人都会欣赏的。第二支预告片播出了起始镜头。就是它了：这次的主题是一个婚礼，婚礼上的所有人都出了错。完美。我正在心里揣摩要跟布拉德利说什么话，影院的门打开了，两个女人走了进来。其中一个断了腿的女人拄着拐杖。她们站在亚历克斯旁边的过道里，等着眼睛适应光线的变化。

“要坐我的座位吗？你们俩可以坐在一起？”亚历克斯指着她身边空

出的、靠走廊的座位说，“我可以换个地方。”

“你真好。”年轻的一个说。

“没关系的。”亚历克斯说着抛给她们一个微笑。她跳起来挤过我身边，坐到布拉德利另一边空出的座位上。

就这样，我的神奇之夜彻底成了泡影。不过我不知道，最糟糕的一幕还远远没有出现。

“以后我吃爆米花再也不加奶油了。”我们离开影院，亚历克斯说，“虽然蜂蜜黏手，也是绝对值得的。”

她吮着食指，一个迎面走来的家伙几乎撞到了树上。

“要张湿纸巾么？”我一边贴心地问一边递给她一张。

她看看我，然后扭开头笑了起来。“你还真是设想周到，是吧？嘿，你们俩要一起喝点东西吗？街对面有家店。”

“明天我有很多事要做。”我赶紧说。我只想回家，想忘掉电影中途亚历克斯靠过来跟布拉德利悄悄说话的一幕，想抹去他们一起低笑的声音。

电影里的奥兰多在读他的前女友写来的信时，亚历克斯甚至把手放到了布拉德利的膝盖上。“信上说什么？”她低声问，仿佛看不清楚屏幕上巨大的字幕。我几乎哼出了声。

“来吧，林赛。”亚历克斯说，“放松一点。”

“只喝一杯？”布拉德利提议，“我们速战速决。”

“当然。”我终于同意了。我还能说什么呢？

酒吧里有不少人；一个DJ在角落里摆开阵势，不少人在舞池又蹦又跳。我们紧挨一男一女站着——他们的桌上放着一个空啤酒壶——对这两人的座位虎视眈眈。几分钟后，那一对离开了酒吧，布拉德利和我立刻坐到了桌子的一边，亚历克斯坐在对面。他选择挨着我坐，多少让我安心了一些。不过，也就一点点而已。毕竟，他正看着对面的亚历克斯。

“我去点喝的。”亚历克斯说，“都喝三姆啤酒是吧？”

“当然。”布拉德利说着递给她一张二十块钞票，“不过我请。”

“我喝水就可以了。”

“三杯三姆啤酒，马上就来。”亚历克斯说着朝吧台走去。

我望了她一眼，又扭头看着布拉德利。他穿着仔裤，挽起了POLO衬衫的袖子，看起来既随意又放松，而且——棒极了。

“那么。”我说。

“那么。”他说，露出了笑意。

我想要按住紧张得怦怦跳的心脏；这可是布拉德利。

“你今天做什么了？”我问道。布拉德利对摄影的激情具有传染性；他是我所知道为数不多真正热爱其职业的人。

“给一个艺术家拍照，他住在Takoma公园。”布拉德利说，“他是个不可思议的人物，十年前因为车祸瘫痪，现在用牙齿叼着画笔画画。”

“了不起。”我说。

“是啊。我进屋的时候都不敢相信自己的眼睛。”布拉德利说，“整个屋子靠墙堆着的全是画。他告诉我画画救了他的命。有意思的是，车祸之前他从来没碰过画笔。”

“那你怎么拍？”我问。

“挺棘手的。本来想强调他的工作，不把重点放在轮椅上，可是椅子面积很大，很难避得开。我还想让人们感觉到他作画时的那种神气——他如何投入感情。最后我堆了一些画当背景，镜头正中是他坐在画布前面，还没有动笔。”布拉德利说。“他叼着画笔，在空白的画布上落下第一笔。”

“也就是说，一切皆有可能。”我说，“想象让他自由自在。”

“没错。”布拉德利说着又对我露出了微笑。

亚历克斯回到桌边，手里捏着三只啤酒瓶。她把二十块钱扔回给布拉德利。

“我要请客。”他抗议道。

“啤酒免费。”亚历克斯说，“服务生认得我，他看过我的节目。”

“了不起。”布拉德利说，“记得提醒我多带你来酒吧，请你喝东西。”

我开心地笑了。开心得要命。

“盖瑞今晚在干什么？”布拉德利问。问得太好了，我在心里默默夸他。按这个思路追下去，别走弯了。

“在洛杉矶。”亚历克斯说，“他的公司在那儿开发一幢公寓楼。”

“他经常出差？”布拉德利问。

“唔，一周要出差几天吧。”亚历克斯说，“通常去洛杉矶或者纽约。”

“你从来没有跟他一起去过？”布拉德利问。

“有时候。刚开始的时候一起去。不过之后就有点倦了。”亚历克斯说着绽开一个笑容。

我瞥见两个家伙正一边聊天一边偷看亚历克斯。也许他们会过来请她跳舞。也许其中一个会不小心把黏糊糊的饮料泼得亚历克斯一身，她不得不回家洗澡。如果饮料又正好是放射性的……亚历克斯还在喋喋不休地说，我却已经在心里自动屏蔽了她。我还要在自己的幻想里多待五分钟，算是让我姐姐夺走布拉德利的安慰奖。好吧，严格说来，不算是“夺走”。布拉德利又不是被人强行从我身边拖走，一路他还跟珍妮弗·哈德森一样大喊：“我说过我绝不走……”

“纽约？”布拉德利正在问。

“抱歉。”我说，“音乐太吵，没有听见。”

“我是说，你想念纽约吗？”

是的。这个突然从脑子里冒出来的词吓了我自己一跳。我想念我的朋友曼特。想念我的公寓。想念每天早上醒来知道要去哪里要做什么的感觉。但是……我并不想念我的工作。一点也不。

“有时候。”我老老实实地说，喝了一小口啤酒看着布拉德利，“不过回家也不错。”

这时音乐停了下来，菲姬不再欢唱她那勾人的曲线，酒吧DJ对着麦克风说：“好吧，现在我们要播放一条告白，由一位秘密仰慕者送给穿黑衣服的女士。”

布拉德利和我都向亚历克斯看去。她身穿黑色小背心坐着，一头浓密的波浪秀发绕肩垂下。这时詹姆斯·布朗特的声音开始在酒吧里回荡——“你如此美丽”。

哦，天哪，简直是煽情电影的情节。接下来那家伙会不会手捧红玫瑰，脸戴“歌剧魅影”式面具，邀请亚历克斯一起慢舞一曲？

“看来你多了个仰慕者。”布拉德利说。有意思，酒吧里穿黑衣的女人有好几个，可是我们都十分清楚DJ说的是谁。

其实，这种事情我早就应该习惯了。我原本也已经习惯了。可是为什么我感觉自己紧紧地抵在座椅靠背上，正在一寸寸地缩小渐至消失；与此同时，亚历克斯却越发光彩照人？为什么我感到亚历克斯正在吸引房间里每一个人的注意，而我却前所未有的渺小？

亚历克斯接下来的举动远比她脱掉紧身小背心、丢给她的仰慕者让我震惊多了。扔件小背心对亚历克斯算不上什么，也许她还可以更过分；亚历克斯一向喜欢出位的感觉。

“那么，林赛，跟我说说你的工作。”她说。

我吃惊地看着她，等着她尖叫“骗到你了！”以前，亚历克斯从来不会主动把话题转到我身上。出了什么事？是她感觉到我喜欢布拉德利吗？还是她想做好人，因此打算分一点光彩给我？

“挺顺利。”我说，“很不错。”

“你觉得华盛顿分部什么时候能开？”亚历克斯问道。

“嗯，还要再等一段时间。”我说。

“你真是太出色了。”布拉德利说。

我喝了一大口啤酒，掩盖住不舒服的感觉。他什么也不知道。

“谢谢。”我说。

“不，我是说真的。”布拉德利说，“我是说你做的那些广告。我总看到你给戴尔做的那一支，每次都会发笑。”

“谢谢。”我又说。这次是真心的。那个广告相当棘手；我已经重做了38遍故事板，客户却一直在跟自己纠缠不清：他难以决定到底是把广告背景放在一家电脑店里，还是放在一个20岁左右的顾客家里。最后，他同意使用我的第一个故事板——广告背景设在一家网吧里。

布拉德利的赞美冲淡了情歌告白带来的冲击，我的背又坐直了一点。

"干杯，"亚历克斯说着举起酒杯，"敬我才华横溢的妹妹，她制作了戴尔广告；也敬才华横溢的布拉德利，他发明了在爆米花上浇蜂蜜。你究竟是怎么想出来的？"

布拉德利摇了摇头。"高中的最后一年，家里只剩下爸爸和我，所以我们不怎么在家里做饭。有天晚上我们在看电视，家里却只剩下爆米花和外卖菜单。"

"我听人说，如果油炸的话，外卖菜单的味道其实不坏。"亚历克斯说。

布拉德利大笑起来，又抿了一口三姆啤酒。"那时我已经吃腻了比萨，于是做了爆米花，但我们没有奶油。要么在爆米花上涂蜂蜜，要么涂塔巴斯科辣椒酱——家里只有这两样。"

"我觉得你做出了正确的选择。"亚历克斯说。她前倾身体，摆弄着啤酒瓶上的标签。"有件事我从来没有跟你说过。"她说。

我在心里为她补上下一行：我在跟空虚抗争，可惜我输了。

"你妈妈帮过我一次。"

"真的？"布拉德利说，"怎么回事？"

"高二的时候我在跟一个男孩交往。"亚历克斯开始讲，"天啊，都过去这么久了，不过当时可觉得是头等大事呢。"

"大卫？"我问。

"不，是别人。"亚历克斯说。

"乔恩·史蒂夫？"我脱口而出。不如把她没有约会过的男孩直接删掉好了，那可能还会省点时间。

"你没有见过他。"亚历克斯说。她撕下酒瓶标签黏在伤痕累累的木头桌子上，小心地理顺纸边，仿佛正在熨一件衣服。"他也是一个二年级学生，不过是大学二年级。爸爸会吓坏的。不管这些，他每天到学校去接我——我逃课去见他——结果这个浑蛋跟我分了手，就在学校旁边的街角。他甚至都懒得走出汽车。我们才约会了一个月左右，但我一点也没有料到这个结局。”

是想不到，我不无挖苦地想。这说不定是第一次有人蹬亚历克斯。

“他开着车离开后，我完全糊涂了，压根不知道该怎么办。”亚历克斯说，“我不能再溜回学校去，因为我哭得停不下来。”

她摇摇头低头看着啤酒，仿佛需要一些时间让自己平静下来，尽管事情已经过去了这么多年。“你如此美丽，真的。”詹姆斯·布朗特的声音安慰地低吟着。

亚历克斯为男孩哭泣？这一次，我真是吓到了。在学校，有一百万个男生为她神魂颠倒。不过一次小小的分手而已，她为什么要把自己弄得这么惨？

突然某个久远的时刻浮出了记忆的水面：是那个人。有一次，为了找到我做保姆挣的却不翼而飞的零钱，我翻了亚历克斯的钱包。看到那包药丸的第一眼，我以为是某种新出的维生素；接着我意识到了手里拿着什么。我赶紧把那个翻盖盒子放回她的提包，心里十分震惊：对姐姐的生活，我可以说一无所知。不知不觉间我们已经变成了完全不同的人。那时我所做过最过分的事情，只不过是亲过一些男孩（好吧，实际上只有一个，如果教堂平安礼不算在内的话）。这些药丸是给谁吃的？那时我很想知道。

现在我则想知道，那个男孩是不是在他们上床后才跟她分的手。

我看着她，心中一阵剧痛。亚历克斯和我并不亲近，但她是我的姐姐。我不想她受到伤害，尤其是以这种方式。我只是从来没有想到她也会受伤。亚历克斯是爱情杀手，是让人心碎的那个人，她不会独自站在街角流泪望着男孩从身边扬长而去。

“所以我开始往家里走，天气很冷，可是我的外套留在了学校里——为了溜出来方便。”亚历克斯说，“突然间我看到你妈妈走过来。她刚刚领客户看了房子，正要去取车，认出我之后她停住了脚。”

亚历克斯的目光落在远处，她在回想。“她穿着漂亮的黑色皮靴。我记得我想她看起来比我认识的其他女人都酷得多。我编了些借口解释为什么不在学校，可是没有骗倒她。她知道事情不对劲。”

“她把你带回学校了？”我问。

亚历克斯摇了摇头。“她带我回了家。”她看着布拉德利，“你家。你爸爸还在上班，家里只有我们两人。她给我倒了杯可乐，我们坐在厨房里。然后她跟我讲起话来。她是真的在跟我谈话。一直到快放学的时候我走回自己家。”

“她从来没有提过。”布拉德利说。

“她答应我不会说的。”亚历克斯说，“我相信她。我把关于那个男孩的一切都告诉她了，我甚至都没有跟朋友说过。她……非常棒。”

布拉德利点点头，露出悲伤的眼神。“是啊。”

我想说点什么——也夸夸布拉德利的妈妈有多棒，这确实是真话——但我说不出来。他们的谈话一来一回，有着亲密的基调；不管我说什么都融不进去，只会更加凸显一个事实：此刻我是局外人。

“她不在你身边，真是挺糟糕的。”亚历克斯说。

布拉德利又点了点头，眼神满是惆怅。“是啊。”

我们三人一起沉默着坐了一会儿，亚历克斯说，“我还可以坦白一件事吗？”

“当然。”布拉德利说。

亚历克斯深吸了一口气小声说：“我真的很讨厌这首歌。”

布拉德利看了她一会儿，接着笑了起来。他开开心心、发自内心地笑了。

这一刻我已经明白，我最担心的事情正在发生。布拉德利正一步一步倾倒在亚历克斯的魔咒之下。

最糟糕的是，我甚至不能怪他。

第八章 因缘而聚

当曼特说完那句话，我——从来、永远都不流泪的我——仰天躺下，泪水潺潺而下。我心里那块已经冻结的铁石正在渐渐裂开，被泪水卷走。

我完全不明白自己为什么会这么做。

也许是因为我不得不做一些事——什么都好——才能摆脱那个跟亚历克斯和布拉德利共度的晚上。两天来我一直在重温当时的情景，可是时间却一点也没有冲淡回忆带来的痛苦。也有可能是因为在脑海的角落还盘踞着另外一幅图像：梅的脸上有一块巧克力污渍，她对我说，“也许这也可以帮到你……也许你可以花点时间，想想你真正想要的是什么。”

我走出汽车，核对了一遍写在黄色便笺簿上的地址。是这所房子。这是一栋单层小屋，房前有一个郁郁葱葱的草坪，上面放着一辆三轮自行车，一架迷你塑料滑梯，还有几个颜色鲜亮的塑料球。我走上前门台阶按响门铃，一个小孩打开门，透过纱门盯着我。

“你妈妈在家吗？”我蹲下看着她的眼睛，尽可能露出一个友善的微笑。跟小孩相处我还是挺有一套的。

“陌生人！”小女孩大喊道。

“不，不，甜心——”我赶紧辩驳。

“陌生人！陌生人！陌生人！”

我从来不知道这么小的孩子能发出这么吵的声音；她就像一个微缩

DEFCOM警报器。

“凯蒂，我告诉你要怎么开门的？”一个女人从她身后赶过来说。她用一只胳膊抱起女儿，另一只手给我开了门。

“你肯定是林赛。”她说，“进来吧。”

简看起来只有28岁，但梅告诉我她的真实年龄要加一个10。她一头光泽的红头发随意梳成一个马尾辫，脸上没有化妆，小巧的翘鼻子上有几颗星星点点的雀斑。她的笑容一派真诚，从第一眼见面我就喜欢她。

“家里乱糟糟的，请别介意。”简笑着说，一边把一辆挡道的塑料手推车踢开，领我走进客厅。“我发誓，在你来之前已经打扫过了，不过我家可住着两个迷你龙卷风呢。”

“你家真不错。”我没有说谎。尽管简明显并不富裕，但是她的家被料理得处处温馨。沙发上罩着一块蓝色针织阿富汗毛毯，墙壁上挂着孩子们的画。屋里有一个放满书的木头小书架，旁边是一张超大的旧椅子，上面放着看上去很舒服的枕头。空气中飘荡着烤苹果和肉桂的香味。

“谢谢。”简说，“我们喜欢这个家。”

她在屋子里四下张望。“克里斯，你在哪里？”

她朝沙发毯下看了看，我发现沙发上盖着孩子们用记号笔玩的井字游戏。亮红色记号笔。

“嗯。”她说，“他又藏起来了。能不能请你帮我一个忙？有客人来的时候，他总是藏起来。如果你能配合着演戏找找他，大惊小怪一点，他会开心得要命。”

我清了清嗓子。“别担心，简，整个马里兰州最会‘找小孩’的行家就数我了。市长甚至专门颁发了一个奖杯给我。克里斯逃不出我的手掌心。”

我穿过屋子，经过一把椅子（椅子下伸着两条小孩腿），提高了音量：“克里斯会在哪里呢？他不在客厅里，不在垃圾桶里，他也不在自己的卧室里……世界上最会躲的就数这个孩子了！”

椅子下的两条腿抖了起来，我假装一跤被它们绊倒。

“哎呀！那把椅子绊倒我了，简。现在椅子在咯咯笑！你有一把咯咯笑的疯椅子！”

“是我！”克里斯突然从椅子下钻出来，脸蛋红扑扑的。“我真的最会躲吗？”

“我见过最会躲的就是你了。”我向他保证。

“我觉得应该给世界上最会躲的孩子和他的妹妹来点奖励。”简说，“你们可以挑一个节目看。”

孩子们像出膛的加农炮一样一溜烟奔上了楼，简示意让我坐下。

“你要喝点咖啡或者茶吗？他们半个小时之内不会来吵我们。”她说，“平时我不准他们看太多电视。”

“我不用喝东西，谢谢。他们都是很棒的孩子。”我说着拿出笔记本电脑。

“谢谢你。”简看起来很高兴，“我也这么想。我丈夫和我分手时，我发誓会尽我所能让他们开心。”

“那你和你丈夫是怎么回事？”我问。如果只有半个小时的谈话时间，我只好开门见山了。梅已经吩咐我要尽可能地搜集细节；如果简跟丈夫分手是因为他是个工作狂，我们就知道不能再找一个同样的给她。

简叹了一口气。“哦，真难说出口。你有在现实生活中遇到过非常老套的情节吗？”她努力想要保持轻松的语调，却不太成功，也许是因为她的下唇一直在颤抖。“我宁愿我们是一步一步疏远的；可事实是，我搞砸了。”她继续说，“我嫁错了人。”

我同情地点点头。天哪。意识到这个事实该是多么可怕，尤其是有了孩子以后。

“有一天，我去他的办公室想给他一个惊喜。”简说，“那天是他的生日，他却必须加班，因此我决定送一块自己烤的白巧克力乳酪蛋糕给他。那是他的最爱。”

她深吸了一口气：“我就是这样发现他有外遇的。”

“我很抱歉。”我说。

“我并没有当场撞见他。”她说，“不过他的秘书告诉我他早走了。要查明真相也用不了多久——我在家里等他，他回来之后却假装工作了一整天。总之，我自己是已经放下了，可是一想到孩子一辈子摆脱不了阴影，我就难过得要命。所以我只跟他们说爸爸的好话。不过——请别告诉别人——我烧了所有的婚礼照片。”

她摇了摇头：“我本来没有打算说这么多。不过你是一个好听众。”

“我很高兴你跟我说了这些。”我说，“如果要为你挑选出合适的人，我需要知道关于你的一切。”

“我的丈夫——我是说我的前夫——下个月会再结婚。”简说。她的声音那么轻，仿佛不过是说给自己听。“不知道什么原因，我无法控制地想对自己好些。其实这么做根本没有意义，而且天哪，我付不起——我是一个老师，你也知道那能挣多少薪水——但我很想去认识某个人。我很想再有一次机会找到那个正确的人。”

我四下打量着她舒适的屋子。厨房里挂着三条围裙——一条大的，两条小的——旁边是一盘自制模样的松饼。客厅桌上开了一个快乐的小茶话会：一只巨大的毛绒长颈鹿坐在桌上，跟它并排的还有一个塑料娃娃，茶话会的其他成员则一起坐在它们俩的前面。

“我相信梅已经告诉过你我们的收费标准。”我一边飞快地说一边拿起笔记本电脑，这样她就不会发现我正盯着的画面是空白的。“根据这里的说法，我们可以为你打个折，收1200美金，而不是常价1500美金。”

“真的吗？”简睁大了眼睛，“真是太好了！”

也就是说，为了帮助简，我必须牺牲我的薪金。如果一个有着出轨前夫，做学校老师的单亲妈妈不配得到幸福，有谁配呢？

“跟我说说你的前夫吧。”我说，“那我就知道不能把什么样的人跟你配对。”

简皱起了可爱的小鼻子。“怎么三言两语地描述凯尔呢？这么说吧，大学时我在国外待过一个学期，记得法国人有个这样的说法：一段恋情中总有一个吻人脸颊，另一个抬起脸等人来吻。

她苦笑着说：“我丈夫就是那个抬脸颊的人。”

“明白了。”我说，“因此，我们需要找一个人来吻你的面颊。”

“那就太好了。”她说，“而且他一定要爱孩子。孩子是最重要的。”

她低头看着自己：“我的膝盖上有花生酱。我开着一辆老爷车，用来打扮的衣服是工装裤。你真的认为能找到一个人，想要一个腿上到处涂着午餐的学校老师吗？

我看着简担心的眼神，保护欲像波浪一样席卷了我。她的前夫怎么敢这么对她，让她觉得自己不配得到幸福？他怎么敢把希望之光从她眼睛里夺走？他一定是个浑蛋。

“嘿，简？”我说。

正忙着从工装裤上刮掉花生酱的简抬起头来。

“谁说过会只是一个男人了？”我问道。

简盯着我看了一会儿，接着笑了起来。她的笑意越来越深，两只眼睛眯成了线。

“你成了媒婆？”曼特问，“真的吗？”

“算是吧。”我咕哝着把手机夹在肩膀上，倒上了些“喜乐”茶。喝这东西会上瘾。

“你去了这女人的家，让她加入了一家约会服务机构，然后你还挑了个男人去跟她约会？”曼特说，“那这个‘算是吧’怎么讲？”

“嗯，如果你非要这么说的话。”我说着把茶端进了自己的房间。

“我从来都坚持逻辑。”曼特说，“哦，等等，那是你。”

“别一直对我指手画脚的。”我说，“我在经历中年危机呢。”

“那家广告公司呢？”曼特问，“你还打算回去面试吗？”

“当然。”我说。

“那你就没有中年危机，”曼特说，“如果有中年危机的话，你会抛下一切去做个媒婆，还会开始蹦极跳。”

“你知道我恐高。”我说。

“这就是中年危机的意义。”曼特说，“你做的事情会跟性格完全相悖。如果中年危机只是让你多吃了点纤维食品，读了托尔斯泰，谁还会费劲去弄个中年危机呢？”

“我告诉过你我在替那个女人当保姆吗，就是我给她配对的那个？”我说，“她从来不出门，所以找不到人看孩子。我想，我比她更紧张她的约会。”

“你给她找了个什么样的对象？”他问道。

“一开始我想找个老师——你知道，同样喜欢孩子、有共同兴趣。可是后来我看到一个叫托比的人的档案。他填了一份问卷，回答有点枯燥。他是个医生，准确的说，是个脚病诊疗师。”我在床上抿了一小口茶，把腿蜷起来：“我知道，我知道，扁平足非常不性感，简却活力十足，所以刚开始我不是很确定。我本来打算把他的调查问卷放回去，可是后来我又翻了一页。在第二页上，我看见他在沿着页边涂了一圈互相交织的小心脏。甜蜜得不得了。”

“真有意思。”曼特说。

“是有风险，但我就是有这种感觉。”我说，“他似乎真的很和善，而简需要和善的人。于是我打了电话给他，我们谈了一个小时。他非常不错。如果他们俩不成的话，我会给简重新找一个，也给他找一个。”

“梅那个人怎么样？”曼特问。

“她很棒。”我说，“她跟前夫——那真是个浑蛋——在一起时经历过很多。可她为人还是很积极，跟她在一起总是很舒服。”

“嗯哼。”曼特说。

“我的意思是，你能想象我和她一起工作吗？她自己安排工作时间，采访客户的时候腿上还趴着一只狗。我去她家转告跟简的会面情况，那时她才刚刚午睡起来。”我说，“荒唐。这么经营公司不是疯了吗。”

“嗯哼。”曼特说。

“我们会把对方逼疯的。”我说，“谁会不用电脑办公？她居然真的让客户手填表格。表格上全是她的茶杯留下的圆形印子。噢，还有，有时候她笑得太开心了，还会喷鼻子。”

“嗯哼。”曼特说。

“在我面前，把你那心理医生的噪音收好。”我说。

“唔。”他开口说话，又把声音吞了下去。“我在吃东西。”

“有什么好东西吗？”我问。

“‘巴特波尔’黄油火鸡。”他说，“巴特波尔给我们送了一个塞得满满的冰箱。刚开始我不得不跟火鸡对视了一个月，现在我开吃了。我要抵制感恩节。”

“曼特？”我说，“我觉得我不会再回吉文思参加二面了。”

“嗯，”他说，“我也这么觉得。”

“你是什么意思？”我大喊出声，“我只不过说说而已。不是当真的！”

“林赛。”他的口气温柔但颇为迫切，“跳吧。”

“我不要。”我紧紧地闭上眼睛。

“你可以做到。”他说，“刚刚你一秒钟也没有提到广告公司，却花了一个小时跟我说梅的事情。”

“你真夸张。”我说，“快成病态性撒谎了。你真的应该找个人好好看看这个毛病。”

“别转换话题。”他说，“以后你随时可以回广告公司工作。把这当成休假好了。”

“我还能上哪里找这种机会？”我哀号道，“如果这次放她鸽子，吉文思小姐肯定再也不想见我了。而且如果我到处放人鸽子，那每三个星期我就得搬一次家。很快我在美国的名声就会臭掉，只能去欧洲找工作了。可我讨厌腌鱼。”

“不要忘记田螺。”曼特说，“田螺也不招人待见。”

“我究竟在干什么？”我问曼特。我跌坐在床上，一只手按到前额。“我说不好原因，可我知道这一切都是你的错。”

“你是吓到了。不过没事的。”他说，“林赛？别误解，但我为你骄傲。”

他说完那句话，我——从来、永远都不流泪的我——仰天躺着，泪水潺潺而下。我心里那块已经冻结的铁石正在渐渐裂开，被泪水卷走。

“会没事的。”曼特安慰我说，我紧紧抓住电话，仿佛它是一条救生索。“一切都会好起来的。”

“砰砰砰”。一个顾客用力地捶着便利商店卫生间的门，我差点把睫毛刷戳到自己的眼睛里。

“再等一分钟！”我一边大喊一边补上最后一刷。我还是没有勇气让家人看见我身穿新衣服的样子，因此找了个地方换装。这个洗手间干净明亮，还有钩子挂衣服。所有这些加上买不完的好时巧克力和雀巢“莱飞”太妃糖——我简直可以住下不用挪窝了。

“她在里面通常会待上一会儿。”我听到收银员说。

“这个洗手间她经常来吗？”女人怀疑地问。

“这两个星期每天都来。”收银员说，“最见鬼的是：她总是变来变去，好像进去的是一个人，出来的是另外一个。”

“好吧，不过我快等不下去了。”顾客说，“我生了五个小孩！如果你有这么多小孩的话，就知道不能在洗手间外面浪费时间等人了。你明白我的意思吗？”

“不明白，女士。”不到20岁的年轻店员和气地说。

“除非你有个拖把，不然最好让我进去！”顾客威胁道，又拼命敲门。

我迅速收拾起化妆品，把海军蓝套装扔进一个服装袋，打开了门。

“对不起，”我说，她已经飞快地进了洗手间，恶狠狠地看了我一眼。

“我喜欢这件衬衣，快赶上喜欢那件红裙子了。”收银员盯着我的亮绿色系颈露背上衣，露出一脸赞许的表情。我给上衣搭配了紧身仔裤和前端系扣的新Marni粗高跟鞋，一头闪亮直发顺滑地披到肩上——我用直发器拉直过。

“谢谢！”说完我快步出门，跳进爸妈的老旅行车。我要迟到了，会面对象是雅各布·温斯坦。他34岁，几个月前刚刚搬到华盛顿，状态良好，准备开始约会。

自从两周前正式受雇于“缘聚”，我面对的知识和经历焕然一新。“产品差异化”、“目标人群”和“品牌经营”被抛到了千里之外。我学习了解人们。我开始了解他们的恐惧和欲望，了解到他们对同事、朋友和家人闭口不提的秘密。

除此之外我还了解到，读一个约会服务机构的档案可以让人心碎。人们最渴望的——超过其他所有一切——是与他人的联系。他们想要一个与之共创家庭的人。想要一个能够牵手的人。想要一个在生病时照料他们、当年华老去时仍然爱着他们的人，即使那时他们已经满面皱纹。如果在满足上述功能外，对方还碰巧有一副海蒂·克鲁姆的脸庞，或者一个跟唐纳德·特朗普差不多的银行户头，那就算你走运了。

在梅的沙发上蜷了几个小时，我读了一堆文件。我发现在每一个婚礼、新生儿派对和生日派对上——说真的，在每一个标记生命的事件中，不管事件重大与否——都有一些人聚在场边的阴影处，表面上兴高采烈，内心却在疑惑究竟自己做错了什么；疑惑为什么世界上其他人都成双成对，他们却变成了孤零零的一个人；疑惑他们是否会永远孤独下去。

梅善于挖掘人们真实的一面。在档案里有个丧偶的男人告诉梅，他每天去买金枪鱼罐头做午饭，每次只买一罐，这样他可以每天都去商店跟收银员说几句话，感受与人交流的暖意。我还匆匆瞥见一个女人的秘密，她在十几岁的时候吃过肥胖的苦头，成人后仍然觉得自己身材欠佳、缺乏魅力，尽管她每天都健身，有健康的体态。我也看到一个痛苦的男人，他的未婚妻在婚礼上弃他而去。伴娘来到他的身边，贴着耳朵小声告诉他这个消息，那时他正穿着燕尾服站着，等着他的新娘从红毯另一边走过来。

世界上是不是一直都有这么多孤独的人？我有点疑惑，身边的这堆文件让我吃了一惊。

“我们不仅仅要把人们凑成对。”加入“缘聚”的第二天，梅告诉我，“我们要听人们倾诉；实际上，倾听说不定是你在这份工作中最需要的技能。我们要找出他们过去的恋爱出了什么错，帮他们走出糟糕的感情模式，帮人们找出他们真正想要的是什么样的人。我们不仅仅帮人们配对；我们还是心理治疗师、最好的朋友，有时候甚至是指挥官。”

“真的？”我说。

“当然，如果遇到期望值完全不切实际的人，就得这么做。”梅回答说，“如果一个50岁的男人进门来要求配对一个19岁的花花公子兔女郎，我们只能让他清醒清醒，看看他到底出了什么问题，问一问为什么这个人信心严重不足，以至于需要用挂臂花瓶向世界证明他有多显要多抢手。如果这样还行不通的话，那我们只能告诉他去找个邮购新娘，请他离开。我们拒绝的客户不多，不过你要有心理准备，时不时会遇到一两个。私底下，我们的政策是“浑蛋免入”。

我点点头。梅用的是“我们”而不是“我”，就像我是她的搭档，让我非常开心。

“相反也有很多客户信心不足。”梅说，“因此要帮他们自信起来。夸他们一两句，不过一定要真诚。”

现在，当我走进一家叫做“帕克”的餐馆，四下寻找要会面的客户时，我记起了梅的告诫——倾听是这份工作的精髓。“每个人都有故事。”她说。是时候听听雅各布的故事了。

他坐在一个靠墙的座位上，样貌英俊，黑头发，个子不高。衬衫袖子挽了起来，露出强健的前臂。档案里说，他从事抵押贷款银行业，喜欢滑雪、旅游，烹调风味食品。

“我以前从来没有做过这种事。” 我们互相介绍完后，雅各布承认道。他的鞋在地板上敲出“乒嘭乒嘭”的节奏。

“放轻松。”我一边在他对面坐下一边告诉他，“我们只是聊聊天，然后我会找出一个非常幸运的女人跟你约会。”

他笑了，露出一枚可爱的小兔牙，这时我明白我没有说错话。奇怪的是，我一点也不羞怯：通常在社交场合，腼腆这个毛病总会让我烦恼。也许是因为在发现其他人脑子里也回响着刺耳的声音后，我脑子里的声音——嘀咕着我永远也不会像亚历克斯一样漂亮迷人的那个声音——所惯有的魔力已经减退。也许新衣服和化妆品也帮上了忙；我还在扮演某个角色，在某种程度上我的行为不属于自己。

“要喝点什么，亲爱的？”女服务生问，一边朝饮料单示意。

“你要点什么？”我问雅各布。

“马提尼。”他说，“我要一杯纯的，不过听说他们这儿加巧克力的马提尼也很不错。”

“太好了。”我说。

女服务生转身离开，雅各布朝后靠在座位靠垫上。

“我有点不好意思。”他说，“我还是不敢相信真的这么做了。”

“我知道。”我说，“是挺吓人的。我是说，有加巧克力的马提尼不喝，非要喝纯的。”

雅各布笑了，这一次笑得更开心。

“听着，我觉得你很勇敢。”我告诉他，“你在追求自己想要的东西。”

“我猜你可以这么看。”他说。

“那么跟我讲讲你自己。你做饭，还喜欢旅行？”我说着叠起双腿朝他靠近一些。“很显然你是一个完美男人，如果没有那个纯马提尼的小毛病的话。”

我是在和客户打情骂俏吗？不过雅各布似乎需要这样；他非常紧张。

“也许我可以改变，为了那个完美的女人。”他又笑了，我注意到他的脚已经不再敲地板。

“告诉我，什么样才会是适合你的女人。”我说，“你觉得哪些特质比较重要？”

“我喜欢好吃的东西，所以她不能是那种挑两片沙拉就说吃饱了、然后溜回家狼吞虎咽吃掉一袋‘趣多多’的女人。”雅各布说。

我笑了，他多了些底气。“我爱旅游，因此有广场恐惧症的女人也不行。”

雅各布迷人，风趣，亲切。我的巧克力马提尼完美无缺。另外，我还可以有薪水人袋？

“还有什么？”我轻松地说，“说说你的最近一任女友。”

“苏？”雅各布说，“嗯……要怎么说呢？”

“能多坦白，就多坦白。”我开玩笑说，“如果要给你找到最合适的人，我需要知道所有的细节。”

雅各布叹了口气。他开口说了些什么，又停了下来，接着脱口而出。“什么都会让她哭。我是说，不管什么。刚开始这是我爱上她的原因之一。我觉得她非常敏感。第一次约会我给了她一枝玫瑰，她哭了。她的一个朋友宣布怀了双胞胎，她哭了。接着我意识到，她哭个不停。”

“煽情广告呢？”我问。雅各布点点头。

“还有日落和伤感的电影……后来有一天，她的父母来探望我们，她和我去机场接机。不知道怎么回事，苏和她妈妈把我围在了中间，她们两人痛哭不止——我是说，真的是痛哭——我扭头去看她的爸爸，他正一脸听天由命的表情，从衣兜里掏出纸巾。我实在是忍不住，顿时大笑起来；她们哭得越厉害，我笑得越厉害。她妈妈当然认为我是在笑她，结果……一切就是从那时开始走下坡路的。”

“你们分手时的情况呢？”我问。

“苏没有掉一滴眼泪。”雅各布说。

我看着他，我们都开始哈哈大笑。

“那么，爱哭鬼不行。”我说着假装乱涂。“明白了。还有什么？”

“还有，嗯，我希望你挑的人……”雅各布吞下了半句话。

我没有接话；梅说过，保持沉默说不定是让顾客开口的好办法。

“如果她……”雅各布清了清嗓子。

我知道雅各布是好得令人难以置信。接下来他就会说，他想要的女人会允许他戴她的假睫毛，或者允许他每周末去参加《星际迷航》的聚会。

“我希望她长得跟你一样。”他说。

雅各布的恭维在耳边回荡，我轻飘飘地回了家。可当我把车停到车道上时，他的话突然间变调成了刺耳的急刹车，仿佛一根针猛地拉过了唱片。 亚历克斯那辆闪亮的黑色“凌志”——来自盖瑞的29岁的生日礼物——正停在车道上。这是个周四的晚上。亚历克斯回家来做什么？

“这么快就回来了？”我正在尽可能不出声地打开前门，她从客厅叫道。我本来想要偷偷从父母身边溜进去，换好衣服卸好妆再从卧室窗户溜出去假装进门。爸爸妈妈什么也不会注意到；不过夜间逃脱大师赛冠军亚历克斯就不那么好骗。

“马上就来。”我说着飞快冲进走廊，朝我的房间奔去。才刚刚走了四步，我被高跟鞋一跤绊倒，手脚摊开趴在地毯上。该死！现在他们会上楼来，发现穿着新衣服化着妆的我！

“怎么啦？”妈妈说。

“听起来像有人弄翻了真空吸尘器。”爸爸说。

“说不定是林赛摔倒了。”亚历克斯说。三人一起说了声“啊！”接着扭头回去看他们的命运之轮重播。

“我没事！”我喊道，“如果你们想知道的话！”

没有人回答我，我站起来继续往前走。本来我已经打算用特种部队爬行姿势潜回自己房间，为此正在心里默默进行演练，结果什么都没有用上，我不免有点失落。我套上一条休闲裤、一件蓝色按钮式衬衫，卸好妆刷完牙，才来到电视室。

“你的约会怎么样？”亚历克斯问。

“约会？”我说，“什么约会？”

“哎呀。”妈妈又一次说，“也许我什么都不该说的。不过我路过你房间的时候，你正在计划要去见他。”

“谁？”我问。

“雅各布，你这个笨孩子。”妈妈说。

“你‘路过’了几遍我的房间？”我问道。

“说细节。”亚历克斯命令道。

“我们，嗯，只不过散了个步，聊了聊天。”我说。

亚历克斯恋恋不舍地把眼神从帕特·萨杰克身上挪开。“你们去散步了？”

“听起来不错，甜心。”妈妈说。

“你的约会让你妈妈听起来不错。”亚历克斯说。“你明白这句话错得有多厉害吗？那家伙起码应该请你喝一杯吧。他很抠门吗？”

“不喝酒我也可以约会得很开心。”我说着憋下一个嗝。第二杯马提尼劲头不小。“今晚你怎么没有出门？”

亚历克斯没有动，但她的脸上起了一些变化，神情近乎伤感。“我累了。”她说。

“来说清楚吧。”我说，“我去赴了一个枯燥的约会被你唠叨了半天，可你自己却和爸妈一起待在家里？”

“嘿。”爸爸的语气很受伤。

“我们还是很时髦的。”妈妈安慰他，拍拍他的手。

“我不舒服。”亚历克斯说。

我马上知道她在撒谎。说不好是怎么知道的；也许是因为我已经见过她向爸妈撒太多谎了，结果现在我变成了测谎专家，只要她的语气稍有变化或者眼神躲闪，我就能够感觉出来。她回家是为了别的原因，我十分肯定。她跟盖瑞是不是出了什么问题？一阵担心刺得我透心凉。请别。我忍不住立刻联想到布拉德利安慰亚历克斯的场景：他们两人共享一瓶酒，他用一只胳膊搂着她——我紧紧地闭上了眼睛。不。不。

“你和你那位年轻人在散步的时候都谈了些什么？”妈妈问我。

“妈妈。”亚历克斯和我异口同声发出了呻吟。

“好吧，不过他是个年轻男人，对吧？”妈妈尽量克制好奇心，尽管还是挺烦人的。

“我们谈工作，基本上。”我说，“他，嗯，是个抵押贷款银行家。”

“很性感。”亚历克斯评论说。

“这其实很有趣！”我抗议道。

“他有没有给你看他的巨额贷款？”亚历克斯用一种颇为风骚的口气说，“他对……反向抵押贷款有没有显示什么姿态？”

“雅各布非常不错。”我十分生气，“也许他就是喜欢我有头脑呢。也许他真的喜欢跟我聊天。”

“空格空格‘一举’空格空格。”爸爸盯着屏幕上的填字游戏说。“是个短语。”

“亚历克斯。”妈妈说，“停下。别取笑你妹妹。林赛升职唯一的原因就是她工作十分努力。”

我笑了，有人维护了我的声誉。嗯，算是吧。

“她的一举一动。”亚历克斯告诉爸爸。

“谁？”爸爸问。

“字谜的答案。”亚历克斯说。

我看着屏幕。上面只显示了两个字，但亚历克斯是对的。

“这个节目你看太多了。”我说，“你吓着我了。”

“哦，林赛，差点忘了。”妈妈说。她从咖啡桌上的一堆文件里翻出一个皱巴巴的信封。“今天寄来的。有关房产估价的什么东西。我们的房子升了不少值，税也跟着涨了，你能相信吗。”

“我来处理。”我说，“如果你弄得明白那些条条框框的话，通常可以把这些东西申报上去并且得到减免。”

“谢谢你，宝贝。” 我从妈妈手里接过信封，她说。电视又开始播放广告片时，我站起来回到自己房间换衣服。今天已经换过无数次了，这次我换上的是运动衫。亚历克斯跟着我进门，一下子倒在我的床上。

“我本来想问你今晚有没有忘带安全套，” 她说，“不过你那件衬衫已经足够保险了。”

我拿起一个枕头朝她扔去，却藏不住微笑。我坐到床边脱下十分钟前刚穿上的蓝色的平底鞋，不顾形象地按摩起脚趾来。

“还记得以前我们最大的烦恼是该穿什么衣服上学吗？” 亚历克斯问。她闭着眼睛，眼睛下有微微的紫色暗影。我皱起了眉；为什么亚历克斯晚上会睡不好呢？我不愿意再细想是什么原因。

“是穿CK还是穿Jordache牛仔裤。” 亚历克斯喃喃自语，“让我痛苦了好几个小时。”

“那从来都不是我最大的烦恼。” 我说。

“要是你就走运啦。” 亚历克斯说。她本来打算用取笑的口气，可是她的声音十分疲惫，一点也不好笑。

我看了看她。她还闭着眼睛。还有，难道她又廋了？

我下床挂好衣服，然后把亚历克斯进屋时踢掉的黑色牛仔靴整齐摆好。当终于问出一直困扰我的问题时，我还背对着亚历克斯。

“没事吧？我是说，你跟盖瑞？”

她没有回答，我转过身看见她蜷成了一个球，睡得正香。她双手交叠放在下颌处，有一瞬间我觉得她仿佛是一个正在许愿的小孩。一个天使模样的金发孩子，绝美的眉毛用蜡拔过，身穿细到可以替代牙线清洁牙齿的紫色丁字裤。

第八章

我看着睡梦中的她，种种复杂的、熟悉的情感交织在一起笼罩了我，仿佛一匹质地细密的毯子：竞争，忠诚，嫉妒，爱——感情的线交缠得密密麻麻，让人无从辨认哪里是头，哪里是尾。我关了灯，给她盖好鸭绒被，走出了房间，离开时的脚步悄无声息。

第二天早晨我在沙发上醒来，脖子上直抽筋，嘴里还有陌生的淡淡酒气。身边的枕头上有一张纸条，上面是亚历克斯的笔迹：雅各布打过电话。

我的心跳立刻加速，接着看到了下面一行："他想知道第二次约会的时候，你能不能帮忙补种他的草坪。"

我笑着把纸条揉碎。当我走进卧室，亚历克斯已经离开了。她一定起得很早——奇怪，她一向不早起。更怪的是，她居然铺了我的床。

"我给你找到了一个完美女孩。"三天后，我打电话告诉雅各布。

"这么说，你要跟我约会了？"他问道。

我笑了，对于职场所允许的标准，我开心得可能有点过头。

我给他找了一个女装精品店经理——一个名叫吉米娜的漂亮女人，她有一半西班牙血统，今年31岁，喜欢在周末骑自行车出行。在我整理档案时，她的照片掉了出来。她身材匀称，高高兴兴，看不出有人格缺陷的迹象。我猜想在交往过爱哭女孩以后，雅各布可能不会排斥有正面能量的人。

"约会之前不要喝太多咖啡。"想起第一次见面时雅各布那副紧张的样子，我警告他。喝一点点咖啡因他就能窜上房顶。"还有，穿蓝色衬衫。蓝色很衬你的眼睛。"

"太久没约会，跟不上了。"他叹了口气，"苏和我交往了将近两年。”

“可以给你提一个小建议吗？”我似乎不记得他还没开口、自己已经主动给过两个建议了。“不要提起苏，至少第三次约会之前不要。注意力不要放在前任女友身上，要放在约会对象上。”

“你说得对，”雅各布说，“还有什么？”

“除此之外你很完美。”我开玩笑说，“一定要提你厨艺精湛。女人无法抵挡这一点。”

“知道吧，如果你同意跟我约会的话，能省下我不少时间。”他说。

“别诱惑我了。”我很高兴他看不到我脸红。

“林赛？”他问，“你是说真的吗？我穿蓝色衬衫好看？”

我想起了雅各布强壮的胳膊和羞涩的可爱模样。

“你穿什么都好看，”我说，“不过蓝色绝对最配。”

难道打情骂俏真的这么容易？

我挂上电话，梅向我递了一个眼色。

“在给人打气呢？”她问。过了一秒钟我才反应过来，她说的人是雅各布。

“是啊。”我说，“是个好人，可是有一点点信心不足。不过似乎恢复得很不错。”

我的信心也一样，我想。走进马提尼酒吧第一次见到雅各布的情景重新浮现在眼前，我想起自己进门时他那双睁大的眼睛，感觉脸颊又红了起来。

这一周其他时候我都在埋头工作，要么阅读公司的档案文件，要么打电话给客户介绍自己，开始了解他们。当然，新公司里埋头工作的定义跟以往略有不同。跟半夜三点待在办公桌旁边啃冷比萨不一样，每天下午六点整，我会准时被梅一脚踢出大门。

“去找点乐子！”她劝我，“这是一个美丽的晚上。”

“我和爸妈住在一起，”我提醒她，“对我们来说，一个快活的晚上是剩菜加上在Lifetime频道看片。昨天晚上我们看的叫做‘我的爱人，我的人质’，故事是一个女人在男朋友想要分手的时候把他绑了起来。我不敢相信以前自己根本不知道有这招。”

“嘘！”梅说着抢去我准备偷偷带走的文件，又伸出两只手臂作势赶我，“你太年轻漂亮，还不到只有工作没有生活的时候。去个书店或者影院吧。”

有时候我就听话去了书店或者影院，有些时候我则去逛街。这段时间我的旧衣服派不上太大用场，因为穿着800美元一套的西装蜷在梅的沙发上是怎么也舒服不起来的。再说，只要接到通知，我不时需要马上出门见客户，我可不希望他们发现对面坐了个审计员。因此我的套装都被放到了衣柜深处，打开门看见的是新买的仔裤，短裙和上衣。不过，爸爸妈妈从来没有见过这些衣服。每次离开家时，我都用夹克或者大围巾把自己裹起来。也许我正在鼓足勇气准备告诉爸爸妈妈我丢了广告公司的工作，不过在此之前，最好让他们离意外远一些——他们受不起太多惊吓。也有可能是因为在家人面前，我会感觉像穿了新装的皇帝。跟人群里那个说真话的小孩一样，他们会看穿我。亚历克斯是那个往家里一袋又一袋买性感衣服的女儿；而我则从“货柜店”带回透明罐子，整理好爸爸妈妈储藏柜里的干货。因此我把化妆包藏在备用车里，在等红灯的时候涂睫毛膏和唇膏。至于脑子里那个说“问题拖得已经够久了”的小声音，我装成听不见。

也许我觉得只要不告诉父母，那我在新的生活里仍然是在扮演一个角色，我试了试水深，却没有必要做出承诺。如果告诉家人，那么一切都会成真——再也无法改变——而我还没有准备好。我还没有准备好要放弃那个他们熟悉的形象—— 一个大有成就的女儿。

不过我正在慢慢习惯分成两半的生活，逐渐掌握了在两个世界之间穿梭的诀窍。在家里，我花了一个小时收拾完父母的税，又提醒妈妈给汽车换油。工作时，我打完瞌睡一觉醒来，发现身边堆满了文件，一只脏兮兮的小狗在我的胸口打呼噜。回到家，我先结算好父母的账目，帮他们申请完一个反向抵押贷款，立刻换上一件天蓝色吊带裙、一双鞋跟高得吓人的高跟鞋，出门到一家单身酒吧寻找潜在的客户（不知道为什么，结果却被拖上了舞台，在“卡拉OK夜”上唱背景歌曲）。

有些时候，我简直不敢相信这样的工作还有薪水拿。一天早上，我一下子签下了两个客户——这两人刚过70，她们一辈子都是最好的朋友。其中一个最近刚刚分居，另一个从来没有结过婚，两人互相打气来加入“缘聚”。我在一家小店跟她们会了面，餐厅位于偏僻地带，可是供应美味的煎蛋饼，新出炉的饼干入口即化。当我问她们要求什么样的男人时，她们看了看对方，像十几岁的少女一样咯咯笑起来。

“一个牙齿还齐全的人？”从未结过婚的人建议道。

“能有一个神志还清醒的人，我就满足了。”刚刚分居的那一个说。

“你们的标准都相当高。”我假装口气严厉地说。长大以后，我希望能变成这样的女人。

“也许我们该省下钱请个脱衣猛男来跳上几个小时。”从未结过婚的那个眼睛亮了起来。“要请一个年轻、性感的，会做劈叉动作，还能用舌头剥开橙子的猛男。”

这是我的工作，我一边笑得岔气一边提醒自己。不知道为什么，这些日子以来，从广告精英到媒婆的转变已经不再那么可怕。

第九章　想留不能留

我不知道家里人是否会容许我变成另外一个人，对我所扮演的那个聪明、成功的形象，他们真的很投入。这是我在家里的定位。我不知道是否有一天他们可以用其他的方式看待我。

只不过是打个电话。没有什么了不起。成千上万的人每天都在打电话。我啪的一声打开手机输进几个数字，又飞快地挂掉。这是第三次了。

打还是不打，绝对是个难题。如果亚历克斯和盖瑞之间出了问题，如果这些问题跟布拉德利有一丝丝关系……那我打这个电话就是傻瓜了。

按照逻辑，我知道亚历克斯可能是因为婚礼才感觉压力大。或者工作上有什么事。要解释为什么最近她跟家里反常地亲近，盖瑞却罕少出现，可以有一百种理由。可是每次想起亚历克斯和布拉德利在一起的情景——当他们以为没有旁人时拍的那些照片，她提起他妈妈时他看她的样子——恐惧就扼住了我的喉咙。

可是亚历克斯已经订婚了，我提醒自己。也许她和布拉德利有几次聊得很开心，在泰国餐厅分过一瓶啤酒：可他们只不过是朋友之交。我能处理。

跳吧，曼特说过。

如果我要把自己的生活搞砸，为什么半路停下来呢？为什么不干脆滚一个巨大的火球尖叫着一路往下落？毕竟，我的表现一向出色。我拿起电话拨了号码。

第九章

“嘿。”他一回应，我说。我们在高中就这样跟对方打招呼；打电话的时候从来不需要说自己是谁。我希望布拉德利还听得出我的声音；如果听不出的话，来电显示这个创意应该可以保全我的自尊。

“我正要给你打电话。”他说。我提到嗓子眼的心又落回了胸腔。

“所以我已经有了一个计划。”我很高兴他看不到我脸上绽开的傻笑。

“告诉我。”他说。

“不。”我说，“不过下周六六点钟我会来接你。”

“星期六？”他停顿了一阵，我的心又提了上去。电话里的沉默似乎永远不会结束。

“要看看日程表。”他说，“周六晚上有工作。下周日好吗？”

“很好。”我说。

“你真的不想给我个提示吗？”布拉德利说。

“唔，”我说，“带个好胃口来。其他的我会安排。”

挂上电话，我靠到车座上闭上双眼，向空中击了一拳。我终于做到了。

过了一会儿，我走出汽车上了简的前门台阶。打给布拉德利之前我就已经到了她家门口，好躲过在家里打电话的危险。就按我这种运气，爸爸会碰巧拿起分机，按下几个号码后恼火地朝我挥舞他的中餐菜单，妈妈则站在走廊里把一个玻璃杯贴在我的卧室门上，当然，她的耳朵也会一起贴上去。

我不希望家里人知道下周日的约会。这是只属于布拉德利和我的时刻。我终于有机会去思考该拿他怎么办。

七点整，我按响了简的门铃。时间一分不差。

“凯蒂，你去开开门好吗？”我听到简的喊声。

凯蒂回答了几句，可我听不清楚。

“不，如果是妈妈让你去就没关系。”简说，“不过，除非妈妈同意，不然你不可以随便给人开门。”

凯蒂用又尖又细的声音再问了一个问题。

“是的，我让你去把门打开。”简说，“这不是陌生人。是林赛。”

唧唧喳喳又是一个问题。

“我知道这是林赛，因为我能看到她在窗外！去——算了，妈妈去开门。”

没多久后门啪的一声打开，门口出现了穿着浴袍和红色高跟鞋的简。“一个字也不要说。”她警告我，接着流出了眼泪。

“没有这么糟糕。”我一边告诉她一边打开纱门进了屋。

“太糟糕了。”简又是哭又是笑，“当时我在想什么？”

我看着她的刘海儿，如果那还可以叫做刘海儿的话。太短，像一个微缩的莫霍克发型。

“我本来只想修一下，”简说着抹眼睛，“左边看起来比右边短了些，所以我就修了修左边。但是这样右边又比左边短了，所以我——”

“又把它们剪平了？”我试探着问。

“剪了又剪。”她呻吟着，“接着还继续剪。就像一个跷跷板一样。哦，上帝，我的样子吓死人了。看看我！”

我在心里温习梅给的提示，可是我十分确信她没有提过怎样应付“爱德华剪刀手”剪出来的发型。

“我真不该这么做的。”简的下唇颤抖着，“那个男人只要看我一眼就会吓得喊着跑掉。”

我必须控制住局面，马上。“来吧，”我说着抓住她的手拖进厨房，

第九章

“我们需要的第一样东西是一杯葡萄酒。”

“是不是有什么秘诀可以用酒把头发修好？”简急切地问，向一个塑料杯里倒了一些霞多丽葡萄酒，杯子是饭店免费送给小孩的那种，上面印着卡通角色。

“不。”我说，“使劲喝上一口。不，那是一小口。我要你喝一大口。感觉好点了？”

“好一点。”简说。

“至于你的刘海儿，”我说，“让我再仔细看看。”

我看了看，又伸手摸了摸，仿佛一个验病的医生：“嗯，嗯。嗯，嗯。”

“一动也不要动。”说完我快步来到自己的车边打开后备箱，拿起一直藏在备用轮胎下面的化妆包。我让简在客厅坐下——那里光线够亮——接着打开化妆包。

“闭上眼睛。”我一边命令简，一边先把她的刘海儿向后拨，再拨到一边喷上柚子味发胶定型。

“已经好些了，”我用食指拍着下唇说，“不过我们还需要点别的。”

我在客厅四处张望，却没有看到什么用得上的东西。

“我可以在你的衣柜里找找吗?”我问。

“好啊，”简说，“也许你还能给我找点能穿的衣服。刚刚我穿上条裤子，发现屁股上有个小泥巴手印。到底我是怎么想的？我根本还没有准备好约会。我简直一团糟。”

我把喋喋不休的简扔在客厅里，快步上楼在衣橱里找到一条配有松松的丝绸腰带的裙子。这条裙子绝对是过时无疑了，不过我在打腰带的主意。我把腰带从环扣里解下来，又奔回客厅。

“让我把你的头发扎起来。”我说着用腰带贴着她的发际线，绕成一圈盖住刘海儿。“把发尾这样垂到肩膀上，看起来就像一条长围巾。你看起来像个漂亮的法国女人。太棒了！”

简站起来照了照镜子。

“样子不错！”她说，“你能每天早上都来帮我绑一次，绑够一个月吗？”

不再被难看刘海儿挡着脸的简仍然年轻且面带稚气，而且不知道什么原因，她看上去似乎还很优雅。

五分钟后门铃响起时，简已经准备妥当。

她穿着一条黑裙、一件式样简洁的杏色毛衣。我们刚刚用透明胶带粘过这件毛衣，粘下来不少豚鼠毛，还有我的口红不小心划出的一条印。

简看着我，笑了。“是他！”

“我知道。”我小声说。

“我真的很紧张。”简说。

“没事的。”我允诺道，“吸气。”

她深深地吸了一口气。“感觉好点了。”

“开门。”我做口型说。这家人是怎么回事？

“噢，对啊。”她说。

她拉开门，足科医生站在门外。他大约40来岁，从未结过婚，稍微有些羞涩。不过他的笑容很亲切，就像他的一双蓝眼睛。

“我是托比。”他说着清了清嗓子。

“我是简。”她说，“见到你很高兴。你要进来吗？”

“当然。”托比说着走进客厅。他个子非常高，衬衫太短，露出了他的腰，不过他的手里拿着一束水仙花。看着他们紧张地向对方微笑，我感觉自己像仙女教母。

“我叫林赛。”我告诉他，“很高兴见到你本人。”

“这两个，”这时凯蒂和克里斯跑进房间，简说，“是我的双胞胎。”

托比低头看着他们。“嗨。”

“你好大个。”凯蒂严肃地告诉他。

“我知道。”托比欣然同意。

“你的脚为什么这么大呢？”问话的是克里斯。

“因为我的胳膊有这么长，”托比说，“想看变戏法吗？”

两个孩子都点点头，托比卷起袖子，脱掉了一只鞋。他坐在地上，身体向前倾让右前臂搁到地板上，够着右脚。

“看看它们，是不是一样大小？大人们都是这么长的。他们的脚和上肢一样长。”托比说。

“真的吗？”简问，“太神奇了。”

我喜欢托比只是简单地向孩子们解释事情，而不是用居高临下的口气告诉他们。

“噢，”托比说，“这是给你的。”他穿上鞋子，但我已经注意到他的褐色袜子在脚跟上有个小洞。他起身把水仙递给简。

“谢谢你，”她说，脸上的笑容更深了。“我去把花加上水。”

她急急忙忙向厨房走去，托比站着轻轻来回摇晃。他一定十分紧张，都不跟孩子们上解剖课了；我能感觉到焦虑一波一波地向他袭来。

我踮起脚尖在他耳边小声说，“我想她喜欢你。”

他似乎吃了一惊，然后燃起了希望。“真的吗？”

“绝对。”我一边小声说一边微笑看着他，希望能让他多些信心。“今天你们会有一个愉快的夜晚。她是一个幸运的女人。”

“你看起来，嗯，真的不错。”简回到客厅时，托比对她说。

加油，托比，我默默地为他喝彩。

他们出门时有一阵小小的混乱：简伸手开门的同时托比正好试图为她拉着门，凯蒂突然发现妈妈要离开，哇的一声哭开了；幸好简成功地理清了局面，她小声贿赂了凯蒂一个冰激凌。

“玩得开心些。”我对着他们的背影大喊，心满意足地关上门，转身看见双胞胎。

“冰激凌。”凯蒂双手放在小小的屁股上，要求道。她站的姿势让我想起小时候的亚历克斯。

“来找我！”克里斯一边下令一边朝楼上跑去。

我感觉到接下来的一段时间里，成功的媒婆事业是帮不上我什么忙了。“让我们这么办。”我告诉凯蒂，“我先去找你哥哥，再给你冰激凌。”

“冰激凌排第一。”她的模样跟进行庭外和解谈判的纽约律师一样精明。

“我们三个人一起吃冰激凌不好吗？”我装出一副快活的口气问。我注意到如果父母试图让自己的孩子做一些死活不肯做的事，就会用这种口气。可惜我想起来的时候已经来不及了，装腔作势的快乐语调似乎让孩子更加生气。

“冰激凌！”凯蒂大喊。我及时屈服（爱之深责之切，这是我的哲学），给了她一勺冰激凌，然后上楼找她的哥哥。

“他不在浴缸里！”我兴高采烈地说，“不在衣柜里！不在床底下！”

那孩子到底在哪儿？十分钟后，我吓坏了。我弄丢了一个孩子。这绝对是一个足够开除的罪名，远比把一个同事按倒在会议桌上要糟糕多了。

就在这时我的手机响了：是雅各布。

“嘿。”我努力想要表现得放松又镇定。

“我现在要去赴约会。”他说。

“很棒。”我一边深呼吸一边跑回楼上。“等我一下子。”

我把手机捂在身侧，免得声音传出去。

“克里斯？如果你出来的话，我会给你一个惊喜！“我喊道。

我又把手机举到耳朵边。“雅各布？”

“我还在，”他说，“我要进餐厅了。我只是……我想我只是想听听你的声音。”

“你很紧张吗？”我一边问一边把沙发垫子扔开，又偷偷看了看餐桌下。

“有一点，”雅各布说，“而且……嗯，我喜欢跟你说话。”

我把电话调成静音喊了一声“克里斯”，接着把电话调了回来。

“我也喜欢和你说话。”我说。

“是不是不该这个时候打电话找你？”雅各布问道，“你听起来有点忙。”

“没有！”我说着用手背擦掉眉毛上的汗，“一切都很好！”

“总之，我想请你帮个大忙。”他说，“如果要重新开始跟人约会的话，我需要一些新衣服。你能跟我一起去买吗？我讨厌购物，而且到离店的时候我总是随便拿一件黑毛衣来安抚售货员。我大概已经有九件黑毛衣了，没有 件合身的。”

那孩子究竟在哪里？

“当然。”我一边说一边拉开炉子朝里面张望。“我肯定可以帮你戒掉黑毛衣瘾。这是我的专长。”

“谢谢。”雅各布说。

“今晚与吉米娜玩得开心些。”说完我挂上了电话，心里感觉有点刺痛……难道是嫉妒？我想象自己坐在雅各布对面一个舒适的座位上，也许探身过去尝尝他的饮料，与他目光交汇。

“还有冰激凌吗？”凯蒂突然在我身边出现，问道。

哦，上帝。克里斯！

我的眼前突然闪过一幅画面：克里斯被困在一个旧冰箱里——倒不是因为周围有冰箱，不过在我们小时候，爸爸一直喋喋不休拿这个来吓我们（他也警告我们不要碰落地风扇，而且在向我们展示转动的扇叶如何把铅笔切成两半的时候，他似乎从中满足了某种恶趣味）。“如果你们把手指放进去的话就是这个下场。”他手里郑重地举着一个铅笔头，对我们说——事后他还会把铅笔头放在餐桌上，以示警告。整整一个星期我们都怕风扇怕得要命，亚历克斯决定看看它还能搅碎点别的什么。她成功地试了一把直尺、一个木头勺子、一根鸡骨头，直到爸爸的网球拍柄崩碎了风扇扇叶。这算不上什么糟糕的损失，因为爸爸自从在学习发球时把球拍拍到了自己眼睛上，就已经放弃了这项运动）。

简家里没有落地风扇，对吧？也没有会戳眼睛的尖角桌子、容易烧起来的衣服、开了瓶的Drano洗涤液，或者披着雨衣的男人吧？（爸爸对我们的安全有很多顾虑。）

“我会给你世界上最棒的惊喜。”我再次飞奔上楼做出了绝望的允诺，“只要你出来！”

洗手间水槽下的柜门立刻打开了，一个皱巴巴的小脑袋探了出来。他是怎么挤进去的？他简直是一个微缩版中国柔术演员。

“我要你的奖杯。”克里斯说，“你答应我有个惊喜。”

“什么奖杯？”我筋疲力尽地瘫倒在浴缸边上，问道。

“发给‘最会找小孩的人’的奖杯。”他说，“你说是市长给的。”

一声巨响从楼下传来，我一跃而起：“凯蒂！”

我奔下楼发现她站在厨房正中，脚边的瓷砖地板上散落着冰激凌碗的碎片，还有一个巧克力布丁。凯蒂脸上仿佛长出了一圈褐色胡须。

“我的冰激凌没有了。”她连忙解释情况，“我还要。”

一个小时后，我把两个孩子的肚子里都填满了冰激凌，泡进了浴缸，又擦干净了他们泼在洗手间地板上的滔滔洪水。把他们塞进了被窝后，我又在房间奔来窜去按他们的要求收齐各种各样的毛绒玩具。我拿了些水来，带他们上了厕所，把毛绒玩具整理了两次，回答了几个令人不安的问题（“鼻屎里有维生素吗？”“为什么你的屁股比妈妈的大？”），还挑好了睡前故事。不过在那之前，我们进行了一场气氛激烈的谈判：

凯蒂：“三本书！”

我说：“一本够了！”

克里斯：“三本！”

我说：“哦，见鬼。”

凯蒂：“哦，见鬼。”

我说：“不，不，我说的是：‘噢，铃铛！’”

凯蒂和克里斯：一副怀疑的表情。

还没有读到第二本书的结尾，我们三人就都睡着了。几个小时后简约会完回到家，看到的我就是这副模样——蜷在动物印花的小毯子里，印花图案是儿童版的动物世界：老虎和斑马在一起快乐嬉戏。

“他们没有给你惹麻烦吧？”她问道。

“一点都没有。”我愉快地撒谎道，一边揉揉眼睛一瘸一拐地下了楼。“约会怎么样？”

“很开心。”简说，“刚开始他有些害羞，但过了一会儿就放开了。我们有很多共同点，都在特拉华州出生。不是很有趣吗？”

我可以断定她喜欢他；老乡遇老乡并没有那么有趣。

“那你是要我给你多找几个对象，还是看看跟这个发展得怎么样？”我问。

珍想了一会儿。

“我其实没有时间兼顾太多约会。”她说。

“我明白。”我说。

“而且我也不能总出门。”她皱起了眉头。

“绝对。”我同意道。

“如果我每天晚上都不在，对孩子们不公平。”她说。

“没错。”我说。

“你觉得呢？”她问道。

“也许我们该看看与托比成不成，”我说，“如果情况不好，我们再采取B计划。”

“嗯，如果你确信的话。”简的口气有些怀疑。

她想给我点钱当保姆费，但我推掉了。

“至少让我请你吃饭什么的。”简说。

“这样吧，”我说，“如果你跟托比成了的话，请我去参加婚礼。”

简害羞地笑了：“成交。”

我们来到楼下，她倒在沙发上。我看了看表，漫不经心地想，不知道雅各布是不是也约会完回家了。

“我的脚疼得要命。”简脱下鞋在地毯上按摩着脚趾。“这是今年我第一次穿高跟鞋。你想要来杯酒吗？”

“不，我得走了。你不用起来。”我说，“我自己走就好。”

我给了她一个告别的拥抱，向门口走去。找到自己的钱包和手机后，一个出人意料的声音突然从客厅传来，我停下了脚步仔细听着。过了一会儿，微笑爬上了我的脸。

那是简在哼歌。

整个早上很安宁，梅和我一直在打电话跟进客户、更新档案。大约十一点时，我冲了一杯茶，偷偷拿了一片梅做的巧克力太妃曲奇（早餐吃的煎蛋分量少得可怜，两片吐司也一样）。我刚刚坐下来为新客户设计方案，电话响了。我离电话比较近，便拿起了听筒。

“缘聚。”我说。我踢掉鞋，摇晃着新涂的脚趾。昨晚梅又逼着我早点下班，我去美甲店把脚趾涂成了亮红色。除了做脚指甲痒得要命、害得我差点一脚踢在美甲师脸上之外（美甲师的反应十分灵敏；她像一匹小马驹一样跳开了），昨晚的经历是十分美妙的。

“梅在吗？”一个陌生的声音问道。

“可以让我转告她是谁打电话吗？”我问。

“你是谁？”电话那头的男人生气地说，“她的秘书？开玩笑。她现在都有秘书了？”

梅看到我脸上的表情，接过了听筒。

“我是梅。”她说，“哦，原来是你。”

那家伙开始骂骂咧咧，她的脸沉了下来。我听不清楚他的话，但我能听出他在大喊。

“我请你以后不要再给我打电话。”梅说，“我们已经签了所有的离婚文件。没有什么好说的了。”

啊，迷人的前夫。我是不是该走开一会儿，给梅留点隐私呢？犹豫不决的我备受煎熬，只好假装埋头阅读档案，对方则继续在电话里咆哮。梅的声音冷静，但她抓着话筒的手指泛出了白色。

“我觉得从现在开始，我们最好通过律师交流。”过了一会儿她说。她终于翻了个白眼挂上了电话。

“告诉你他很难伺候了。”梅说。她努力想要挤出一个微笑，却没有成功。

“对不起。”我说，“刚才的谈话一定不太好受。”

梅点点头，转身埋头到文件中。显然她不想谈。我也试着回头工作，却集中不了注意力。早上那种让人心旷神怡的宁静气氛已经一扫而空。过了一会儿我起身收起茶杯洗干净，看了看时钟。已经快到正午了。

“要我出去一趟买些三明治吗？”我提议说，“你想要什么我都可以买回来。”

“你知道我想要什么吗？”梅说着放下正在读的文件，揉了揉眼睛。“我想出去走一会儿，不想刚才发生的事。这一页我已经整整读了五遍了，可我一点也不知道它讲的是什么。”

“那我们走吧。”我说着拿起钱包。我们钻进梅的黄色甲壳虫，她启动了引擎。我伸手去开收音机，这样她不讲话也不会感到有压力。可是梅开口了，我的手停在了半空中。

“你知道吗，以前我是一个完全不同的人？”梅说。她淡淡地笑了——是那种不无苦涩的笑容——把手伸进钱包里。

“我一直带着它，这样我就永远不会忘记自己曾经是什么样子。”

她伸手进钱包拿出一张照片递给我。因为被来回抚摸了很多次，照片的边缘已经磨损。照片中是个骨瘦如柴的女人，穿着一件及膝百褶裙，笑容有些僵硬。她的唇膏是类似芭比娃娃的粉红色，金色直发用一条花朵发带绑在脑后。发带勒得很紧，光是看照片已经让我一阵头疼。“这是你？”我盯着梅那一头不太服帖的鬈发、脚上的勃肯凉鞋和没有修整的手指甲难以置信地问。

“我丈夫原来是一个州参议员。”梅启动车沿着街道往前开，脸上露出一个嘲弄的微笑。“而我是绝佳的社交太太。我曾经是青少年联盟的秘书长，烹的茶好喝得能让你把舌头吞掉。到现在我还能做出超棒的西洋菜三明治，切掉焦皮时可以切出90度。在插花上我也称得上黑带级别。”

我又看了一眼那张照片。一双眼睛没有变，但这是唯一的相似之处。我知道梅说的是真话，可是一切似乎太令人难以置信。

“我以为我拥有想要的一切。”梅说，“可是那时我从来没有想过是否还有其他的可能。我从来没有时间去思考生活中还有什么；我太忙，忙着给丈夫的衬衫上浆。”

我感觉到这一切在梅的心里已经冰封了很久，而此时她需要宣泄。我一言不发地看着她。

“如果不是我丈夫连任失败，也许我还过着同样的生活。”她说，“那时他从自负变成了真正的卑劣。他喝得越多，就越觉得输掉竞选是我的责任。辩论时我对他笑得不够多；我的衣服颜色不够爱国；他还说，因为我的错，我们没能有孩子——如果媒体拍摄时他有个宝宝抱，选民们会更喜欢他。你能相信吗？”她的音调变得刺耳起来：“他把我的不育症——我生活里最痛苦的事情——变成了一个政治缺陷。”

我伸手放在她手上，轻轻捏了捏。“那一定很难过。”我轻声说。

“就在那时，我知道我一定要离开，否则我的生活就到头了。”她说，“它的确走到了头，在某种意义上，不过是用最好的方式。我不再以原来的方式生活。到现在已经过去了七年，我们才刚刚理清离婚文件。你能相信吗？他觉得离婚在政治上是个硬伤，因此能拖多久就是多久。”

“我很遗憾。”我说。此时仅仅语言似乎不够。

“我也是。”梅说，“遗憾在这个男人身上浪费了12年。”

然后她大笑起来，笑容再没有一丝苦涩。

“大多数时候我都不会为它烦恼。”她说，“我做了很多年的心理治疗，才做到不让它困扰我。可是今天他打电话来的时候，我又退回到了过去——又有那种生命被白白浪费的感觉——我没有办法开心起来。”

“转变很难吗？”我问，“从原来那个你到现在这个你？”

梅咬着下唇想了一会儿。“是也不是。”最后她说，“九岁的时候，我非常害怕游泳池里的高空跳水板。有一天游泳池开放时，我去了。那里除了我只有几个救生员，他们正在互相打情骂俏，根本没有注意到我。我还记得爬上通向跳水板的阶梯，脚趾贴上冰冷的金属时的感觉。我一直盯着脚下的泳池，足足站了十五分钟——泳池的水面异乎寻常地远。接着我向空中迈了很小的一步。

“吓人吗？”我问她。

“是世界上最容易的事情。”梅说，“我要做的只是让地球引力做主。一旦放弃执念、让一切回归本性，大自然十分清楚该怎么做。恐惧让人难以承受，但实际上行动并不困难。”

“所以，你重塑了自己。”我说，“太神奇了，你改变了一切。”

“但我不认为这有什么了不起。”她说着把头搁在座位的垫枕上笑了。“我想我们每个人都在不断重塑自己。首先，我们从婴儿变成小孩，然后是青少年——这完全是一个截然不同的物种，最合适他们的位置可能是动物园。我们几乎还没有尝到做一个年轻的成年人是什么滋味，马上就要面临一大堆压力：先要找到一个伴侣，要适应夫妻生活里的新角色，然后大多数人会为人父母。接下来你马上发现时间过得越来越快，中年已经到了。做了父母的把孩子送进大学，其他人看着镜子里那个长灰头发、鱼尾纹的陌生人，满心疑惑我们是如何在一夜之间摇身变成了我们的父母。不过如果我们不过于执迷——如果我们不拼命拽着曾经的自己不放，而是放开恐惧顺其自然——那就容易多了。”

这时绿灯亮了，梅朝左转开到了一条布满饭店和商铺的街道上。一辆红色的暴力跑车尖叫着从我们旁边经过，驾驶座上的男人赫然把一侧的头发留长了梳到另一边，徒劳无功地想要盖住秃头。

“看到了吗？”梅说，“拼命拽着不放可不是太吸引人。”

我笑了，却没有说话；我忙着思考梅那番话里的道理。

“你有姐妹吗？”我问。

“我是独生子。”她说。

“有时候我在想，正是因为我姐姐，我才成为今天的我。”我费力地吐出一句话。我的喉咙发紧，以前我从来没有跟任何人谈过这个话题。“就好像亚历克斯扮演的是漂亮的角色，而我扮演的是聪明的角色。我不知道家里人是否会容许我变成另外一个人，对我所扮演的那个聪明、成功的形象，他们真的很投入。这是我在家里的定位。我不知道是否有一天他们可以用其他的方式看待我。”

梅点点头。“家庭就是这样。”她说，“如果你有所改变，那意味着其他人都要跟着变化，给新的你腾出空间。而且变化说不定很吓人。”

“你是怎么做到的？”我问，“当你转变的时候？”

“对我来说比较容易，”她说，“我抛下一切搬离了安纳波利斯，转换空间可以给你一个全新的开始。不过，每年我去新泽西看望父母时，我发誓我又会陷进旧的模式，尽管我这一生都在跟它抗争。不管我穿什么，我妈妈总能挑出错来。只有真正的行家才能做到这点，考虑到十年内我已经从Talbots牌转变风格到穿扎染衣服。”

“那你怎么办？”我忍不住笑了。

“我夹着尾巴逃回马里兰，能跑多快跑多快。”梅哼了一声，“你能想象一个50岁的女人缩在火车上、而她80岁的老母亲拄着助行架一瘸一拐地在旁边追，一边还对着打开的车窗喊：别吃火车上的东西，不然你会生病的。”

“我还以为只有我家人疯得很。”我咯咯笑开了。

“哈。”梅说，“你知道非正常家庭怎么定义对吧？成员超过一名就是非正常家庭。”

梅把车停好，关掉点火器，我们两人却都没有碰门把手。

“我要告诉父母工作的事。”我说。我能感觉到笑容已经从自己脸上消失。“这件事已经拖得太久了。不过我不觉得我可以告诉他们我是被解雇的。”

“为什么不呢？”梅问，“让他们知道你也是个人，真的有这么可怕吗？”

“成功是我的一切，”我说，“但是现在我已经不再成功。”我想到这些话听到耳朵里引起的感觉，顿时有些后悔。“我不是说为你工作不值得骄傲——”我开口说。

“但这不是飞去东京、监管照片拍摄，还有那些你告诉过我的事情。”梅真是善解人意。

“我和我的父母住在一起，”我说，“今天早上妈妈还给我的吐司涂了黄油，天哪。我觉得好像被困在一部糟糕的情景喜剧里面。也许，如果大家对我的期望不是这么高，可能还没有这么可怕。我原以为总有一天我会经营一家公司，可以送父母去畅游世界，让每个人都飞到我在汉普顿的住所度假。”我也不知道自己是否在笑。“讽刺的是，亚历克斯得到了这一切。她得到了我想要的一切，办法是嫁一个有钱人。她根本不需要为任何事努力，一切唾手可得。”

“这并不表示她没有问题。”梅说。

“是啊。”我哼了一声，“到底是先去见美甲师呢，还是先去美黑床上躺着，我也觉得这的确是个困难的决定。”

“你不认为亚历克斯也有烦恼吗？”梅说，“会让她痛苦的事情？”

我想到我的感觉：她和盖瑞的关系并没有表面上看起来那么和美。她从来不提他，最近也没有提起过婚礼。

“以前你跟亚历克斯谈过心吗？”梅问，“我是说交心地谈。”

“当然。”我说，“六岁的时候。除了相同的父母，我们完全没有共同点。我们两个人居然是双胞胎，简直就像一个遗传学玩笑，但是对我开的玩笑。”

“你为什么要看低自己呢？”梅问，“你很美。”

我摇摇头。

“不，你真的很美。”梅坚持说，“我们第一次见面的那晚，你在酒吧里光彩四射。你身上有一种吸引人的魅力。可是只要一谈起你姐姐，你就从根本上改变了，就像光彩在你身上熄灭了一样。”

我低头看着自己的手。“我想我觉得好像只要她在身边，没有人会注意我。”我轻声说，“好像我无足轻重。”

“如果试试抛开细枝末节好好跟你姐姐谈一谈，你觉得会怎么样？”梅问道，“试试告诉她你被解雇了怎么样？”

我摇了摇头。“我最不愿意告诉的人就是她。”

“因为你不能让她赢对吧？”梅问。

这句话有点刺人，即使梅语气温柔。

“她也不愿意让我赢。”我说，“上帝啊，听听我都说了些什么，跟个两岁小孩差不多，是应该让人给我的吐司涂黄油。”

“我只是说，她可能会让你吃一惊。”梅说，“如果不行的话，又能糟糕到哪里去？你还是一样聪明，还是一样能干。你还是你。”

“好吧。”我说。我知道自己听起来很勉强。“也许。”

“就这样吧。”梅说，“你听我说教了半天，所以你赢了一个奖品。要派还是要冰激凌？”

“你的意思是我一定要选吗？”我们走出车门，我问。

“这才是我的好女孩。”梅说着挽起了我的胳膊。

第十章 爱恨交织的情感

我盯着她，这不是我所知道的亚历克斯，她在敞开心扉告诉我她真实的感受。如果她爱的人不是布拉德利，那么，此刻也许会成为我们之间关系的转折点。我们甚至可能成为真正意义上的姐妹。可是我心里那黑暗、丑陋的嫉妒的种子已经长成了难以拔除的大树，它隔开了我和亚历克斯。

周日晚上似乎有一个世纪那么远。布拉德利的脸总在最出人意料的时刻突然浮现在我的脑海里：早上冲澡、在干洗店排队、下午我抱着零食大快朵颐的时候。（既然我不是弗洛伊德，那么我到底挑了什么休闲食品以及与此相关的图像是什么内容，都一点也不重要。另外说一句，香蕉的钾含量很高。）我为周日晚上做了各种不同的计划，经过一番选择、调整、修订，最后的版本在每个细节上都完美无缺。

差十几分钟到六点时，我把车停到了他家门口：在这之前我已经绕着他家所在的街区开了十五分钟。本来我是准备按照流行的做法迟到一会儿的，不过开着父母的老爷车一次次经过附近时，一个在户外“劲走”的女人不停地向我投来警惕的眼神。如果再绕上一圈，可能就有一根狼牙棒在等着我了——这绝对不是今晚轰轰烈烈浪漫开场的好办法。

布拉德利住在伍德利公园附近，国家动物园的后面。他家所在的街区到处是老房子，不过保养得都不错。不少房子前门廊上摆着阿迪朗达克椅子和折叠式婴儿车，一只毛茸茸的黄金猎犬在一户人家门前的草坪上啃网球。傍晚柔和的阳光下，一群小孩在玩捉人游戏，其中一个孩子的父亲留神盯着他们，另外一个手里拿着报纸。

如果要为布拉德利挑选一个住处，我一定会选这里。他融不进珠光宝气的乔治敦，也不适合牛气哄哄的国会山。可是在这里，住户们会聚在一起开小区派对，在家里糖用光的时候去敲邻居的门。都是有血有肉的家庭，住着有血有肉的人们。

“嗨，”布拉德利来开门时，我只说了一句。他看起来棒极了，让我呼吸困难。他穿着退色的牛仔裤和黑色套衫，头发有些凌乱。从他对我微微笑时挑眉毛的模样，他喉结稍稍突出的模样，我仍然能够看到少年布拉德利的影子。时间抚平了他年少时鲜明的棱角，不过布拉德利的变化并不明显。转变后全新的我用全新的眼光看到的他，就是这副模样。

“林赛？”布拉德利难以置信地问。我一动不动任由他上下打量，就像多年前的布拉德利，今晚是我孤注一掷的圣玛丽一击。

我穿上了新仔裤、“玛丽莲”皮靴、紧身裸色蕾丝吊带背心，还有暗红色小山皮外套。披着一头蓬松的波浪发，脸上的妆花了半个小时才化好。所有过去认识我的人里，布拉德利是第一个见到我的新面目的人。我用眼神恳求他：请喜欢我。

“你真漂亮！”他说着打开门让我进屋。

“谢谢。”我说。

“你是做了头发吗？”他说。

“我是需要修修头发。”我笑了，“一直都忙得很。”

“我喜欢你现在的样子。”他说。

“是吗？”我问。他的称赞涵义深远。他喜欢它。他喜欢我。

“是啊。”他说着又上下端详了一遍。他的目光在我身上游动，阳光一样温暖着我。一股甜蜜涌上心头，我感到头晕眼花。“当然。”

我们相视而笑，布拉德利说：“让我带你兜上五秒钟看看我家。”

“我相信我买了十秒钟的票。”我假装抱怨道。

“好，那我们走上两遍好了。”他说，“这是客厅，很明显，后面是大厨房——”

“噢，布拉德利。”这时我走进客厅，打断了他。客厅里全是照片，大约有好几十张。我目不暇接地观赏着满屋布拉德利的作品，感受它们呈现的美。其中一张照片拍的是一个在公共汽车站里拿着金属饭盒的老人，他的脸上皱纹肆虐，但腰背骄傲地挺得笔直。另一张里有个在旷野追逐萤火虫的小姑娘，她马上就要捉住那神奇的光芒，露出的笑容比她的大眼睛还要明亮。还有一张黑白照片，上面是两双十指交缠的手——分别属于一个男人和一个女人。看到的那一刻我就明白他们已经在一起好几十年，依然爱着对方。布拉德利的照片不仅仅是按下快门捕捉瞬间。他们在讲述一个又一个故事。

照片里有一张是我。

像中的我大概16岁，正在布拉德利父母家的餐桌上温习功课。我咬着一只铅笔头，苦苦思考着一篇英语作文。阳光斑斑点点地从我身后的玻璃窗照进来，落在黑色的头发上。

“我都不记得你拍过这张。”我不禁笑了；布拉德利的客厅里有一张我的照片。他留了这么多年。

布拉德利走过来，站在我身后。

“天哪，我们那么年轻。”我说着转身看他。

“我知道。”他说，“有时候我觉得一切都变了，但有时候又好像一切还是原来的样子。”

“我明白你在说什么。”我说。有一会儿我没有把眼神从他身上挪开，希望他能够明白对我来说哪些事情一如过去，又有哪些已经改变。我对他的感觉二者兼有。

布拉德利先开口说话。

“我来带你看看楼上。”他说着给我领路。我们踩上老旧的木头楼梯，楼梯发出让人舒服的吱吱声。

“卧室——哎哟，忘了铺床——浴室，客房。”他说。

“棒极了。”我说。的确是的。其中一面墙上，布拉德利没有挂画，而是挂上了一个古董相机的三脚架。他的老吉他放在屋角。卧室墙边放着一个深色木头书架，里面摆满了历史书和传记。我看见角落里有一双十磅哑铃，想起布拉德利除了麦片什么也不吃的事迹，忍不住笑了起来。

“你住在这儿多久了？”我问。

“我去年买的房子。”布拉德利说，“我喜欢这附近。刚开始有一大堆事情要做，不过快收拾完了。而且这里离我父亲的房子只有20分钟，我们每周聚上一两次。”

“我也很想再见见他。”我说。

“下次我过去的时候会给你打电话。”他说，“他在跟一个新认识的女人约会，我觉得关系已经相当稳定了。她是一个环境律师。”

“你喜欢她吗？”我问。

“喜欢。”他说，“她非常适合我爸爸，你见到就会明白。”

这个承诺让我安了心：他要我去见他父亲交往的女人。我们的生活又一次交织在了一起。

“就穿我身上这一套去神秘地点行吗？还是我应该换一套好一些

的？”布拉德利问。

“你看起来棒极了。”我说。我清了清嗓子，调开了目光；我本来不想显得这么热切。

我领着布拉德利找到我的“魅力之车”——那辆饱经风霜的旅行车，前座上还散落着双焦眼镜和碳酸钙片剂——向北开去。

“你不准备给我个提示吗？”布拉德利调了一会儿电台，倒回了座位。布鲁斯·斯普林斯汀开始唱一支关于穿夏装的女孩的歌，我摇下了车窗。夏天很快就会到来，就像斯普林斯汀许诺的那样；温暖潮湿的空气充满了希望。跟布拉德利一起过夏天会是什么感觉？周末即兴开车去海滩，或者傍晚待在他家的前廊上，在一起喝同一瓶啤酒的时候探身给他一个吻？

“没有提示。”我说。今晚一直让我十分紧张，可现在我只觉得劲头十足。布拉德利在偷偷地瞄我，仿佛他不敢相信自己的眼睛。这是一个美妙的晚上。一切都很完美。

车在一个红绿灯前停下，我提包里的手机响了。令人难以置信：亚历克斯来电话。她是不是有某种专门探测第三者的超感知觉？

“你不要接电话吗？”布拉德利说。

“无关紧要的电话。”我对布拉德利笑笑，同时按下键关了手机，放回提包。亚历克斯的打扰行不通了。今晚不行。

“嘿，我认识这个地方。” 我开进停车场、关闭点火器时，布拉德利说。

我们的高中一点也没有改变。本周早些时候我已经给管理处打过电话，确认了今晚学校不会举行活动；以我一贯的坏运气，学校里会上演

《俄克拉荷马》[1]！我就只好在*The Surrey With The Fringe On Top*的阵阵高歌中向布拉德利求爱。不过眼前的高中静悄悄的。

“来吧，”我说，“让我们走一走，怀怀旧。”

我们下了车，我领着路向学校后面走去。一小时前我放在那里的梯子还在原地。

“不会吧。”布拉德利说着开始笑。接着他的声音低了下来：“他们可能会撤销我们的文凭。”

“我没有这么说！”我抗议道，轻轻在他胳膊上捶了一拳。

“准备好爬了？”他说，“要我先吗？”

“这次我先走。”我说着抓住梯子边，吐了一口气爬上去，同时强迫自己不要向下看。布拉德利在地面上喊话鼓励我。这一次比以前要容易一些；那是当然的，今晚早些时候我已经练习了很久。

登到屋顶时，我赶紧四下看了看。所有东西都还在。一切都很完美。

“哇喔。”来到梯子顶端的布拉德利说。他待在最后一级梯阶上没有动，环顾着周围。

红色格子桌布和野餐篮子正放在屋顶的中间。我还加了一些花样——一小束蓝色的鸢尾花，几支用防风花瓶装着的大蜡烛——不过除了这些，一切跟十一年前一模一样。我想重写的只是结局。

“林赛——”布拉德利开口说，接着住了嘴。他似乎太震惊，说不出话来。

“希望你不要介意我用起泡苹果酒代替红酒。”我举起一瓶酒说。起

1 《俄克拉荷马》，1943年出品的音乐剧，由美国音乐界两大宗师理查·罗杰斯和奥斯卡·汉默斯坦二世合力打造，是以描述20世纪初期发生在美国西部乡村的三角恋情故事为主题的划时代歌舞大戏。——编者注

泡酒的价格标签已经撕下来了，这样布拉德利就不会知道我在这瓶酒上花了多少钱。

“不，这是——”他张开双臂，作势要抱住眼前的一切。“哇。”

我走到铺在桌布旁边的垫子上，站着等布拉德利过来。可是他停在梯子最高的一阶上没有动。一股凉气在我的后背升起。

“要过来吗？”我问。

“哦，抱歉。”他说，“我只是——”

他又一次没有把整句话说完。布拉德利过来坐在我旁边的垫子上。也许，他需要一点时间。我有几个月的时间习惯一个事实：自己对布拉德利的感觉起了变化；而眼前的一切对他来说肯定像迎面抛过来的一个快球一样措手不及。以前我曾经深深地伤害过布拉德利；他要再次对我敞开心扉的话，自然会加倍小心。

要慢慢来。我早该想到这一点。

“我考虑在这里开一家餐馆。”我口气轻松地说，“名字叫做野餐反斗城。”

“好主意。”布拉德利说。他喝了一小口酒，低头看着酒杯。为什么他不看我？为什么他似乎不敢正视我的眼睛？

“当然，我得先给顾客做做体能测试。”我说，“确保他们可以爬梯子。”

“那不是会把一些顾客吓跑吗？”布拉德利说。

“是啊，不过或许是件好事。”我说，“我只带了一个野餐篮子。”

布拉德利笑了。

“奶酪饼干？”我怂恿道。哄人是我的老把戏。“我还有夏令香肠。”

“当然。”布拉德利说着接过我递给他的碟子。这次我没买布里干酪，而是买了滋味浓郁的切达奶酪——我知道他更喜欢后者。我想让他注意到；我想让他感觉到我为今晚花了很多心思。

“干杯。”我举起酒杯跟他碰了碰杯。

布拉德利抿了一小口酒。“我不敢相信你做了这些。”

“这没有什么大不了。”我说，“很久以前你也为我做过。”

布拉德利咬了一口奶酪饼干。

“林赛，”他吞下饼干后开口说，“我真的很高兴我们一直是朋友。”

“我也是。”我说。他的语气是那么体贴，他的话也是一样。这肯定是件好事，对吧？

“那你打算在华盛顿待多久？”他问道，“我知道你在调查开华盛顿分部的可行性，不过你是要留下来管理呢，还是会回纽约？”

“有件事。”我说。我感觉自己像多年前的梅，凝视着脚下几乎远得无法到达的池水，心里明白自己只有一个办法走过去。

“我还没有告诉家里人，但我在考虑换工作。”我脱口而出。我需要让布拉德利知道这些，需要他知道我的一切——所有混乱的、破碎的、杂乱的一切。如果我想跟他交往，必须对他诚实。

“前几天一家约会服务公司给了我一个职位，不管你信不信。”

“真的吗？”布拉德利说，“可我以为你爱你的工作。”

“没有那么爱。”我慢慢地说，“我的意思是，确实有些地方我非常喜欢，但是那种压力越来越让人受不了了。放慢步调听起来似乎也不错。除了干活，原来的工作几乎没有给我留下太多时间。可是生活里除了广告还有其他。”

布拉德利点点头。“真棒。”

“真的吗？”我说，“这是我做过最可怕的事情之一了，几乎跟爬楼梯一样糟糕。”

布拉德利笑了。现在他似乎放松了一些，又开始正视我的眼睛。我没有意识到我一直把自己的酒杯握得那么紧；我松开手指，感觉血液又流了回来。

“你做什么都会成功的。”他说，“那跟我讲讲新工作。”

“我是个媒婆。”我说，“你能相信吗？”

布拉德利头朝后仰大笑起来。“太棒了。我永远也猜不到。”

“事情其实挺碰巧。”我说，“但我遇到了一个非常不错的女人，我们谈了很多，她给了我一份工作，而我真的很喜欢。”

“这才是最重要的，”布拉德利说，“我真为你高兴。”

“我谁都还没有告诉。”我说。

我发誓我没有打算过说接下来的一句话。它只是脱口而出，而话出口的那一秒钟，我已经想把它们抓回来。“我想让你最先知道。”

布拉德利的脸上掠过一抹阴影，他低下了头。噢，上帝啊，我犯了一个错误；我必须补过，马上。

“你想再喝点酒吗？”我提议说。

“不，不用。”他说。他几乎没有碰过自己的酒。

“确定？”我说，“我开车。你可以玩得疯点。”

“不用。不过谢谢你。”

“再来点奶酪？”我问。我正在失去镇定，声音又尖又焦躁。我拼命想让自己的口气轻松起来，但却适得其反。

“不，现在就非常好。”布拉德利说。他几乎也没有碰过那些吃的。他的肢体语言完全不对劲；抱着两只胳膊，坐得很僵硬，似乎他正蹲在一堆石头上，而不是今天早些时候我特意从“Pier 1”挑选的软垫。

“给甜点留点地方。”我赶着说话，“我带了你的最爱。”

“林赛。”布拉德利说。他只说了一个词，声音那么温柔。我的名字怎么会让人感觉这么痛？

我低头看着蓝花的小花瓶，感到眼泪涌出了眼眶。

“你知道我有多在乎你，”布拉德利说，“一直都是。”

别这样。求你了，别这样。布拉德利正用温柔的方式让我失望。他正在对我说的话，是上一次我们在同一个屋顶上时我曾经对他说过的话。我后背的凉意变得锐利起来，刺破了我的胸腔，痛苦蔓延到了全身。

“是有别人吗？”我问。

布拉德利低头看着他的碟子。我知道他不会骗我；布拉德利太正直，他做不出来。

他抬起眼睛说：“是的。”这就是他说的。单单一个字，却雷霆万钧。

我大约12岁的时候，有一次拿着一大碗意大利面向餐桌走过去，却绊了一跤摔倒在地上。肚子先着地，因为我双手举着意大利面不让碗跌碎。冲击的力量是那么大，那么出人意料，我几乎不能呼吸，不能说话，也不能动弹，完全喘不过气。现在我正是这种感觉。

我想问那个人是谁，但我做不到。我知道如果一旦再开口我就会哭出声，而我不能这么做。此外，我知道是亚历克斯。总是亚历克斯。

我颤抖着深深吸进一口气，努力把它吞下去。

“你曾经爱过我。”我说。我知道我正在把事情弄得更糟，但我没有办法停下来。

“是的。”他说。他的眼睛是那么和善；它们让我痛得要命。“但那是很久以前的事了。”

“你是什么时候不爱的？”我问。我的声音不再尖厉；现在它完全变成了另外一个极端：这是一个低沉而嘶哑的声音，仿佛它正在被强行拉过一台粉碎机。我知道以后我会恨自己这么做，但我停不下来。

“噢，林赛，我不得不放手。”他说，“你也会放手，对吧？”

我点点头。他是对的，期望这么些年来他一直对我痴心不改并不公平，只不过想象他没有改变的感觉是那么甜蜜。

“我想，我们的时机不够合拍。”我用手背抹去眼泪。哭从来不是我的习惯，可是现在看看我，我不无苦涩地想：我变成了雅各布的前女友苏。

我原想今晚为布拉德利打扮漂亮，我原想要他爱我。我会告诉他一切，让他看到所有人都不知道的、我的各种秘密。但这些都不重要了。他不想要我。他知道我的一切，但他还是不爱我。

他递给我一张蓝色纸巾——我带了纸巾来搭配鸢尾花的颜色。我原本试图预想到每一个细节，但我错过了唯一要紧的一个：布拉德利的真实感觉。我怎么会错得这么厉害，这么愚蠢，笨到了极点？

“现在事情有些乱。”他说，“对你对我都是。我想我们还是先退一步，明天再谈。”

“当然。”我说着露出一个苦涩的笑容。我忍不住。我像一个失去控制的“破碎球”，正在转头回来毁灭控球的人。

“是我姐姐，对吧？”我说，“她就是这么对待人，男人，她让他们爱上她。总是这样。这对她来说毫无意义，知道吧。”

“最近你跟亚历克斯谈过吗？”布拉德利说。

“为什么？”我问。

“林赛，我——”布拉德利开口说，接着一个刺耳的声音响了起来。是他的手机。我们在屋顶坐下时，他把手机从口袋里拿了出来，放到了红色格子桌布上。

我们都盯着它。我们都知道那是谁。

“是她，对吗？”我问。我讨厌自己说话的腔调，但我忍不住。多年来潜藏着的对亚历克斯的愤怒和怨恨一涌而出，像某种毒汁。“她已经订婚了，知道吧。有些人会当成十分认真的承诺，但我想她不会。”

“林赛，最近你跟亚历克斯谈过吗？”布拉德利重复道。

我摇了摇头。有什么关系吗？

手机收到一条新短信，滴滴叫起来，布拉德利又低头看了它一眼。我想，如果他接了电话的话我会死掉，可他并没有碰电话。

“我们该走了。”我说。突然间我必须逃离这里，逃离布拉德利和他脸上同情不安的表情。我站起来开始收拾篮子，把还盛着食品的碟子一股脑倒进去。我倒掉花瓶里的水，吹灭蜡烛，把它们扔在饼干和奶酪上面。我的动作又快又猛。所有的东西都毁了，可这有什么关系呢？我真是个傻瓜，才会以为布拉德利会朝我可怜巴巴的野餐花招看上一眼，然后把我拥入他的怀抱。这种故事只会在电影里发生。在我身上不行。

“我能帮你拿吗？”布拉德利提议道。

我摇摇头，开始从梯子上往下爬。布拉德利的手机又响了。

“不用管我。”我说，“接吧。”

“现在不接。”布拉德利说。他跟在我身后下了梯子，我正大步穿过学校的草坪，他快步赶了上来。“瞧，我知道你不高兴。”

“没关系。”我说，“我会没事的。”

“你要去什么地方谈一谈吗？”他问道。

我要你抱着我，我绝望地想。我要你告诉我你爱我。

“不早了。”我说。很久以前，在同一个屋顶上，他对我说过同样的话。我努力想要露出一个笑容，但我感觉到自己的嘴唇扭得不成样子。“我该走了。明天要早起。”

我们钻进汽车，朝布拉德利家开去，我把车开得飞快。今晚所做的一切都是错误。我没有改写结局；我所做的只是转换了人物的台词。我怎么会算错得这么厉害？

他会告诉亚历克斯吗？我不知道。想到这里，又一波受伤和愤怒的眼泪在我眼睛里慢慢聚集起来。他们两人会不会谈到对我感到有多抱歉？

布拉德利的电话发出啾啾的响声；有人给他留了一条短信。他低头扫了一眼，而我拼命眨眨眼睛。他甚至连等十分钟再忙亚历克斯的消息都做不到。她对他的魔力就是这么强大。

那接下来会发生什么事？她会为布拉德利跟盖瑞分手，还是这不过又是一次调情？我真的不知道哪种场面更糟糕：是看见他们卿卿我我出双入对，还是看到布拉德利心碎，而我心知我们本来可以拥有的机会被生生毁掉，只不过是因为亚历克斯想找点乐子。

“林赛？”布拉德利说。他放了一只手在我的胳膊上。“你必须掉头。”

有那么一下子，我完全被弄糊涂了。掉头？回学校？

第十章

“怎么回事？”我问。我看着他。他的下巴紧绷，脸色苍白。

“是亚历克斯。”他说，“她出了车祸。”

“不知道他是从哪里冒出来的。”亚历克斯说。

她坐在急诊室一个单独隔间的轮床上，仿佛一个扮演车祸受害者的女演员。只有在亚历克斯身上，医院的病号袍才会迷人地耷拉在一侧肩膀上。从车祸中逃生后眼睛上的睫毛膏还丝毫未损的，只有亚历克斯。鉴于一队消防员切开她的“凌志”才救出了她，而另外那辆车上的家伙碎了一条大腿骨，她还平安几乎可以算作奇迹。亚历克斯的运气。

“我没在打电话，也没有在调电台。”我们走进房间时，亚历克斯正在说。一个警察坐在屋角，在一个线圈笔记本上记笔记，一位医生在给亚历克斯查血压。

“他说你在红绿灯前停下来，接着一下子在他的前面启动。”警察说着翻过几页。

“我没有看见他。他肯定是飞过来的，因为前一秒他还不在那儿，接着就砰的一声撞在我的——哇噢！”亚历克斯瞪大眼睛看着我，“穿得真漂亮！”她朝我伸长了脖子。“你化妆了？”

我几乎已经忘了。亚历克斯果然不会错过唯一一样能让我感觉更糟糕的举动：提醒我和布拉德利我为今晚花了多少心思。

“是啊。”我避开她怀疑的眼神，硬邦邦地说。如果亚历克斯一切平安，为什么我们要急急忙忙赶过来？而且——我知道，在今晚最黑暗的时刻，这个问题会反复在我心里翻腾，尽管我已经知道不可能有什么好答案——亚历克斯是不是打过电话给布拉德利？

亚历克斯的眼神在我和布拉德利之间来回，我低头看着地板。她一个字也没有说，但她会在心里猜测。现在是晚上，我和布拉德利在一起，而且我打扮性感，化着妆。许许多多没有出口的想法夹杂着恍然大悟，让气氛格外凝重，我感觉自己正沉到水面下渐渐窒息。

"我们要做个血液酒精测试。"医生解开亚历克斯手臂上的魔术贴。他的话仿佛向房间里开了一枪；布拉德利，亚历克斯和我一齐嚷开了。

"你在开玩笑吗？"亚历克斯问道，"今天晚上我没喝一点酒。好吧，可能喝了一杯葡萄酒——半杯；那酒糟透了——不过就那一杯。而且还是好几个小时以前的事情。"

"也就是说你不反对？"警官说。

亚历克斯翻了个白眼。"好吧。不过你最好给那个司机也做一做。在那个十字路口一路爆炸着开过来的可是他。"

到现在为止，布拉德利和亚历克斯几乎没有正眼看过对方。这比布拉德利上去给她一个热吻还要刻意和明显。他们拼了命地克制自己，房间里的紧张气氛一触即发。我想要缩起来变成隐形，再也不要看到他们中任何一个。或者还有更好的办法，让他们两个人从我面前消失。

"有件事情应该告诉你们。"布拉德利突然说。他一贯温柔的声音变得那么威严，房间里所有人都停下手里的事情转身看着他。

"最近几个星期她的视力一直有问题。"布拉德利说。

"布拉德利。"亚历克斯低声说，仿佛在恳求他。

他是怎么知道的？这个问题在我的心里尖叫。这几个星期来，他们两人多久见一次面？

布拉德利伸出一只手，放在床单上亚历克斯的手边。就在那时我发现亚历克斯手上的戒指不见了。视线顿时开始晃动，我伸手摸索着身后的墙。我盯着他们的手，突然想起了布拉德利客厅照片里那一对老夫妻交缠的十指。

求你了，请别这样。

“她读电子邮件都必须换成大号字体。”布拉德利说。他回头给了我一个表示抱歉的眼神。我扭开头；正视他的眼睛我会受不了。

“当时我累了。”亚历克斯的语气变得愤怒起来，几乎冒出了火药味。“天哪，我有一百一千封邮件要看呢。没什么大不了。我的眼睛累了。”

医生从白大褂的上衣口袋里掏出一只小手电筒。

“向上看。”她说着用手电筒对准亚历克斯的眼睛。“现在向左，向右看，对着光看。”

她用手电筒照了一两分钟。“你还有其他症状吗？”

“没有。”亚历克斯说，与此同时布拉德利说：“头疼。”

我紧紧地闭上了眼睛。我怎么会这么愚蠢？我怎么会不知道自己的姐姐和我爱的人之间发生了什么？

“头痛有多频繁？”医生说。

“每周几次。”亚历克斯说，“压力太大，我有好多事情做。你瞧，我没有喝醉，也没有瞎。去找另外那个家伙，好吗？是他的错。”

“我想你去做一个核磁共振成像。”医生说，“以防万一。”

亚历克斯叹了口气。“拜托，你真的觉得有必要吗？也许我当时是不够小心。可能我朝地上看了一下。”

“我们只是为了保险。”医生说。

“亚历克斯。”布拉德利说。他的眼神一直没有离开过她，仿佛我根本不在这个房间里，仿佛他已经完全忘掉了我。她抬起眼睛盯着他，他们之间有某种难以名状的交汇，好像不说一个字却已经谈了好多话。

“好吧。”最后她说，“好吧。”

“我们现在就送你去做检查。”医生说，“你可能要等一小会儿，但他们会把你排上。”

“现在？”亚历克斯说，她的声音突然紧张起来。

“不如趁还在医院的时候做完。”医生说着把一只手放在亚历克斯肩上。她的脸色很亲切，比刚开始检查时要亲切多了。上帝啊，她不是真的认为亚历克斯的眼睛出了什么严重问题吧？地面再次在我眼前倾斜，房间旋转起来。事情太多，发生得太快。

“比下周再回来检查容易。”医生说。

亚历克斯用两只胳膊抱着自己，点了点头。

“我可不可以要条毯子？”她问道。

“我让护士给你拿一条来。”医生说。她捏了捏亚历克斯的肩膀，离开了隔间。警员一句话不说地跟在她身后。

“给你。”布拉德利说。他迅速扒掉外套罩在亚历克斯身上。这次他没有歉意地看我；

他脸上唯一的表情是担心。为亚历克斯担心。我的喉咙里打了一个结，跟高尔夫球一样又大又硬，让人难以呼吸。

“这些病号服太烂了。”亚历克斯说。

“是啊。”我说。这是我到这儿以后说的第一句话。一时间发生了太多事情，我震惊得厉害，人都变呆了。

电影，我突然想起来。我还以为亚历克斯是在跟布拉德利调情。天哪，她是真的看不清字幕。

“林赛？”亚历克斯问道，“陪我去做核磁共振吗？”

我点点头。“当然。”我还能说什么？

“嗯，现在不是谈这个的时候，不过有些事我得跟你说说。”她说，“我一直在找你。”

“是啊。”我说，“我只是一直都很忙。”

“我知道，我知道。她说，“工作嘛，对不对？”

我心虚地看了一眼布拉德利，但他并没有背叛我。

“是啊，跟平时一样。”我说。

一名护士拿着一条毯子匆匆忙忙进了房间，披在亚历克斯身上。

“噢，毯子是暖的。”她说。

“绝对是最好的。”护士说，“你是我的偶像。我可喜欢你的节目了，一直在看。你的搭档真的那么迷人吗？”

“答应我你不会说出去？”亚历克斯说。她一下子切换到了明星模式；甩了甩头发，笑得跟在电视上一样灿烂。她是怎么做到的？我很好奇。是不是多年镜头前的生涯可以让人变成这样？它是否也会教你轻松关闭真实的情感，就像扳一下开关一样容易？

此时此地，那是我就算拼命也想得到的本事。

护士急切地点了点头。

“他植过假发。”亚历克斯假装跟护士耳语，音量却很大，“如果靠得够近，你可以看见他头皮上植过的细线。”

“噢，天哪，你刚刚打破了我的幻想。”护士笑起来。

“抱歉。”亚历克斯挤了挤眼睛，“跟所有人一样，你只能再回头找布拉德·皮特了。”

一个护理员推着轮椅进了屋。

“他会推着你去做核磁共振。”护士说，“照一下就好。准备好上轮椅了吗？”

亚历克斯掀掉身上的毯子，双腿悬在床边。她的脚指甲涂成了艳粉色，光滑的皮肤晒成淡淡的健康小麦色。就算是在医院，就算现在这种场面下，亚历克斯的行动也像一个舞蹈演员一样优雅。

难怪布拉德利选了她，我沮丧地想。谁不会呢？

“布拉德利？在这儿等我们？”亚历克斯说。

他点了点头。“没问题。”

护理员推着轮椅走到电梯，带我们下到地下室。他跟前台的护士说了几句话，把我们送到了一个小房间。

“现在说这个真是疯了，”亚历克斯说，“但我的订婚已经取消了。盖瑞和我几天前分了手。我想告诉你，可是——”

“可是你找不到我。”我说。过去两天亚历克斯打过两个电话，但我没有回。“你告诉爸爸妈妈了吗？”

“那个浑蛋撞我的时候，我正在回家的路上。”亚历克斯说。她摇了摇头。“我知道他们会失望。他们爱盖瑞。天哪，我一直在想那个订婚派对。要通知的人实在太多了。”

我咽下了一直在嘴里打转的问题——“出了什么事？”——因为我不想知道。或者是因为我已经知道了。亚历克斯和布拉德利在一起。如果现在还没有成真，只不过是时间问题。

我原来以为不管他们是真的在一起，还是亚历克斯跟布拉德利只是玩玩，都一样糟糕。但我错了。前者更糟糕。糟糕得多。

亚历克斯看着我，等我说点什么。

“你和盖瑞之间似乎很好。”最后我终于说，“你们看起来非常般配。”

“你知道有多少人这么跟我说了吗？”亚历克斯是那么激动，我几乎往后缩了几步。“说我们看起来有多般配？就像每个人都觉得我们该在一起，因为我们看着就像一对。我想……”亚历克斯的声音软下来，仿佛她接下来要说的话才是最难出口的。“噢，见鬼，我想这也是盖瑞爱我的原因之一。”

她用一只手盖住眼睛，接着开始按摩太阳穴。

“我们看起来似乎很般配。”她低声说，“可我们不是。我们从来都不合拍，不管我有多努力。”

我盯着她。这不是我所知道的亚历克斯。既不说俏皮话，也不再尖锐；她在敞开心扉告诉我她真实的感受，就像梅给我的建议。如果她爱的是其他人而不是布拉德利，那么此刻也许会成为我们之间关系的转折点。我们甚至可能成为真正意义上的姐妹。可是，我心里那黑暗、丑陋的嫉妒的种子已经长成了难以拔除的大树，它隔开了我和亚历克斯。

“我爱盖瑞。”亚历克斯说，“至少我以为我爱他。可是缺了些什么。我们从来不谈心。他和我总在一起，也很开心，可是当只剩我们两人的时候，我们没有什么可谈的。不像——”她截断了话头。

“不像布拉德利。”我淡淡地说。

亚历克斯低下头。“我知道你们一直都是朋友。我也一直把他当做你的朋友，从来没有想过其他。可是他在我的订婚派对上拍照时，我们似乎来电了。”

在你的订婚派对上，我不无苦涩地想。真会挑时机。

“我一直想告诉你，”亚历克斯说，“可是时机总是不对，而且我们并没有真正发生什么。”

是还没有，我想。上帝啊，为什么亚历克斯总是这么对我？现在我们在等着做核磁共振好看看她的眼睛是不是出了毛病，而我心里满满的嫉妒、愤怒和耻辱即将喷涌而出。我怎么能在自己姐姐最脆弱的时候看不起她呢？

“我知道有点古怪，因为你和布拉德利那么亲密。”她说，“但他说你们之间什么也没有发生过。”

我感觉到她的眼神游过我的紧身背心、解散的头发，然后是我的脸。“你看起来真的很美，知道吧。”她又换上一副疑问的口气，“不管怎么样，你有纽约那个家伙。对吧？”

我紧紧地闭上了眼睛。噢，上帝。这么多误会。这么多串线。我的恋情遇上亚历克斯就是这种下场。

如果我说不——如果我说纽约没有中意的人，我爱的人是布拉德利，你会放手吗？我不知道。还是你会认定你的幸福值得用我的痛苦来交换，就像那些打算把我锁在储物柜的高年级学生？

“林赛？”

我点了点头。只此一次——我更像是抬了抬头——不过亚历克斯已经满意了。我还能怎么做？布拉德利不爱我。心碎已经够糟糕的了；至少我可以试着把已经破碎的骄傲拼凑起来。

“我就知道！”她笑着说，看上去松了一口气，“我就知道你只是故意神神秘秘的。那你到底要不要跟我说说他？”

护士救了我。

“亚历克斯·罗斯？”她叫道。

我起身把亚历克斯推过去。

“跟我来。”护士说。她带我们穿过另一扇门，进到一个无菌模样的房间，屋子正中有架白色机器，形状像一个大甜甜圈。“来躺到这张桌子上。检查大概需要半个小时。你有幽闭恐惧症吗？”

“如果我说有，你就替我去拍吗？”亚历克斯开玩笑说。护士压根就没有笑。

技术员——一个年轻的拉美裔男人——走进房间，按下几个按钮。他几乎没有正眼看过亚历克斯和我。

“多快乐的一群。”亚历克斯说着朝我飞了一个白眼，笑了，“你们都在殡仪馆兼职吗？”

她在努力开玩笑，但有些事情不对劲。她的声音和动作过于夸张，笑话也是憋出来的。她一定吓坏了，我突然意识到。我一直在纠结自己的痛苦，因此没有看到。她当然很害怕，谁会不怕呢？

“把你们钱包里所有的信用卡都拿出来放在外面。”技术员命令道，“不然卡会被消磁。”

我和亚历克斯都在钱包里乱摸，我拿出信用卡放在核磁共振室前面的一个小塑料托盘里。

“请不要动，小姐。”技术员说，“我们会让你躺到桌子正中，用这个面具固定你的头。你觉得舒服吗？”

“几乎跟汉尼拔·莱克特[1]一样舒服。”技术员把固定在桌上的一个灰色塑料面具套在亚历克斯头上，她说，“你手边没有蚕豆，是吧？”

技术员奇怪地看了她一眼，接着他调了调盖在亚历克斯前额上的面具，把她的头固定住。

眼前的一切都是真的吗？我不敢相信。医生真的认为亚历克斯的大脑出了什么问题？

“林赛？”亚历克斯说。她的声音听来遥远而颤抖。“你能为我做点事吗？”

“当然。”我说。我的第一反应是，请别让我去把布拉德利给你找来——这个想法真糟糕。亚历克斯沉默了一下，然后问：“你能抱住我的脚吗？”

我吃了一惊，犹豫了一会儿，握住离我最近的一只脚——她的左脚。那只脚冰凉。过了一会儿，我自动开始揉着它，试图给它一点暖意。我上一次触摸亚历克斯是什么时候？我低头看着她的脚。是在一年以前？两年？很难想象在生命的前九个月中，我们一边长出脚趾、眉毛和指甲，一边挨着对方慢慢地翻跟斗。

“现在一动不要动。”技术员说，他看着我，“小姐，你得退后。”

“没关系，亚历克斯。”我说。我放开她的脚，退后了几步。“你没事的。”

当桌子滑进大甜甜圈的中心时，机器发出了让人惊讶的巨响——就像有人用锤子敲击铁管——亚历克斯从视野中消失了。机器无休无止地给亚

1 哈里·托玛斯的小说《沉默的羔羊》中的主人公。他是一位精神病专家，心态却极度扭曲，在调查对象再无故事可挖掘时常将其杀死。——编者注

历克斯的大脑拍着横截面照片，我们就这样一直待着。

“好了，你现在可以起来了。”技术员终于说，“等到机器滑回去。”

“我可以走了？”亚历克斯一边坐起来一边问，“一切都没问题吧？”

“回急诊室去。”他说。现在他忙着摆弄一台电脑，打印出亚历克斯的大脑扫描。“我会把照片送给你的医生，让她查看。”

“那我至少可以扔掉这椅子吧？”亚历克斯问。

“医院政策。”技术员说。亚历克斯叹了口气，在椅子上跳了跳。我把她推到门口，走下过道。但当我们快到电梯时，身后什么东西让我回过了头。技术员站在门口盯着亚历克斯。真有意思，我都没有注意到他的棕色眼睛有多么柔和，长着长睫毛。就像一只鹿。

在看着亚历克斯的同时，他的右手开始移动——到了前额，到了心脏的位置，到了胸部右侧，接着是左侧。

“你怎么不动了？”亚历克斯问，“赶紧动起来。”

我不能回答，我说不出话来。

技术员正在画十字符号。他在默默地为亚历克斯祈祷。

我不知道我们中间所有人是怎么度过这一夜的。在医院发生了不少事：急诊医生敦促亚历克斯第二天早上去找神经外科医生谈谈；亚历克斯瞪着她，要求医生说明在共振检查图片显示的确切结果；面对我们连珠炮一样的问题，医生一遍又一遍地回答“我没有资格做诊断”。一切都过去后，我们终于离开了医院。

我们先开到布拉德利家，我在车里等亚历克斯陪他进屋。她不到五分钟就回来了。那一段时间似乎永远也到不了头。我朝后倚在驾驶座的头枕上，想要挣脱自己想象中那幅残酷的画面：他们两人站在布拉德利的客厅里，互相拥抱着。

当亚历克斯回到车上，我问："要我带你回家吗？"我皱起了眉。天哪。今晚整个世界都颠了个个。那还是她的家吗？

亚历克斯摇了摇头。"我能待在家里，跟爸爸妈妈还有你在一起吗？我不想一个人。盖瑞不在城里，我还没有搬出去。"

"当然。"我说，即使我想一个人待着想得要命。可是在情感的一层层阶梯上，亚历克斯和布拉德利给我带来的痛苦比不过亚历克斯的恐惧。就算是我，也明白这一点。布拉德利同样清楚；当亚历克斯跟着他跳下车送他进屋时，我看到他脸上挣扎的表情。他并不想伤害我，可是他又怎么能够推开亚历克斯呢？不知为何，我居然勉强向他轻轻点了点头，好让他知道我理解他必须这么做。

"我什么也不想让爸爸妈妈知道。"亚历克斯说。她深吸了一口气。"至少我们必须先知道。"

我们在医院里待了好几个小时，现在已经接近午夜。街道上空空荡荡，刚下过的小雨让路面有些滑。一切都似乎不太真实，仿佛我们是在一个废弃的电影布景里，房屋是漆过的硬纸板，四周是用制型纸板做成的树。我们驱车穿过黑暗，看着前灯在街道上一闪一闪。

"你觉得这是爸爸的浣熊吗？"亚历克斯打破了沉默。她指着一只在道路边乱窜的动物。

爸爸曾经对一只浣熊发起过全面进攻，那只动物十分喜爱他的垃圾。他安装了移动感应灯，买了两种不同类型的垃圾桶，还提到要修一道篱笆：最后我花三美元给他买了一条蹦极索，从此确保了垃圾桶盖子的安全。

“我发誓，老头子离买把猎枪去打浣熊只差一步了。”亚历克斯说，“你猜他有几成几率打中自己的脚趾？”

“简直是绝对的。”我说，“不过过几年，这个故事会变成那只疯狂的浣熊扛走了枪，在和爸爸同归于尽之前给了他一发子弹。”

亚历克斯想要笑，但她做不到。我试图说点别的，但头脑一片空白。她扭头凝视着窗外。余下的路上我们一直沉默着，两人各有所思。

“我会编几个借口，解释为什么我们明天早上必须离开。”当我们蹑手蹑脚悄悄溜进家以防吵醒爸爸妈妈时，我说。我递给亚历克斯一件T恤做睡衣。

“谢谢。”她说。

“要什么东西吗？”我问，“喝点茶？”

“我只想睡觉。”她说，“累坏了。”

“睡我的床。”我提议道。退休的那天，爸爸莫名其妙地接管了亚历克斯的房间，说是要做“办公室”用，因此家里能睡觉的地方不多。我从床上拎起一个枕头向沙发走去。

“林赛？”亚历克斯听起来有些迟疑。我的手停在门把上，转过身来。

“留下来陪我？”最后她说，“床很大，能挤下我们两个。”她勉强挤出一个微笑。“我发誓不打呼噜。”

我还能说什么？

“当然。”我回答道。

我掀起被子的一角钻了进去，亚历克斯钻到另一边。她立刻沉入了梦乡，好像她只是在睡眠中被打了一个岔一样，但我一直睡不着，各种画面交织着折磨了我好几个小时：布拉德利的脸，他正告诉我在跟其他人交往；医院雪白的床单上亚历克斯和布拉德利并排放着的手；技术员看着亚历克斯，手在胸前画十字。

在纽约的最后一夜，曼特曾经指责我躲避自己的情感。好吧，他应该看看现在的我，我一边在床上翻来覆去想要找个更舒服的位置一边想。才过了仅仅几个小时，我已经在极端的情绪里疯狂奔跑了好几个来回，一会儿疲惫不堪，一会儿悲痛无比，一会儿愤怒，一会儿惊恐。有生以来，我第一次为自己的姐姐感到难过——但我又比任何时候都嫉妒她。我恨布拉德利，但我仍然爱着他。

够感性了吧，曼特？我盯着天花板想。此时此地，广告公司一天忙16个小时的日子似乎好得要命。

我叹了口气，又翻了一个身。再过几个小时我们会去见神经外科医生，看看扫描的结果。也许一切只不过是个误会。也许那个技术员是个宗教狂，见谁都会送上祝福。也许医生会说亚历克斯只不过眼睛有点感染，或者挤压到了一根神经。说不定他会给她开一张眼药水药方，让她赶紧走开，不要耽误其他真正需要救治的病人。

我看了看亚历克斯，在睡眠中的她一张脸平和而放松。

我知道神经外科医生不会说这些话。

第二天早上，我咕噜噜一连喝下三杯黑咖啡，希望能够赶走残留的倦意。昨晚真正睡着的两个小时里，噩梦一直追着我不放。等到嘴里塞满以后，我才嘟嘟囔囔地告诉爸爸妈妈亚历克斯和我今天要一起去购物。

“逛街？”妈妈皱起眉毛，正往咖啡里加怡口健康糖的勺停了下来，

“你不要上班吗？”

也许我应该编个更可信的理由，比如拖拉机大赛。亚历克斯和我从来、从来不一起逛街。

“其实，是的。”我说，“我要，嗯，到商场检查几个广告，看看展示效果对不对。”

“你要去商场？”爸爸从体育版面的顶上探出头问道，“如果是我的话，我会走环城公路。一般来说不管怎么样都要躲着那条路走——路上太多傻蛋了——不过在这种时间，应该还是安全的。”

“是不是所有的傻蛋都去上班了？”亚历克斯一脸无辜地问。

她几乎做到了。她讲的笑话，她随随便便地跳上厨房台子坐在那儿的模样——如果不留心观察的话，她完全像是一个无忧无虑的女孩，唯一想的一件事是要挑出最称心的完美夏装。

她跳下台子走到爸爸身边。

“我爱你。”她说。她用力拥抱了他一会儿，接着匆忙跑出了厨房，可我已经看见了她脸上悄悄流下的眼泪。

“林赛？”我刚刚跟亚历克斯起身，妈妈叫道。

我停住了脚步。

“我很高兴你们要一起去逛街。”妈妈说。她没有看到亚历克斯的脸，我松了一口气。

妈妈紧锁的眉心已经松开。她相信了我胡编的理由。“真是……太好了。”

我没有打搅爸爸妈妈——他们在一起看报纸，喝我刚刚冲的咖啡，跟天气频道的预测找碴儿——我很高兴他们又能享受一天宁静的日子。

一个小时后，我们坐在一名神经外科医生的办公室里，他有着医生的典型形象：长着一头银发，声音低沉而威严。就连他的名字——史蒂芬·格雷森——也像是好莱坞经纪人为打在大屏幕上的字幕量身打造的。

我们先到亚历克斯家让她换衣服，在去医院的路上去接了布拉德利。他进车时我一直直视着前方，还勉强用正常语气说了一声“嗨”。到了医院，我们三人被领进神经外科医生的办公室，跟预约的时间一分不差。这让我有些紧张；难道医生不都是要拖上一会儿吗？他没有让我们等，不是个好兆头吧？

从爸爸妈妈家出来以后，亚历克斯几乎没有说过一个字，仿佛吃早餐时保持举止正常已经花光了她所有的力气。现在的她似乎是一个惊恐的旅客，听着机长宣布狂暴的气流就在前方。她脸色发白，双手紧紧地抓住座椅扶手。

“有好消息，也有坏消息。”格雷森医生开口说。

“快点告诉我就行。”亚历克斯说。我能看到她的胸部在薄薄的T恤下面快速起伏。

“扫描结果显示一个肿瘤压迫住了视神经。”医生说，“这就是造成你视力模糊的原因。”

一切都浓缩凝成了两个字：肿瘤。

“我们不认为肿瘤是恶性的。”格雷森医生说。他那平静的声音带着安抚的口气，就像他每天所做的一样。我突然意识到，他的确每天都这么做。怎么会有人每天做这些呢？他怎么能一遍又一遍地向人宣布这种消息，用的还是天气预报员那种平淡的权威口气？

“按医疗术语来说，是腺瘤，”格雷森医生说，“它在视神经的下方顶着神经，这种瘤通常都是这种形态，所以你的视觉会出问题。”

“不是癌症？”亚历克斯问道。

“没有看到之前，我们不能肯定。”格雷森伸了抻手指，“不过我非常肯定是良性的。垂体瘤通常是良性。通常我们会从鼻腔取出，不过鉴于这个肿瘤的位置和大小，我们需要做一个开颅手术。”

“一个开颅手术。”我说。一切来得太快，我的思绪在翻滚着努力消化医生的诊断。“你是说你要打开……”我说不下去了。

“我们需要打开颅骨才能够到那块东西。”医生说。

使用客观的词语“那东西”而不说“你的肿瘤”——医生仿佛正试图让诊断结果听起来不那么骇人。但它的效果只是把这个消息的冲击延迟了一两秒钟，好像先听见一个人讲外语再听见翻译版本之间的短短时间差。

“什么时候？”亚历克斯低声说，好似吐出这个简单的句子花光了她所有的力气。

“越快越好。”格雷森医生说，“我们可以安排周四手术。你要知道，有可能我无法取出整个肿瘤。如果可能危及视神经的话，我也许会留下一小块，那样我们可能需要后续的化疗。但我觉得有可能不用。”

“你想三天后手术？”布拉德利说，“时间太仓促了。”

“为什么这么急？”我从蓝色的线圈笔记本上抬起头——我一直在笔记本上疯狂地涂写那些陌生的术语——问，“你说不是致命的——一个腺瘤，对吧？那为什么一定要在三天后手术？”

“当这种肿瘤压迫交叉视神经时，引起的继发并发症很多。”医生直视着亚历克斯，“如果我们坐等的话，你的视力可能永久受损。那东西长得越大，你的视力就会越坏，而且也更难恢复。现在肿瘤是一个核桃大小。再过几个星期，情况会更……复杂。”

这时我看到布拉德利伸手去拉亚历克斯，我恨自己注意到它，恨胸腔中突然灼烧的剧痛。我掉转目光看医生的身后，墙壁上挂满了他的荣誉证书。宾夕法尼亚大学医学院毕业，耶鲁大学本科毕业。资格证书，职业奖状奖品。我把它们都记了下来，以便以后核实他的背景。

“我会瞎吗？”亚历克斯问。

“可能性非常小。”他说，“在见到肿瘤之前，我不能下肯定的结论。不过大多数病人如果没有完全康复，也恢复了大部分视力。”

“可是有些瞎了。”亚历克斯说。

“很少。”医生承认道，“我不认为你会遇到这种情况。最坏的情况下，你的视力可能会受影响。”

“那到底会怎么样？”亚历克斯说，“你会把肿瘤取出来，然后一切恢复正常吗？”

“到最后是的，这是我们的目标。”医生说，“我刚才已经说过，手术之后你可能还需要化疗。我会给你开点类固醇来抑制炎症。”

“好吧。”亚历克斯大声呼了一口气，抬起下巴，“开始吧。把这东西从我身上取出来。我想你尽快完成手术。”

“我需要再做一些扫描和血液测试，”格雷森医生说，“这个星期我还想让你看看内分泌医生。如果你视力恶化或者有其他症状的话，我要你马上到医院来。呕吐、不能保持平衡，诸如此类都是症状。”

“嘿，你能跟要我做酒后驾车测试的警察说一声吗？”亚历克斯说。她笑了，是一个灿烂的“亚历克斯”的标志性微笑；怎么这个时候她还在到处开玩笑？

“好莱坞的下一个热门流行——脑垂体瘤。”亚历克斯用电视广播的声音说，“不管帕里斯·希尔顿和林赛·罗韩是开车碾到了狗仔队还是倒在了夜总会里，她们可以抽出一张核磁共振扫描图，立刻有了免死金牌。你看，我开创了一种潮流。”

格雷森医生和我目瞪口呆地望着对方。亚历克斯是在开肿瘤手术的玩笑吗？我不知道该怎么办。不过布拉德利知道。

“亚历克斯。”他站起来向她伸出手，亚历克斯倒在了他的怀里。布拉德利抚摸着她的背，轻声在她耳朵边说了些什么，轻得只有亚历克斯可以听见，而她把纤细的手臂绕在他的脖子上，抽泣着。

第十一章　最亲近的陌生人

我以为我了解自己的姐姐，但我错了。对我来说她是一个陌生人，我对她来说也是同样。我从来不认识亚历克斯，虽然她是那个与我分享生命中前几年的每分每秒、一起成长的人。

“林赛？”

“嗯？”

“还记得我的魔力八球吗？”亚历克斯问道。

我笑了。魔力八球是亚历克斯12岁的生日礼物，从此这个黑色的小球就像一个神秘的小不点独裁者一样主宰着她的生活。

“今天我应该穿那条Gloria Vanderbilt牌仔裤吗？”亚历克斯一边认真地问一边摇着球。“所有的迹象都说可以。”魔力八球指示道，亚历克斯放心地长吁一口气，套上仔裤。

“这什么意义也没有，你知道的吧。”我告诫她。那个时候，我已经对“显灵板”和算命人之类的东西嗤之以鼻。那个算命人在一个朋友的生日派对上给所有人看手相。我在她的灰色假发下看见了褐色头发，她的口气闻起来像麦当劳。我立马知道她是个骗子；一个真正的算命人喝的是冒着气泡的药剂，不是麦当劳的麦旋风。

“你瞧，答案只有几个。”一天，我把球从亚历克斯手里夺走，告诉她。她正在为一个傻乎乎的男生是否喜欢她而苦苦纠结。

“我会用同样的问题问它两次，它会给我两个不同的答案。”我说着摇球。“今天我能通过拼写测试吗？”

“现在无法预测。”魔力八球宣布道。

“今天我能通过拼写测试吗？”我摇了摇球，以胜利的姿势把它举起来：“现在无法预测。”

“笨球。”我说，“我再摇一次，它就会出一个不同的答案。”

“不要！”亚历克斯大喊一声，从我的手里抢过球。“莎伦·德瑞甘的表姐就这么做了，结果球因为她不信任它生了气，在她身上施了一个魔法！”

“这是蠢话。”我一边说一边用眼角的余光偷偷瞄着球。球里蓝黑色的混浊液体看起来确实有点阴森森的。

“不管怎么样，我得走了。”我说着匆匆向门口跑去。“我还有个拼写测验呢。”

完全出于巧合，那天我的老师弄丢了所有的拼写测试题。我从来没有告诉过亚历克斯，可是从那时起，只有当魔力八球被安全地收在抽屉之后，我才可以安心入睡——在抽屉里它就没有办法用那只从来不眨的蓝黑色眼球盯着我了。

“你怎么会想到魔球？”我关掉灯爬上床到亚历克斯旁边。她今晚不想一个人睡。我不怪她。

“那个球知道所有的答案。”她说，“不管我想问什么事情。我从来不用为什么事情牵肠挂肚。真希望它还在。”

我们都没有说话。

“明天你一觉醒来，会发现手术已经做完了，医生会告诉你手术十分顺利。”我的语气十分肯定。

我听起来很不错。很可信。感谢上帝，卧室里一片黑暗，亚历克斯看不见我的脸。不然的话她会知道我所知道的事实：即使手术非常顺利，她的生活也将从此改变。

“我只希望现在已经是明天下午了，”亚历克斯说，“我想这些都快点结束。”

“我知道你很害怕，”我说，“我希望我能做点什么。”

其实，我已经做了些事情，不过亚历克斯不知道。过去的几天里，亚历克斯跟布拉德利会一起消失好几个小时。跟我一样，他一定请了一个星期假。有时候他来我家门前接她，有时候她会在电话铃响之后突然消失。我知道他是顾及我的感受所以不进屋，这样我就不会看到他跟亚历克斯在一起。可他一秒钟也没有骗到我。我认得出他的招数。高中时，我就是用同样的把戏隔开了亚历克斯和布拉德利。

“布拉德利？”有次接起电话后，妈妈说，“你好吗，亲爱的？好，好。是的，她很好——对不起，你说的是亚历克斯？”

妈妈把电话递给亚历克斯，用疑问的眼神看着我。我知道私底下妈妈一直都希望我和布拉德利最终能在一起。甚至已经不算“私底下”——一次在一家面包房里，她指着结婚蛋糕上的一对塑料新人大声说新郎新娘跟我和布拉德利简直是一个模子做出来的。

“没关系。”我说。我看着妈妈，鼓足了劲说道，“我为亚历克斯和布拉德利高兴。”

在其他任何时候，这句话都会引来爸爸妈妈一连串的问题。可是亚历克斯早前宣布的消息已经让他们心烦意乱——她的肿瘤，她取消了订婚——因此妈妈只是无可奈何又筋疲力尽地点了点头。我不觉得她还可以接受另外一轮重量级的谈话。我知道我受不了。

每次亚历克斯一离开，我就陷入清洁狂热之中，又是整理厨房柜子，又是把爸爸书房里的文件分类收拾归类，还用不同颜色的标签标上。在擦洗浴室的时候，如果几滴眼泪不小心跟水花一起溅到了浴缸里，也不会有人看见。到亚历克斯离开布拉德利回到家，我脸上又重新挂上了微笑，妙莲（Visine）眼药水也已经驱散了我眼睛里的血丝。我一边跟亚历克斯聊天，一边仔细观察她脸上的表情，想要弄明白是否布拉德利决定在今天把一切告诉她。可是我所害怕的那一天一直没有到来，日子一天一天地过去，我渐渐意识到，它永远也不会到来。布拉德利把它藏在了心里，不让我面对具有毁灭性的难堪。不知道为什么，因为太了解他，我并不惊讶。

我只希望这没有让我更爱他。

“奇怪得很。”亚历克斯说。她在床上翻了个身，好面对着我。“我不停地告诉自己，我要为了亲人朋友改善病情。”她说，“但我想我知道还不止这些。我只是不能面对。”

“你可能是害怕了。”我说，“任何人都会怕的。”

有一会儿她什么也没有说，接着我听到她悄悄地哭了起来。

“我还是怕得要命。”她说着哽咽了，“我从来没有这么怕过。他们要切开我的大脑。如果出了什么事怎么办？如果我醒不过来怎么办？”

“噢，亚历克斯。”我伸出手，握住了她的手，能多紧有多紧。

“我不想当植物人活着。”亚历克斯激动地说。“不要让他们这么对我，好吗？你一定要做这个主，林赛。爸爸妈妈做不到。我要你答应我。”

“不会发生这种事的。”我说，“你一定会醒过来。我答应你。”

“如果我醒不过来呢？”她说。

我张开嘴想说话，想安慰她，可是突然间一阵后悔和悲伤席卷了我，让我难以呼吸。自从我回家后，亚历克斯一直在试着修补我们之间的关系——请我去共进午餐，给我打电话我却没有回，还有，那天在酒吧里她把话题转到了我的身上——但是我把她拒之门外。我告诉自己她没有变过，但她变了。我才是那个没有变的人。

我的嫉妒把她和我活生生分开了。如果亚历克斯醒不过来怎么办？如果我再也没有机会真正了解自己的姐姐，怎么办？

“亚历克斯，我答应你一切都会没事的。”我说。我十分迫切地想要相信自己的话，几乎感觉自己只凭意念就可以让一切成真。

“在某种意义上，那个蠢车祸救了我。”亚历克斯说，眼泪让她的声音厚重起来，“如果我真的等到视力糟糕的时候，那会怎么样？如果那时就太迟了呢？”

“拒绝面对是正常的。”我说，“我就会。”

“你？”亚历克斯说，“啊哈！你是迎难而上的，你总这样。”

“这个。”我说。突然我找到了一个办法让亚历克斯摆脱恐惧，如果我有足够的勇气的话。

“你终于要跟我说那个在纽约的家伙了吗？”亚历克斯问道。她的声音还是抖的，不过她已经停止了哭泣。她伸手从床头柜上拿了张纸巾，擤了擤鼻涕。“你一直藏着这个秘密不说，就是因为你知道手术前一天晚上我必须分分心。你真是有爱心的弗洛伦斯·南丁格尔。”

我用力深呼吸了一下。

“我被解雇了。”

这些话悬在空中，好似晴朗的夏日午后赤裸裸的太阳。

“闭嘴。”一阵沉默之后，亚历克斯说。

“向上帝发誓。”我说。

“出了什么事？”亚历克斯问道。

“我没有升职，有点抓狂。”我说，“接着我做了一些事——搞砸了——所有人都觉得我离开的话会是一个好办法。”

“你被解雇了。”亚历克斯说。

“我们不要继续纠缠这个问题了。”我建议道。

“解雇。”亚历克斯说，“你。”

“看来我们还是要继续纠缠下去。”

“出了什么事？”亚历克斯问道。

“我已经跟你说过了。”我说。

“对啊，对。”她说，“只是……这太……不像你。”

“是啊，”我说，“我已经听说了。”

“等一下！”亚历克斯尖叫道。她在床上一个鲤鱼打挺坐起来。“可是这段时间你一直说你去上班的？还有为公司的华盛顿分部作什么调查？”

“谎话。”我说，“我是个被解雇的撒谎精。”

“也是一个诗人。”亚历克斯吸了一口气，“真棒。”

“你还夸我？”

“我的天哪，你简直就像一尊‘说谎的大卫’雕像——完美的巨作。”她说，“你撒谎成了精了！”

“难道我不更像米开朗琪罗吗？”我建议道，“是他创造了大卫。”

“他倒是这么说的。”亚历克斯说。

我大笑起来。把这些话从心里倒出来的感觉居然这么好，我有些吃惊。

我还没有意识到谎话让自己陷入了泥沼，就像嵌进皮肤的小小的鱼刺。

“刚才是不是有人尖叫？”爸爸猛地推开卧室的门。

“抱歉。”亚历克斯乖巧地说，“我以为踩到一只虫子呢，其实只不过是林赛。”

爸爸点点头。“你们要什么东西吗？”他问道，“可可？”

“不，谢谢，爸爸。”亚历克斯说。

“爱你们。”他说着又关上了门。

“你到底说了些什么呀？”我说。

“这已经是我能想到的最好的理由了。”她说，“我又不是家里的撒谎精。”

“听着，我还没有告诉爸爸妈妈。”我说，“所以不要告诉任何人，好吗？”不要告诉布拉德利，我想。也许他已经够同情我的了。

“我会保守秘密的。这真是我们家‘费尔医生’惊悚时间的最佳素材。”亚历克斯表示同意。“这个星期已经够惊悚了吧，你觉得呢？不过至少我告诉他们肿瘤的事情时，他们被我退婚吓出的病又好了。说不定你可以这么编：“爸爸妈妈，我被解雇了，而且你猜怎么样？我还得了疱疹！”

“不错。”我说。

“我们又绕回到你在纽约的秘密情人了。”亚历克斯说。

“我们怎么绕得到这里？”我问道。

“他是什么样的？”亚历克斯问道。

“听着，其实纽约没有什么人。”我说。我想起了与曼特眼神交汇的那晚，我感到某种深切而陌生的暗流，想起我是怎么狼狈地从他身边逃开。这已经像是很久以前的事情了，好似是在前世或者来生，真有意思。

“也许本来是可能的，”我慢慢说，“不过事情变得……很复杂。”

“我还以为是你的那个同事，”亚历克斯说，“头发卷卷的那个。还记得我去你办公室见到过他吗？”

曼特。他早知道我有一个双胞胎姐妹，但他一直不知道亚历克斯的模样，直到某天她突然到了我的办公室。曼特伸出手作了自我介绍，接着他从亚历克斯身上掉开目光，提醒我我已经答应要在第二天下午去欧洲之前跟他一起喝咖啡。他没有赖着跟亚历克斯说话。在穿过走廊回到他的办公室时，他没有偷偷回头瞄她。他只是对她笑了笑，又把注意力转回到我的身上。我已经忘了那种感觉是多么美好。

“我们是朋友。”我说，“好朋友。”

“我还是不相信你被解雇了。”亚历克斯说。

“那我们就继续纠缠吧。”我说，“我被解雇了。解雇。解雇。解雇。”

“逆反心理对我没有用，妈妈试过，她告诉我我不许吃任何蔬菜。”亚历克斯说，“那时我才两岁。”

“妈妈？”我问，“真的吗？”

“当然。”亚历克斯说，“她坐在那儿吃豌豆和胡萝卜，而且告诉我我吃不成。所以晚饭我吃了蛋糕。我记得这个，因为那是我们剩下的生日蛋糕。黄色蛋糕上裹着白色奶油，还有红玫瑰。”

“那时你刚刚满两岁？”我怀疑地问，“而且你记得所有这一切？”

“我们能再谈谈有意思的事情吗？”亚历克斯问，“这么说你失业了？”

“那是另外一个故事了。”我说。

“我们有一整夜的时间。”亚历克斯说，“算你走运。”

我欠亚历克斯真相。她一直对我十分坦诚，而我必须同样待她。

“好吧，”我说，“让我想想从哪里开始讲。”

三个小时以后，亚历克斯的呼吸变得绵长而深沉。我们谈了一晚上，是真的谈心。很久以来这是第一次，甚至以前可能从来没有过。可是今晚的对话十分自然，既不尴尬也没有误解，让我很有点吃惊。在昏暗的卧室里，整间房子都已经安睡，我们像两个一起蜷缩在火车上的陌生人一样敞开了心扉：因为我们知道以后再也不会见到对方。我告诉亚历克斯关于梅和我的新工作，而她告诉我盖瑞并非他的表象那样完美。一点点小蠢事——比如钥匙放错了地方——就可以让他大发雷霆。他爱虚荣，所以在20多岁就隆了鼻。“关键问题是，我觉得他原来的鼻子更好看。”亚历克斯说，我们都大笑起来。是不是我们原本一直可以这么开心，如果我们不是现在这副样子的话？我不知道。是不是一般姐妹俩都会这样：一起熬夜熬到很晚，一边还嘿嘿傻笑、聊天、使坏？

过了一会儿亚历克斯睡着了，但我仍然非常清醒。如果她是跟别人在一起就好了，我想。为什么一定要是布拉德利？一个阴暗的想法慢慢在我心里抬头——难道这不是关键所在吗？也许亚历克斯喜欢布拉德利，只因为她知道他对你意味着什么——但我把它赶开。并不是亚历克斯主动去招惹布拉德利的，他们一起被困在电梯里纯属巧合。报纸的婚告栏布满了因为巧合突然发生的爱情故事：飞机上的邻座发现他们在读同一本小说；在商店购物的两人撞到了对方，一起追咕噜噜地上滚动的汤罐；儿时玩伴多年后出人意料地在一间会议室相遇。这些事情每天都在发生。

我只是没有想到，故事会发生在亚历克斯和布拉德利的身上。

再说亚历克斯并不知道我对布拉德利的感觉，我提醒自己。对她来说，这不算竞争。承认这一点并不能消除我的痛苦，不过的确缓解了我的愤怒。

亚历克斯和布拉德利。布拉德利和亚历克斯。仅仅想象他们的名字连在一起已经非常伤人。如果看到他们成双成对，会是什么感觉？我会有勇气去布拉德利家，看见曾经挂着的我的照片换成了亚历克斯吗？如果一起去安东尼餐厅时爸爸妈妈还在吵架，而布拉德利和亚历克斯举杯相视而笑，举动处处透露出他人难以介入的亲密，那我还咽得下菜吗？在他们的婚礼上，我会不会说上一段祝酒辞，还让每个人都相信我是真心实意的？

会越来越不难受，会吗？再过几个月，过几年，还是几十年？感觉一定会越来越淡的对吗？

我蜷起来紧紧抱着一个枕头，希望它能够缓解我的痛苦。似乎世界上每一个人都已经成双成对。连曼特现在也已经有了帕米。别人在找伴的时候，我却把自己的大好时光花在埋头工作上，现在连那份工作我也不再有了。我犯了这么多的错。我再也找不回那些青春年华，那些失落的机遇。

我并不是唯一有这种感受的人。

仿佛有人走进卧室大声对我说出这些话，它们一个字一个字十分鲜明。此刻在几英里远的地方住着一个丧偶的男人，他每天编造借口去商店购物，好跟某个人说几句话。凌晨三点时他一个人辗转反侧，该有多么孤独？还有那个被未婚妻抛弃的男人，面对整整一教堂的家人和朋友，他要怎么解释婚礼取消了？还有简，为丈夫的生日烤了一个白巧克力奶酪蛋糕，静静坐着看着它，等着他跟另外一个女人约会回来。

人们一直在互相伤害，不管有意还是无意。有人决定迈过痛苦和不幸继续向前走，而其他人筑起了城墙，安全地活在小小的、狭窄的封闭世界里。有人试图再次找到希望，而其他人……嗯，其他人为了48个小时飞一趟香港，用客户替代晚餐作为社交生活。

这就是曼特一直想要告诉我的吗？

亚历克斯突然从被子里甩出一只胳膊，喃喃地说了些什么。“不。”她呜咽着，“别这样。”她踢掉了被子，好像正在逃避什么东西。

“没关系的。”我低声说。我抚摸着她的背，直到她不再发抖。她的肩胛骨感觉跟翅膀一样精致。我又给她盖好被子，不让她冻着。

她以前也做过噩梦，我突然想起来。

为什么我一直没有想起来呢？亚历克斯四五岁的时候曾经偷偷在晚上溜到我的床上。我继续呼呼大睡，不过到了早上，我都感觉热烘烘的，她像一只考拉宝宝一样蜷在我身后。

我低头看着亚历克斯细长的手指。今天早些时候，我注意到她的无名指上还有订婚戒指留下的痕迹。几天前我跟亚历克斯一起去了盖瑞家，收拾出的东西装满了亚历克斯的三个行李箱，被我们拎了回来。在亚历克斯整理仔裤、内衣和化妆品的时候，我看着四周，意识到一件事。亚历克斯正在毫不留恋地远离法式乡村风情室内装潢、乡村俱乐部和上衣口袋里掏出的首饰盒，只为了走向一个拥有广阔胸怀的中产摄影师。

我以为我了解自己的姐姐，但我错了。对我来说她是一个陌生人，我对她来说也是同样。我从来不认识亚历克斯，虽然她是那个与我分享生命中前几年的每分每秒、一起成长的人。我们在同一天学会爬。妈妈至今还有一张照片，上面的我头顶着一碗意大利面，亚历克斯则坐在旁边的高凳上取笑我。

在我那本粉色封面的老婴儿记事簿里，妈妈记下了我学会的第一个词：姐姐的名字。

现在我又得到了第二次机会修补与姐姐的关系。我可以选择迈过痛苦和伤害向前看。我可以期盼涉水而过，安全地到达彼岸。也许亚历克斯和我永远也亲近不起来——也许我们终究还是太不一样——但是至少我可以试一试。给亚历克斯一个机会。

当终于睡着时，我的脸上满是眼泪，但我的手握着姐姐的手。

神经外科手术切开我姐姐的颅骨时，我实在在医院里等不下去了。

爸爸妈妈一起弯着腰坐在候诊室的沙发上，布拉德利跟他们待在一起。一个星期里他们老了十岁。爸爸第一次没有抱怨自动售货机上缺牛轧糖类的甜食（比如Mars），也没有抱怨就算只把车在车库里停上短短十分钟，也会被收一个小时的钱。他只是凝视着空气，垂着瘦削的肩膀。不知道为什么，这比他抱怨更让我心酸。

亚历克斯只想要一件东西，她说只有一件东西可以给她安慰。我一定是疯了，因为我不顾一切想要给她找到，就现在。我受不了坐在这儿盯着手表。如果抓紧的话，还来得及找到那件东西，在她醒来之前回到医院。

“过几分钟我就回来。”我紧紧地拥抱爸爸妈妈。“一切都会没事的，好吗？我查过这个医生，记得吗？他是最好的之一。”

他们似乎都没有听见我的话。

“照顾好他们。”我对布拉德利说，“我得去给亚历克斯拿点东西。”

他点了点头，目光有些呆滞，露出担心的神情。

我奔到电梯边跳进去，不耐烦地按车库一层的按钮，尽管我知道这样也快不了。我跳进父母的车，一路飞驰回了家，在红绿灯处几乎都没有踩刹车。进家门后，我猛地拉下通向阁楼的楼梯。一定是在那儿，阁楼是唯一一处我能想到的地方。

我爬上嘎吱作响的楼梯，在妈妈收在阁楼的一大堆盒子里乱翻，推开婴儿鞋子、装着圣诞树挂件的箱子、妈妈来不及放进相册的一堆堆照片。

妈妈应该不会把它扔掉；她从来不扔任何东西。

我要找到亚历克斯的魔力八球，找人换掉里面的答案金字塔。我要让他们换上一个只说好话的答案金字塔。这是一个疯狂的计划——上哪里去找一个会修魔力八球的人？——但我无法停止自己的狂热。我必须做点什么，在候诊室干等着看着手表不情不愿一秒一秒慢吞吞地走，我会发疯。

亚历克斯确诊的那天，我花了好几个小时在电脑上寻根究底地研究她的病，查到的结果让我呼吸困难。首先，神经外科医生要做开颅手术，需要剃光她的头发。之后用来抑制脑内炎症的类固醇会起副作用，让她发胖。我在网站上看到的一个女人说使用类固醇后，她在一个月内长了三十磅。如果最后亚历克斯还需要放射治疗，她的体能会下降，说不定还会在长回来的头发上留下秃斑。

有多少次我曾经希望我的姐姐消失，不再吸引爱慕的目光？很快她就会面目全非；她将不再美貌。一个星期之内，我的姐姐将变成完全不同的一个人。

这不是我的错，这当然不是我的错。但是内疚让我不堪重负。

你是希望这一切发生的，一个冰冷的声音小声说。她夺走了布拉德利，而你希望她付出代价。

“我没有。”我挣扎着不让羞耻感吞没自己，“我没有想要这些。”

我不理睬脸上流下来的眼泪，又翻了一个盒子，扔掉旧的报告卡、小孩乱涂的画、某个夏天爸爸在“好时”游乐园赢来的微笑泰迪熊。亚历克斯和我为了谁抱小熊争得厉害，爸爸只好花了30美元又赢了一个，我突然想起来。接着我找到了一张全家一起在大洋城度假时照的照片。我们的泳衣下露出了尿布，我啃着一只塑料铲，亚历克斯吮着她的大拇指，我们都眯着眼睛在看太阳，脸上的表情非常气恼。我把照片放在了一边；过一会儿我要把它裱起来。

突然我在鞋盒子里发现了魔力八球，旁边还有一些黄色的纸。我一把抓起球，一个不知道被什么黏糊糊的东西粘在了球上的信封也跟着被带了起来。

我要把魔法八球带回医院，我一边想一边扯掉信封，不由自主地低头看了一眼。这是一个适用装法律文件的信封，上面有一个官方印章。

我停了下来，盯着手上的信封。

现在该做的事情是把信封扔回鞋盒，再快速回到医院。在那里，医生戴着手套的手正在准备切入亚历克斯剃光了的头顶，麻醉师监控着她深沉、稳定的呼吸，四周的机器发出滴滴、嘶嘶的声音，而护士端着盘子站在旁边，盘子里放满模样吓人的器具。

应该这么做。可是为什么我没有这么做呢？

我为什么打开了那个信封？是什么逼着我抽出封内的信纸——魔力八球用阴暗的眼球瞪着我。

我匆匆扫过第一页，一些字跳了出来：“……正式结果……斯坦福-比奈……智商……”

天哪，这是我和亚历克斯四年级时做的智商测试的结果。我扫了一眼亚历克斯的得分；接着翻过一页看自己的分数。我看了一次，接着用力眨了眨眼，又读了一遍。当我低头看着手上的几页纸，整间屋子开始在周围旋转，转得越来越快。怎么可能？肯定是什么地方出了错，系统有什么缺陷。肯定是计算机故障。

我又检查了页面上的名字。不过什么也没有改变。亚历克斯和我有不同的社会保障号，我们在四年级的老师也不一样。所有信息都没有错，那么分数也一定没有错。

怎么会这样？

我很聪明。那种一般意义上的聪明，在全国每个教室里都能找出一个。

但亚历克斯是个天才。

第十二章 易位

当面临多种选择的时候，你怎么知道那条生活之路是不是对的呢？我不知道。你怎么知道你选了合适的位置，或者你根本就属于另外一个地方？

我们上小学时，班上有两个男孩，脸上都长满了雀斑，都有圆圆的蓝眼睛和一头鬈发，似乎总是像装了弹簧一样过分活泼。他们分别叫做强尼和汤米，是学校里唯一的同卵双胞胎。他们太可爱了，可爱到足以为早餐麦片做广告，或者做世界上最纯洁无邪的祭台侍者。

可是在这两个男孩身上，外表不仅仅可以欺骗人；外表就像是贼眉鼠眼卖万能膏药的小贩，他掏空了你的钱包，在你清醒过来、发现上当之前仓皇逃到下一个城镇。

因为有着天使脸孔的汤米和强尼是十成十的恶棍。

汤米——也有可能是强尼——有次趴在课桌上，拿着一把剪刀剪掉了他前面女生闪亮的长辫子。强尼——也有可能是汤米——把一条花蛇藏在衬衫下进了学校，扔在了教师休息室，然后用吃奶的力气关上了门。他们把床单系在一起，在自己家房子的一侧攀岩（强尼摔断了腿）；他们拿好东西哄小区的女孩们，让她们给展示秘密部位（成功两例；两个愤怒的父亲）；他们偷了一个保镖的扩音器偷偷放在毫不知情的大人身后，然后大吼“着火了！”（一人几近心脏病发作——受害者是老太太玛伦斯）。他们不断地被叫进校长的办公室，这时他们的妈妈就会急匆匆赶来，背上驮着一个婴儿，一个流鼻涕的孩子踉踉跄跄地跟在她背后。强尼和汤米的妈妈像扔纸屑一样满嘴道歉话，接着把双胞胎中的一个或者两个一起拖回家。

但从来没有人敢肯定没有罚错人。因为汤米和强尼总是喜欢互换身份。

“汤米！”我们的老师在午餐室吐出字母表后，愤怒地大喊。

那个孩子——不管他是谁——一定会叫：“不是我！我是强尼！”

“他不是的！”另外一个气愤的声音尖叫起来，“我才是强尼！”

像这样扮演另外一个人的角色，会是什么感觉？有一次，在看见双胞胎一边咯咯笑一边互换外衣准备回家时，我好奇地想。卸下自己的身份转换成其他人，会是什么感觉？是不是像钻进小了三号的紧身裤一样，还是会感觉非常解脱？

如果我可以变成任何一个人的话，会想要变成谁？我一边往书包里塞满载着聪明智慧的数学笔记本和“名著”读书作业，一边好奇地想；这时亚历克斯轻快地穿过走廊，一群女孩跟在她身后，好似一群女侍官。

我会变成总统吗？还是一个公主？抑或是一个可以飞、可以隔墙观物的超级英雄？

如果一切皆有可能，我会变成谁？

我是谁？

我瞪着手中的通知单，上面的字终于不再扭曲着在四周飞旋，它们慢慢地回到了纸面上。我的整个人生都是一个错误。我根本就不应该是一个国家优秀学生半决赛候选人，不该上优秀生名单，不该赢得研究生院的奖学金。亚历克斯才应该做这一切。

我对自己的一切认知都被颠覆了。我的自我定位是错的，从骨子里开始错。我不是姐妹里聪明的那一个，从来都不是。

亚历克斯非同寻常地记得早得不得了的事情。

大多数天才有同样的经历；我在大学里的一门心理课上学到过。

我的手滑过自己的脸。还有多少迹象已经被我活生生错过了，只因为它们跟我的固有认识不符？

那个“命运之轮”拼字游戏。她在几乎没有提示词的情况下解了谜。我还为此开了一个玩笑，然后越过亚历克斯去拿妈妈的房屋估价信，好帮着做解答。

妈妈没有求对人。亚历克斯才是聪明的那一个。我几乎消化不了这个消息。这个惊人的事实怎么会被深埋了这么久？在自己的身体里，我怎么突然觉得像个陌生人？

我又抬手按摩前额，不小心看到了手表。它把我带回到了现实。我必须出发了；必须在亚历克斯醒来前回到医院。我把智力测试扔在地板上，向楼梯奔去。

阁楼被我翻得一团糟，到处散落着文件，空了一半的盒子侧躺着，魔力八球躺在这团乱哄哄的东西中间。把东西弄得一团糟不是我的风格，可是我已经不再确定自己是谁。

几个小时后，亚历克斯慢慢睁开了眼睛。

“嘿。”我低声说，轻轻地拍了拍她的肩膀，小心绕开插在她身上的各种管子。她在加护病房里，这是一个缺乏色彩的地方。一切都是白色——墙壁，闪闪发光的瓷砖地板，还有护士的胶底鞋。所有的人都在轻声说话，以免打扰病人：这些病人被塞进私人隔间里，身边环绕着未来风格的机器。一部又一部机器高效地工作着，有的给亚历克斯的静脉输液，有的显示波动的心电图图像，有的发出有节奏的“哔哔”声，监测着她的生命体征。亚历克斯的房间闻起来像漂白剂和醋，或者别的什么——一些发霉的、陌生的东西——让人不安。

亚历克斯看着我，仿佛没有认出我来。我不得不集中精神，免得跟她一样。

“你在乔治敦医院。”我低声说，“手术很成功，肿瘤不是恶性的，亚历克斯。不是恶性的。”

亚历克斯微微点了点头。她曾经精致的脸浮肿着，头上裹着巨大的白色绷带。绷带下——我知道——是亮光光的秃顶，她的满头秀发变成了一个模样可怕的切口。亚历克斯鼻子里插着一根管子，床单下还盖着更多管子。

“亲爱的？”妈妈站到我旁边握住亚历克斯的手。“我们在这儿。如果想睡的话，你可以继续睡。”

“我们会看着你。”爸爸握住亚历克斯的另一只手说。看着父母为亚历克斯站岗，眼泪涌上了我的眼眶。尽管有老花镜，关节炎和胆固醇药物等等障碍，他们保护亚历克斯时的凶猛足以吓退想要伤害她的任何人、任何东西。

我走出房间到了走廊，布拉德利在那里等着。

很难相信仅仅不到一周前，我还心潮澎湃地期待与他的约会。一切都已经起了变化；就像我们现在到了一个完全不同的世界。在他身边，我甚至已经不再感觉别扭。我知道，当他试图告诉我——尽可能温柔地——他不再爱我的时候，他想到的并不是在屋顶上哭的我。

布拉德利现在想的唯一一件事是亚历克斯。

“她醒了。”我说。我看见布拉德利的眼睛露出放心的神情，他双眉间的结解开了。“我想她还要睡会儿，不过护士每个小时会叫醒她一次，确保她已经恢复。”

“感谢上帝。”布拉德利说，“她还痛吗？”

“不。”我说，“医生还会给她一个吗啡点滴，痛的时候可以用。护士说过几个小时你可以去看她。现在只让家人探望，不过一旦她状态稳定，你就可以进去。我知道她想见你。”

布拉德利点点头。“谢谢。”他看着我的眼睛，“你没事吧？”

“我很好，”我说，“现在重要的是亚历克斯。”

布拉德利深吸了一口气，轻轻发出“呼”的一声。我知道他的问题是有所指的，而我给了他想要的答案。不要谈我们两个人——或者我们之间缺了的东西——不要现在谈。这番对话可以等一等。

“她在睡的话，我去买杯咖啡。”布拉德利说，“你要一杯吗？”

“不，谢谢。”我说。

他对我笑了笑，朝电梯走去。

“布拉德利？”

他转过身，手指停在按钮上，诧异地抬起了眉毛。我要怎么说呢？“我想康复的过程比亚历克斯想的要艰难些。我只是想让她……有所准备。”

“她很坚强。”布拉德利说。

“我的意思是，从生理上讲，”我说，“类固醇有副作用。”

“我们会熬过去的，”布拉德利说，“不管是什么。”

他爱她，我意识到。就是这么简单。他甚至都可以大喊出声，让这些词语在走廊的四面墙里回响：他爱她，他想在她身边。此时此地，他正在许下誓言会跟她在一起，无论疾病还是健康，无论甘苦。也就是在这一刻，我的痛苦和疑惑统统消散了，我只感到满满的快乐。布拉德利会照顾亚历克斯。他不在意他们看起来是否登对，是不是每个人都艳羡他们。

因为布拉德利总是在出人意料处发现美。

那天晚上我到七点左右才离开医院，载爸爸妈妈回家。亚历克斯已经醒过来，甚至已经可以回答问题。爸爸妈妈本来想留下，但我们劝说如果他们好好吃顿饭，然后睡一觉等到明天再过来，那会好得多。我想，他们被说服的唯一原因是布拉德利会整夜陪着亚历克斯。他不肯离开她的身边。

我离开时，他把椅子拉近她的床边，探身过去小声跟她说话，尽管她闭着眼睛，似乎已经睡着的样子。我悄悄拉上门，取了车开往父母家。要去安东尼餐厅买晚饭，开上一瓶墨尔乐葡萄酒，我打定了主意。爸爸妈妈要早点去睡觉，一天的压力加上酒力会非常催眠。他们需要休息。

接着我会爬上摇摇晃晃的楼梯去阁楼——去到我的过去——认真翻阅那些妈妈从来不扔掉的旧报告卡，学校作业，还有标准化考试。我要把自己的人生故事一片片拼凑起来，也还原亚历克斯的故事。

我以前很喜欢画画。我怎么会忘记这个呢？

身边堆着一堆确确实实的证据：数十张——不，数百张——我画的铅笔素描，有长翅膀的仙女，马和鲜花，都胡乱地涂在童书的边角或者我的笔记本上。有些画还不错，尤其是对于一个五岁的小孩来说。

为什么我停下不画了呢？我一边想一边猛地打开另外一个盒子，沉积已久的灰尘打着转飞进发霉的空气里。

“林赛是个快活的小梦想家。”我的幼儿园老师在年中评估中用大大的、绕来绕去的草书写道，“有时候她在课堂上不能集中精神，因为她自己的幻想要有趣得多！”

我小心地把评语放在自己那一堆的上面。亚历克斯的那一堆放在我旁边，放满了她的旧笔记本、家庭作业和报告卡。

“了不起的想象力！”一个热情的老师在亚历克斯写的故事上评价道，“棒极了！”在另一个完美的一年级拼写测试上方，有人用已经退色的红墨水赞扬说。“阅读与数学能力位于年级前茅。”亚历克斯幼儿园老师也满口称赞。

我像一个在失踪者档案中寻找线索的侦探，苦苦钻研了好几个小时。天再次亮起来时，因为摸到了太多陈墨水，我的手指尖黑糊糊的，身边的两堆文件已经占去了沙发垫子的面积。我那个关于智商测试分数是不是被掉换过的疑问早已不翼而飞。

亚历克斯是聪明的那一个，从来都是。

那为什么在高中我的平均分是3.96，而她一直在B的附近打转？为什么我去了一个顶尖大学，又在纽约打拼出一份事业，而亚历克斯草草地在社区大学读了几门课程，结果一直没有拿到学位？

错位一定是一天天发生的，当抽出一张亚历克斯的三年级班级照片时，我才意识到。我往前靠了靠，毫不在意因为耸了太久有点抽筋的脖子。那张照片上，亚历克斯站在第一排的正中间。其他孩子都挺可爱——

有一个打着不对称蝶形领结的小男孩，一个穿着红白条纹水手服的喜滋滋的女孩——可是谁是明星简直一目了然。摄影师让她站在黄金位置不是没有原因的。亚历克斯在那个时候已经因为美貌受到了关注。

随着时间的推移，这个信号一定越来越强烈。如果你常听到人说，美貌是你出众的原因，那些话会不会最终压倒其他的天赋？这些滔滔不绝的赞美会不会像温柔但无情的流水，慢慢地将它自己的意愿加诸在经过的岩石上，把石头冲刷成它选择的模样？

我发现了亚历克斯在朋友生日宴会上照的一张照片。派对主题是夏威夷式宴会，女孩们都穿着草裙，戴着花环。即使在这张照片上你也可以看见，当亚历克斯的屁股扭起来时——她在模仿夏威夷舞蹈——男孩们都在看她。她那时有多大？也许是十三岁？

即使在那时，亚历克斯的圈子里已经挤满最好的运动员和最漂亮的拉拉队员：我们学校最精华的遗传组合。他们坚守着代代相传的青春信条——信条宣称：聪明一点也不酷。酷酷的孩子们把辩论队的男生叫做“尖叫鬼”，在大厅里绊他们，等他们摔破眼镜时哈哈大笑。酷孩子们在周末的晚上聚会，一起喝一箱啤酒：某个孩子牛到可以弄个假ID买到酒。放学后他们在商场结了群闲逛，互相大夸对方也互相挑刺，像一群饥饿的食肉动物。亚历克斯是这伙人无可争议的皇后，用她高高的颧骨、蓝绿色眼睛和光洁无瑕的皮肤统领着众人。

亚历克斯在高中究竟有没有学习过？我皱起眉努力回想。我们在一起的时间不多，但我十分确定她只有在考试前夜才啪的一声打开书。她靠天赋的聪明混过去，不花太多心思得了一串B。与此同时，我守在图书馆埋进课本读到头昏脑涨，默默地积攒各种知识，提高拉丁文。如果分数跌到平均线、不够完美的话，我会杀了我自己。我要被人关注。我要与亚历克斯不一样。

经过这一切，我也重塑了自己，跟流水一样决绝。

我又低头看了看智力测试的结果。爸爸妈妈是不是把信扔到一边，然后完全忘到脑后了？可能他们都没有认真读过。他们有可能这么干。

或者——想到这里，我紧紧闭上了眼睛——难道是父母故意藏起了结果，因为他们知道我多么不惜一切地想要相信我才是姐妹中聪明的那一个？也许爸爸妈妈比我料想的更了解我。

这么多年来，我都为自己负责照顾父母感到骄傲。难道他们一直在秘密地保护我吗？

我直直地坐起来，揉了揉困倦的眼睛。手指尖上的灰尘害我打了一个喷嚏。我在阁楼上待得太久，已经不知道时间究竟是夜晚还是早晨。

亚历克斯知道她有多聪明吗？我不清楚。在她之前的人生中，所有人在她身上只关注一件事——美貌。美貌是她的谋生之道，她的定位。

直到现在。

我的思绪飞回到了医院床上的亚历克斯身边。她的脸还肿着，头发已经剃光。今天她失去了一些东西。我们都一样。

突然间，深沉的倦意淹没了我，我感觉意识逐渐模糊，行动也迟缓起来。我关掉头顶上的灯，阁楼陷入了一片黑暗中。我爬下梯子，把它们叠起来放回天花板上，又摇摇摆摆地回到卧室蹬掉鞋子上床——我甚至都懒得钻到被窝里。只过了几秒钟，我已经沉沉睡去。

“我只是说鬓角对不上！”我醒来时，爸爸正在大喊。

噢，时间一分不差。现在是九点整，关于里吉斯·菲尔宾是否染过发的辩论时间，比闹钟还要可靠。他们的话题马上就会转到究竟凯莉是不是更瘦了，然后，从那里开始，上“The View”节目的女人没有一个能逃过爸爸妈妈的评头论足。不管是一次欠考虑的糟糕发型，一道一瞥而过的“比以往更凶猛”的乳沟，还是跟整体不搭调的橙色口红——一样一样都会被拣出来，横挑鼻子竖挑眼的认真程度不亚于检查实验室里的青蛙内脏。

“嘿，宝贝。”当我被咖啡的醇厚的香味吸引，跌跌撞撞地走进厨房直奔咖啡壶时，妈妈说。“布拉德利在一个小时前打过电话。他说亚历克斯晚上过得很好。”

“我先飞快洗个澡，我们就可以去见她了。”我咕噜噜大喝几口咖啡说。我靠在厨房台子上，心里希望它能一整天跟着我，在我歪倒的时候把我扶直。

“这女孩应该去吃个自助大餐。”爸爸一边看着凯莉和“与明星共舞”的最新得主一起跳萨尔萨舞，一边发表意见。

一切又回到了正轨，可惜一切又都不再一样。

我飞快地冲了个澡，用毛巾擦着头发，电话响了。过了一会儿，妈妈没有敲门就冲进了浴室，我正要大喊“尊重隐私！”却看见她惊恐的、睁大了的眼睛。

“是布拉德利的电话。”她说，“出事了。”

奔下走廊时，我可以听见亚历克斯的哭声。布拉德利站在她的房间门口，还穿着昨天那套衣服，尽管现在他的方格衬衣只塞进了一只袖子；另外一只悬在他的仔裤上。他的头发比平时还要乱糟糟的，一张脸看起来又憔悴又疲倦。

“她不肯见我。”他用非常震惊的语气说，“她不肯再让我进门。”

“出了什么事？”我问。

“她让我把钱包给她，拿了一面镜子。”布拉德利说。他取下眼镜擦了擦鼻梁上留下的印痕。“我迟疑了一会儿。可我还能怎么办呢？她的样子当然有变化。拜托，刚刚做了脑部手术。可她就开始哭了。”

“她看见自己的样子了？”妈妈快步走到我身边问。

布拉德利点点头，又戴上眼镜。“问题是，她恢复得很好。医生都不敢相信今天早上她有多精神，她的视力也提高了，所以院方才把她搬出了加护病房。她的恢复情况比所有人预料的都好。我一直想要告诉她这一点，可是每次她一听到我的声音，就更加歇斯底里了。”

“我进去吧。”妈妈说。

我一只手握住她的胳膊，拦住了她。

“让我试试？”我问，她点点头后退了几步。

我敲了敲门，轻轻打开。“亚历克斯？是我。”

亚历克斯已经换到了一个新房间，跟重症监护室不一样，屋里堆满了鲜花：有装着黄色水仙的柳条篮，一束郁金香，还有散发着甜蜜香味的玫瑰花。花堆的中间是亚历克斯，可怜兮兮地蜷成一个球，被身上插着的管子包围着。她看来是这么虚弱而悲伤，让我心碎。

“嘿。”我努力不把惊讶的情绪流露出来。

亚历克斯完全变了一个人。她的皮肤上斑斑点点，手臂上因为反复扎针留下了模样可怕的淤痕，眼圈发红，而她的颧骨——美丽的颧骨——已经没在肿胀的脸蛋里了。

我坐到她床边的椅子上，布拉德利就在这张椅子上过夜。亚历克斯只是静静躺着，眼泪滚滚地从脸颊上流下。

“我知道你很难过。”我一开口就说了一句蠢话。天哪，还有人比我更傻，非把显而易见的事情再提一遍的吗。为什么我不是那种总是知道该说什么的人？

我又试了一次。

“亚历克斯，肿会消的，不会持久。”我说，“而且头发也会长回来的。”

她似乎没有听见我的话。“我真丑。”她说，声音刺耳粗糙。她的声带一定是哭坏了。

“你做了脑部手术。”我轻声说。亚历克斯是不是从来不肯想手术后的模样，就像刚开始头痛和视力模糊时她拒绝承认有问题呢？

“康复需要时间。”我说。情况不大对劲；我听起来就像格雷森医生，试图用温和不伤人的说法绕开事实的严重性。

“要多久？”亚历克斯问。

“要一阵子。”我继续躲着话题。

亚历克斯紧紧地盯着我。“我知道你调查过。”她说，“你一定会这么做。告诉我，要多久？”

也许我应该撒谎。可我想那会让事情更糟糕。亚历克斯会发现我在撒谎；她从来什么都不会错过。当她还是个小孩子时，妈妈就抱怨要骗亚历克斯早点去睡觉或者偷偷带她去牙医处补牙都总是被她发现。

又错过了一条线索，我想。我们都没有在意。

亚历克斯在等我回答。再说，如果她发现我撒谎的话，我会失去她的信任。“你的脸还会肿一阵子，”我说，“类固醇的作用。”她闭上了眼睛。“不过你只要吃几个月这种药。”我赶紧补上一句。

“几个月。”她说，“多少个月？”

“两个月。”我说，“也许更短。”也许更长，如果需要进行放射治疗的话。

亚历克斯又睁开发红的眼睛。“我才开始吃类固醇。”她慢慢地开口说话。我知道接下来她会问什么，但我无法逃避问题。

“情况会更糟，对吧？”她说，声音几乎不带感情。这次我原本打算编出一个谎话，祈祷亚历克斯不要看穿，但我连一点机会都没有。她聪明地直接跳到了无法避免的结论上；所有手术前她为保护自己所设的屏障都一一崩溃。

“是暂时的。”我无力地说。

亚历克斯向四周张望，我追随着她的目光。屋角有几只闪亮的气球，垂下的标签上印着NBC的字样。

“你觉得他们会让我以这副模样出镜吗？”她说，“还会有人请我去拍照吗？我现在看起来像个见鬼的后卫，还会有人让我做泳装模特吗？”

“只是暂时的。”我又说了一遍，希望能够想出点什么东西说。什么都可以。

“不仅仅是两个月的事情。”亚历克斯说，“要花非常长非常长的时间去减肥。我的头发要两年才能重新长出来。”

亚历克斯转身向着我，脸上的神情起了变化。她似乎第一次看见我。“瞧瞧你。”她用沙哑的陌生声音说，语气里的惊讶代替了痛苦——惊讶，还有些别的。

我还没有想过自己的外表；接到布拉德利的电话后，我只是匆匆披上放在柜子最前排的衣服。现在我低头看见新仔裤、皮靴和合身的上衣，头发看不见，但现在它比平时长得多。我知道，在车里它可能会风干成波浪鬈发的天然形状。

“你看起来……真漂亮。”亚历克斯说。她想要笑一笑，可是她的下唇发着抖，眼泪又从脸颊上滚下来。

我知道她的感受。我很清楚；打心眼里清楚。亚历克斯在嫉妒我。嫉妒我的外表。一天之内，亚历克斯和我互换了角色，就像小学里那两个小男孩。但我们没有办法掉换外套和背包，再换回原来的身份。事情没有这么简单，一直都不是。

“亚历克斯，我……”我开了口，却接不下去。我能说什么呢？也许说我有过同样的感受？我知道嫉妒姐妹的外表，嫉妒到几乎难以呼吸是什么感觉？不过别担心，你会习惯的——即使你永远也不会真正释怀？

“我累了。”亚历克斯说。她又闭上了眼睛，这一次没有再睁开。

“爸爸妈妈想进来。”我说。

“等一会儿。”亚历克斯说。

“布拉德利也想见你。”我说。

“不。”亚历克斯说。她说这句话的样子——斩钉截铁的语气——好像她关上了一扇门，再把门栓别到了底。

我把门留了一条缝离开房间，感觉自己似乎把事情弄得更糟了。走廊里布拉德利走过来，我只是摇了摇头。他沉下脸，停下了脚步。

“她怎么样？”妈妈问。

“要等上一阵子。”我勉强向父母露出一个微笑。“对她是个不小的冲击。她的脸还很肿。”

“也许我们该从礼品店买点东西给她。”爸爸说。他皱着前额，我知道他感觉多么无力。“你觉得她会喜欢巧克力吗？”

“听起来不错。”我说着拍拍爸爸的胳膊。“让她先休息一会儿，你和妈妈再去看她。”

“现在我能进去吗？”爸爸妈妈向电梯走去时，布拉德利低声说。

我摇摇头。

“难道她不知道吗？”布拉德利用痛苦的声音问，“我不在乎她看起来什么样！”

这是真话，但其中的讽刺让人难以忍受。我的姐姐——我所知道最美丽的女人——爱上了世界上唯一一个不在乎她的外表的男人。现在她失去了她的美貌，却要推开世界上唯一一个还觉得她美的男人。

“给她点时间。”我对布拉德利说，又把用来安慰父母的那些含混没用的话重复了一遍。天哪，世界怎么会变得这么复杂：我正在安慰那个让我心碎的人？我居然在给他和我姐姐的交往出谋划策，这怎么可能呢？

“她只是需要一点时间。”我又说了一遍，因为我不知道还能说什么。

可是时间只会让事情变得更坏。

时间过了一天又一天，一个星期又一个星期，亚历克斯离开医院搬回了她的老房间。在这之前，爸爸和我急急忙忙从房间里搬出了他的办公桌、文件和一堆堆的书。亚历克斯回家的前一天，妈妈去梅西百货买了一条印着熏衣草花枝的漂亮新鸭绒被，一个新床头柜，还有一盏灯。我刷了墙，在地毯上洒了些好闻的发酵粉，把它掀起来吸了尘。我精心挑选了不少书放在亚历克斯的床头柜上，还放上了一个漂亮的水罐和一个盛冰水的玻璃杯。可是亚历克斯似乎压根没有注意到这些变化。她只是爬上床，仰天躺着盯着空气。每天早上我离开家去上班时，亚历克斯还没有起床。每天傍晚我回家时，她只是动了动脚走到了后院，戴着一顶宽檐帽，手里拿着一本书。她不肯出家门，除非是开车长时间漫无目的地闲逛——这还是医生明确要求她做的。不过亚历克斯只在夜晚出门，好躲在阴影里。

“节食了这么多年。”一天傍晚，她盯着我端进房间的托盘说。那天亚历克斯没有出房间吃晚饭。她拿起叉子翻了翻甘薯，甘薯旁边堆着一块烤鸡胸和一个黄油面包卷。

“我饿了十年了。”她说着叉起一大块甘薯咽了下去，脸上却一点没有享受的模样。“我一直在玩这个游戏。如果我真的很乖——如果每天只吃1300卡路里——我就允许自己每周吃四口甜食。吃一勺蛋糕我可以花上五分钟。”她开始有条不紊地吃剩下的甘薯。“四口该死的甜食。”我听见她小声说。

“她听起来像得了抑郁症。”一天晚上我给曼特打电话时，他说。

“也许。”我轻声说话，以防亚历克斯听见声音，尽管她很少出房间门。“不过她经历了这一切，抑郁难道不是正常的吗？”

“当然。”曼特说。他低沉的声音让人放心。我倚回床上，把听筒贴在耳朵上，感觉曼特的声音像一条柔软的毯子裹着我。“这一切可能吓得她要命。”曼特继续说，“她与死亡擦肩而过，现在她说不定觉得失去了一切。事业，美貌，男朋友。”

“那我该怎么办？”我低声说。

“只要陪着她，我想。”曼特说，“如果情况没有好转，试着带她去看医生。也许她需要吃些药。”

“我觉得她不会出门看心理医生。”我说。

“情况真的有那么糟糕吗？”他问道。

我心里浮现出亚历克斯的模样。当我下班回家时，她正坐在沙发上，穿着“Old Navy”网上买来的海军蓝运动套装。亚历克斯的旧衣服都不合身了，她用身上的这件和一套几乎一模一样的黑色运动服换着穿。她的手指肿得戴不下戒指，脸也还是虚浮的。当亚历克斯取下围巾，我看到她的头发已经开始长回来，浅浅的好似一层桃子绒毛。可是，一切中最糟糕的是她一个接一个小时盯着电视，眼睛里露出毫无生气的表情。

“的确非常糟糕。”我说，“我在想打电话给她的医生。但我担心她发现的话会大发雷霆。”

“打电话吧。”曼特毫不犹豫地说。

我听到电话里传来帕米的声音，她正在问一瓶什么酒。他们也许要一起喝。我本来还想告诉曼特智力测试和布拉德利以及所有一切，可是突然间我感觉不大舒服。这是个周五的晚上，他跟女朋友在一起。他说不定想挂电话了。

“我不该拖着你。”我说。

“没关系的。”曼特说。

“不，说真的。”我说，“再说，杰帕迪（Jeopardy！）[1]开演啦。这可是这里的热门事件。”

1 Jeopardy，美国最受欢迎的智力竞赛节目。——编者注曼特笑了。“跟医生谈过之后给我打电话，好吗？”

我挂上电话，仰面躺着看天花板。几分钟后，手机收到了一个短消息：

雪儿因过于暴露、有伤风化被捕；假胸为辩护策略争吵不休。右侧假胸威胁要叛变，投向帕米拉·安德森的身体。

我大笑起来，啪地关掉手机，终于觉得心情好了一些。

第二天早上，我穿上一双旧球鞋——不是我在纽约常穿的、贵得要命的真皮单鞋，也不是最近一直穿的性感的高跟鞋——又穿上了一条舒服的退色旧仔裤，我从研究生院毕业就买了它。四月的天气穿这条仔裤还有点冷，因此我还套上了一件简单的白色T恤和爸爸的海军羊毛外套。等到穿好衣服，把头发扎成一个马尾，我看着镜子。今天我不是那个聪明的工作狂，也不是喜欢逛街、喜欢笑、喜欢给人配对的漂亮媒婆，仿佛我在着装上走了中间路线，在两个征战不休的身份之间叫了一个暂停。今天，我只是……林赛。

我向世界上我最喜欢的地方之一出发：首都新月步道（Capital Crescent Trail），这条路将贝塞斯达市中心和乔治敦连接起来。几个街区外，汽车正一辆一辆呼啸而过，公共汽车颠簸着穿过街道，喷出灰色的尾气。可是这条小道好似一片树丛环绕的凉爽绿洲，恰好切过城市的腹地。我走了好几个小时，骑自行车的人飞快从身边经过，叫着：“注意左边！”耷拉着舌头的狗们拖着主人在路上一路小跑。我遇到一些女人推着颜色鲜艳的婴儿车，还遇到牵着手散步的恋人们。在这条林木葱葱的小路上，要融进其他同样穿着运动鞋、羊毛外套、在周六出外呼吸新鲜空气的人，实在太容易了。

过了一会儿，我开始寻找身边经过的女人的脸，至少是那些看来跟我差不多年纪的女人。那两个一起“劲走”的女人？她们的手在一起摆动。她们的婚姻都幸福吗？还是她们中有一个正在暗自怀念某一个前任男友，不过，当年是她决定要跟他分手的？还有那个胸前绑着一个婴儿、满脸憔悴的女人——她开心吗？她是否放弃了事业在家照料小孩，还是她深感内疚，但急于回去工作？她的选择正确吗？至于那个穿着自行车短裤、正在跟身边男人争吵的黑发漂亮女人，她又怎么样？她为了和他在一起搬到了贝塞斯达，现在后悔了吗？

当面临多种选择的时候，你怎么知道那条生活之路是不是对的呢？我不知道。你怎么知道你选了合适的位置，或者你根本就属于另外一个地方？

我原本以为我的命运是在纽约管理一家顶级广告公司。我以为我会一周工作70个小时，从位于拐角、配备着大理石私人洗手间的办公室里指挥上百个下属。当回到家后，我又突然决定我应该跟布拉德利在一起。

现在我不得不重新思考我对自己的一切认知。我并非聪明绝顶。我不成功，至少用我原来的标准来衡量的话。辉煌不是我的命运。六个月前，这会彻底摧毁我。现在，这种命运只让我觉得陌生，还有一点点害怕。我的内心有点空、有点酸，好像身体中某个重要的部位被人活生生挖了去，而我感到的是虚幻的痛觉。

我也不再是布拉德利深爱的女人。我一直在不停地告诉自己这一点，希望疼痛会逐渐消失。也许，如果电梯没有坏的话，如果亚历克斯订婚派对的摄影师没有在最后一刻取消的话，如果没有其他千千万万相关细节的话，我最终会跟布拉德利在一起。也许。

一个烦人的想法从心里冒了出来。以前我试过躲开它，但它一直对我纠缠不休：在纽约时我并没有经常想到布拉德利。那是什么终于燃起了我对他的兴趣？是因为知道亚历克斯中意他吗？

我反复在心中掂量着这个想法，但我早已知道答案：不是。这并不是我想要布拉德利的唯一原因，我很确定。他不是竞赛奖品；奖品这个身份配不上他。我的感情真实、复杂、深刻——但是也许，仅仅是也许，亚历克斯对他的兴趣点燃了火花。我不得不承认这种可能性。

但说到最后，那又有什么关系？与布拉德利在一起的生活也不是前方等待着我的那一个。

那我要怎么样才能找到正确的路？我困惑地想，一边看着一对白发老人从身边经过，男人扔出一根棍子让黄金猎犬去捡，他的妻子看着，微笑着。从现在开始，我怎么知道要朝哪里走？人们怎么找得到路呢？

我喜欢在梅的公司工作，可是如果十分坦白地讲，在内心深处它仍然让我觉得自己是个失败者。我还挣不到原来薪水的四分之一，头衔让人看了也记不住。这份工作带给我的快乐可以弥补这样的损失吗？几年之后我会不会后悔？没有目标是我面对过的最困难的事情之一。

我总是知道该做什么，怎么解决问题，朝哪里走。而且我喜欢这样的自己，喜欢总是自信满满、知道该往哪里去的自己。

天开始热起来了。我脱掉羊毛外套系在腰上，继续向前走。前方有个弯道。尽管看不到一百码外的地方，可我知道如果继续向前走的话，会走到整条小路我最喜欢的地方——一条旧木桥。我决定就在那儿掉头。接下来我会沿着荫凉的小路往回走，直到小道突然消失融入贝塞斯达市中心，那里阳光灿烂，咖啡店、书店和画廊占满了街道两侧的每一寸地方。人们闲逛着，吃着冰激凌甜筒，拎着邦诺书店的绿色塑料袋，在街边咖啡店的凉棚下小口品尝着葡萄酒。

真有意思，前一秒你还在某处，一个转变之后就到了一个完全不同的地方，我一边想一边把手深深地揣在兜里，加快了脚步。

第十三章 过去与现在

一年前，我会对亚历克斯的虚荣翻个白眼，可是现在我却想哭。那小小的火花，一星半点的骄傲——那是以前的亚历克斯的一抹闪光，好像她透过累累的伤痕、类固醇和浮肿的身材，正在逐渐浮出水面。

“这么说现在你是漂亮的那一个，亚历克斯是聪明的那个？”梅问道。她坐在我对面，躺在她最喜欢的软垫椅上。我们工作时她拿出一张Andrea Bocelli的新CD放上。通常这是一天中我最喜欢的时间段：阳光从我们身后的大玻璃窗照进来，狗蜷在我们的腿上，我的手上端着一杯温暖、香甜的茶。但今天我十分反常，无法集中注意力投入工作。只要一打开客户档案，智力测试的结果就在我的眼前晃动。

“我不知道该怎么想。”我叹了口气，把目光从膝盖上的文件挪开，“亚历克斯会再变漂亮的，不过她可能减不下体重。有些人就是减不下来。她的头发也有可能变样。我感觉除非能变得跟原来一模一样，不然她不会开心，可是永远也不可能有这种事。”

“这对任何人都不容易。”梅说，“不过对像亚历克斯这样的人尤其困难。”

“而且我总有一种受骗上当的感觉。”我说，“我的情况还不算差，可是我几乎能够理解亚历克斯的感觉。只是别人看不出我丢了什么。我的整个人生是个骗局。每个人都在告诉我我有多聪明。爸爸妈妈、我的老师——他们总是在提我的潜力，好像潜力是永远到不了头的神奇事物。可是我非常平凡。”

“你是一个非常聪明的女人。”梅对我显然十分忠诚。

“可并不是——”我停顿片刻“——有多特别。”

“我不同意。”梅说。她站起身切开几分钟前从烤炉里拿出的一条香蕉面包，递给我一大片。我深深地吸了一口气，世界上再没有比刚刚出炉的香蕉面包更好闻的了。

“唔。”我含着一嘴香蕉面包口齿不清地说，“如果你想让我分神的话，你该知道我没有这么好收买。我要至少两片。”

梅对我笑了，“你告诉亚历克斯智力测试的事了吗？”

“还没有。”我说着咽下嘴里的面包，“本来打算告诉她，可是现在我想我会等到她好一点再说。她要处理的事情已经够多了。”

梅点了点头，接着皱起了前额。

“其实还有一种看待这个问题的方式。”她说得很慢。

“告诉我。”我说，“遇到这么多事，我的脑子都不好用了。当然，我的脑子比人们传说的要聪明得多。”

梅对我摇了摇头。“我想说的是，你现在比任何时候都更有理由相信自己有无穷的潜力。看看你仅凭努力工作和意志力成就了什么。那加上你的天赋呢？还能去哪里？”

我惊讶地看着她。我从来没有这么想过。

“如果愿意的话，重新改造你自己吧。”梅说，“我觉得只要打定主意，你什么都可以办到。”

“我的父母还不知道我被解雇了，”过了一会儿，我说，“你能相信吗？本来我应该告诉他们，可是亚历克斯出了这么多事……”我的声音越来越低。

“我不认为你需要告诉他们，”梅说，“等你成为华盛顿一家顶级约会服务公司的股东，再告诉他们吧。”

“是啊，不过……”我开口说。接着我住了嘴，看着梅，“股东？”

“你知不知道我有多想去印度？”她说着用双臂抱住自己紧了紧，眼睛露出梦幻的神色，“我梦想这一天有好几年了。我想看看泰姬陵，还想睡在星空下的帐篷里。如果我离开的时候公司在你手里，会让人很放心。再说，这是你应得的。你知不知道自从你加入公司以后，业务增长超过了百分之三十？”

“我不知道说什么。”我说。为了逃避话题，我低头去捡沙发上的香蕉面包屑，可是邦尼——那只黑色拉布拉多犬——一直在疯狂地舔掉下的面包屑，它盯着我露出受伤的眼神。突然我陷入了恐慌，没有办法再直视梅。如果正式成为股东的话，我的生活将完全改变。我会再也没有办法回头；过去的梦想都会变成一闪而过的烟花。我将永远不会再在阿斯本拥有寓所，永远不会有配司机的专车，不会有无上限支出账户。取代这一切的是一辈子仔裤上都粘着狗毛，在老店里跟客户一起交谈欢笑，替人看小孩，收拾剪坏了的刘海儿。在夏天暖和的傍晚早早地翘班。还有，在人们的眼睛里点燃希望。

跳吧，曼特的声音又一次说。

曼特的声音变得颇为威严。

“林赛？你还好吧？”梅一边问一边把纸巾放在我的手里。

“我很……”我终于找到了苦苦搜寻的那个词。“开心。”我说，“我很开心。”我搂住梅，感觉到她那可靠、让人安心的体温。“谢谢你。”擦干眼泪时，我小声说。而且我意识到，我说出了真相。即使是夹杂在各种各样的情绪中——比如困惑、不安和惊恐——开心的感觉也逐渐变得真实而直接，好像一朵将要开放的花。

“我能怎么办？”布拉德利用两只手捋着头发，在客厅里走来走去。“她不肯读我的信。不肯接电话。不肯见我。我还能怎么办？”

早上上班时他给我打了电话。当看见来电显示上闪着他的名字时，有那么一会儿，我的心提了上来。但那只不过意味着我的心还需要进一步解脱。一定会越来越容易的，我第一百次地提醒自己，同时接起了电话。

我从来没有见过这样的布拉德利。一夜之间他似乎廋了十磅，脸色十分不安。

“不是你的问题。”我告诉他，“亚历克斯谁也不想见。”

“我只希望能让她明白。”布拉德利说。他一下子坐到我旁边的沙发上。“我对她的感觉跟她的外表没有关系。她怎么就不能理解呢？”

“我明白。”我说，“我会跟她谈谈。我原来担心会让她更难过，可是这也太过分了。”

“谢谢。”布拉德利说。他叹了口气转过脸来，似乎我到他家后他这才第一次真正注意到我。

“天哪，我给你打电话是不是很怪？我只是不知道还可以找谁。”他停顿了一下，掉转了目光。“而且我知道我们一直没有好好谈——”

“布拉德利。”我坚决地打断了他，“没有什么好谈的。一切都很好。”

“你是说真的？”他的表情变得充满希望。我想起来了，布拉德利讨厌看到别人受到伤害。这是我爱他的原因之一。

“当然。”我说，“当时我要搬回家，换工作，所有的事情都成了一团乱麻。我被弄得有点糊涂。你说得对，我们做朋友要好得多。”

亚历克斯是对的；我真是一个出色的撒谎精。

布拉德利呼了一口气。“我太高兴了。”他说，“好朋友。”他伸手拥抱了我。他的拥抱还是老样子，用两只手搂得紧紧的。我还一直喜欢他拥抱的方式。要到什么时候我才能不再一件件地数他身上我喜欢的东西？我使劲眨眨眼睛，赶开这个念头。

“亚历克斯会需要你。”我收回思绪轻快地说。从他身上收回思绪。如果他的手臂再多搂住我一秒钟，我会管不住自己的眼泪。我的手紧紧地握在身后——布拉德利看不见的地方——指甲握进了手掌心。

“我会尽量跟她谈谈。”我允诺道，“如果她还是不想见你……我们会想出办法的。我答应你。”

布拉德利点点头，泪水在他的眼里闪闪发光。

“谢谢你。”他说。我在他的脸上看到了感激，还有些别的。也许甚至是爱。只不过不是我所渴求的那种爱。

但必须到此为止了。我会忘记他的手臂紧紧搂住我、我闻到微微的林木香味时的那种渴望，会咽下已经涌到喉头的小声哭泣。他选择了我的姐姐。必须到此为止。

那天晚上我到家时，亚历克斯在等我。

“我要你帮个忙。”她说。

第十三章

见到她清醒地起了床，我很惊讶，只是点了点头。“当然。”我说，“什么事都行。”

“我弄丢了驾驶执照。”她说，“说不定是在做核磁共振那天把信用卡拿了出来，从那以后就再没有看到过。结果昨晚我被警察抓了，爸爸的左大灯是坏的。这次他们放过了我，不过下次再抓到的话就会有麻烦。你能带我去车辆管理处吗？”

“现在？”我问。

她犹豫着。“最好是在晚上出门，不然我不知道该怎么办。”她的声音很温柔，却充满绝望。

“那我们走吧。”我说。

“车辆管理处一小时后关门。”她说，“我想，如果我们在下班的时候到……”她的声音越来越小，但我明白她的想法。如果我们在下班时才到的话，那里不会有太多人。

“当然。”我说。也许她被抓是件好事，我一边从钱包里拿出钥匙一边想。也许这会逼着亚历克斯一小步一小步重新进入世界。今天我们要去车辆管理处，也许这周迟些时候亚历克斯会让我带她出门喝咖啡。也许她迫切需要的动力终于来临了。

请领取号码，车辆管理处柜台上方的大标语客客气气地写着。我从自动取票机上拿了一个号码来到等候区，坐在亚历克斯身边硬邦邦的橙色座位上。

“应该不会等很久。”我说，“已经到81了，我们是86。”

“意思就是说还要等三个小时。”亚历克斯说。她叹了口气。“我真不敢相信这鬼照片要在我的驾照上待上十年。”她填完文件，放在旁边的空座上。亚历克斯还是没有戴假发，尽管有时候她会在车里戴。假发痒得要命，尤其是在她头上切口的地方，因此她戴上了一顶松软的大帽子，拉低帽檐遮住头皮。我认得那顶帽子；在《华盛顿人》的封面上，亚历克斯用一只手举着它，身上穿着蓝色的比基尼。我很好奇是不是艺术总监让亚历克斯在拍摄时取下帽子，以免盖住了她一头亮丽的长发。

“也许你能下次再来拍照片。”我说。我知道现在千万不要废话，不要告诉亚历克斯她看起来仍然很漂亮。

在我的记忆中，这是第一次没有人盯着我的姐姐看。我没有意识到自己已经有多么习惯这种情形：男人用鬼鬼祟祟的目光追随着她，那些认出她的人毫不掩饰地恍然大悟或者窃窃私语，还有经常遇到的拙劣的搭讪。例如有一次在一个酒吧里，一个一脸谄媚笑容的男人靠近亚历克斯，说，“我有失忆症。你觉得这个地方我是不是经常来？”

令人惊讶的是，改变让我十分难过。如果亚历克斯注意到的话——她一定注意到了——可是她一句话也没有说。

有人叫了亚历克斯的号，我陪她向照相处走去。操作仪器的女人似乎十分无聊，几乎是在发呆。我不怪她，她的全部工作就是先告诉人们盯着一盏红色小灯看，然后按下按钮。

“站到蓝线上。”女人用毫无感情的声音命令道。

亚历克斯照办了，接着她停了下来。“等我一下？”

她从手袋里掏出一面折叠镜，擦上些闪亮的粉色唇彩。一年前我会对她的虚荣翻个白眼，可是现在我却想哭。那小小的火花，一星半点的骄傲——那是以前的亚历克斯的一抹闪光，好像她透过累累的伤痕、类固醇和浮肿的身材，正在逐渐浮出水面。

“我准备好了。”亚历克斯告诉操作员。

“把帽子脱掉。”操作员说。

“抱歉？”亚历克斯问。

“脱掉帽子。”女人说。她甚至都没有看亚历克斯，正在摆弄机器上的什么东西。

“可我必须戴着它。”亚历克斯说。她用两只手抓住帽子，好像害怕那个女人会跳过柜台把它夺走。

“照片上不能有帽子。”女人听起来就像一口气背出了车辆管理处第十三条法规，B小节，第四行——排在它后面的第五行规定禁止故意美化的照片。

“我必须戴帽子！”亚历克斯说。她的声音很惊恐。

那时我本来应该——很久以后我才想到——静悄悄地走到操作员身边，解释清楚亚历克斯为什么需要一顶帽子。我应该找到办法帮亚历克斯。可是我只是无助地站在那儿。

“取下帽子，不然不能拍照。”女人说，“你自己选。”

亚历克斯瞪着她，脸上的惊恐慢慢地变成了愤怒。

“我们可以待会再回来。”我说着向亚历克斯走去，“或者让我跟经理谈谈。”我看了一眼操作员。“你的主管叫什么？”

“不。”亚历克斯说。她闭上了眼睛，似乎在集中精神。

“亚历克斯，我们可以回家。”我轻声说，“来吧。”

可是亚历克斯似乎没有听见。“不。”她又小声说，几乎是对自己。她犹豫了一会儿，伸手猛地拉下帽子。

车辆管理处突然变成了一个剧院，大幕缓缓拉开，亚历克斯独自站在舞台中央的聚光灯下。房间刹那间安静下来。人们坐在一排排橙色的硬座椅上——有把小女婴放在膝盖上哄着的中年西班牙裔女人，身着迷彩色裤子的家伙，来领临时执照的一群咯咯乱笑的年轻女孩——看见亚历克斯时，他们一起呆住了。

亚历克斯站在宽阔的屋子中间，任由所有人细细地、久久地观看着。她的头顶盖着一层淡淡的金红色绒毛，切口附近的区域却仍然露着头皮，模样可怕的伤痕在雪亮的工业照明灯下闪耀。

拍照的女人目瞪口呆地看着她。“你可以把帽子戴上。”她终于用温和的声音说。

亚历克斯突然开口说：“只管照那见鬼的照片就好。”

接着亚历克斯转身面对镜头，相机上有个小小的黄色笑脸贴纸，上面写着“说茄子”。每个人都直直地盯着她，亚历克斯高高地抬起了下巴——这是多年来她一贯的姿势——在按下快门时摆了个姿势。

“不管怎么样，我不再漂亮了。”亚历克斯说。

我吃惊地转过身来。这是我们离开车辆管理处后她说的第一句话。她坐在副驾驶座上直直地凝视着前方，不管我说什么她都立刻打断话头。不，她什么都不想吃，就算是免下车快餐。不，她不需要我给她带什么。不，她不热，也不冷。

我想让她一直说着话，好争取点时间想明白刚才发生的事。也许那是她的最低点，是她能够想象的最糟糕的情况。也许既然已经触到谷底，那她会慢慢地反弹回来，因为再也没有别的路可走了。当亚历克斯摘掉帽子对抗着车辆管理处的操作员时，似乎她终于准备好重新面对世界。可是等我们拿到她的新驾照钻进车里，当时间一分钟一分钟地过去，亚历克斯却还是一直望着窗外，我开始担心事情会向糟糕的方向发展。也许现在亚历克斯再也不想走出她的房间。

因此当黑暗中传来她的声音时，我非常吃惊。

“几个月前，有人打电话给我一个模特的工作。”亚历克斯在膝盖上敲着手指。现在她又戴上了帽子，尽管夜色暗淡，没有人能够看见车里的她。“我的经纪人告诉我他们需要一个年轻女人和她妈妈，要拍‘Chevy Chase Pavilion’旅店的目录册。我到了摄影棚，看见了一个美得不得了的孩子——她大概只有13岁，我发誓她长得又瘦又高——坐在化妆椅上。突然我才反应过来，我是那个妈妈。”

她摇了摇头。“这就是让我难受的地方。那孩子笑的时候不能露出牙齿，因为还戴着牙箍。一整天她都在作蒙娜丽莎式笑容。”

“小傻蛋。”我说，“我敢打赌，过不了多久她长出满脸青春痘，就完蛋了。”

亚历克斯笑了。至少我逗她笑了，算得上一个小小的胜利。

“这些工作本来就干不长的。”她说，“不过来得太快了点。”

“亚历克斯，拜托。”我说，“你只有29岁。”

“在这行算老古董啦。”她说，“我还能接到工作的唯一理由是这里是华盛顿，要是在纽约，五年前我就完蛋了。你知道过去几年我都是怎么拍照的吗？我先要在眼睛下面抹点止痛膏，才敢坐到化妆台前面。止痛膏会让小细纹消失。明年我还会开始打肉毒杆菌。”

想到自己将亚历克斯的脸部护理和私人教练课程当做完全的虚荣，我颇为内疚。她工作跟我一样努力，尽管她明知自己已经到达了事业的巅峰。也许正是这一自觉让她更加努力。

“你想过不做模特儿，做点别的吗？”我问她。

亚历克斯耸耸肩。“我喜欢电视业。”她说，“我经常想能不能搏一把，也许去纽约或者洛杉矶，给人看看我的片子。”

“你还是可以这么做。”我说，“再过几个月。”

“也许吧。”亚历克斯说，但语气听起来很勉强。“你知道电视这一行竞争有多激烈吗？如果你不年轻，不漂亮，制作人连看都懒得看你一眼。可我已经……不再漂亮了。”

我把车停到家门口的车道上，关掉车前灯。

“有件事情我想告诉你。”我说。

“除非是‘Chunky Monkey’卡通漫画，不然改天再说。”亚历克斯说，“我累了。”

“拜托。”我哀求道，“只要一分钟。”

亚历克斯叹了口气，没有做出任何表示。我们进了门。屋里出奇的平静——过了一会儿我才意识到那是因为没有电视刺耳的声音——走廊镜子上贴着一张纸条：“我们去买比萨做晚饭！很快回来！”

“感谢上帝他们留了张条。”亚历克斯说，“我都打算打开《警视追击》看看他们是不是潜逃了。”

俏皮话，还有一闪而过的微笑…….好像往日的亚历克斯又在星星点点地重新活过来。我发现自己怀念她的幽默，也怀念跟她聊天。真有意思，但仅仅几个星期之内，我对姐姐的了解比过去十年还要多。为什么到现在我才开始怀念她？

“跟我来。”我说。我要执行的计划是一场赌博，但是心里有个声音告诉我，现在正是时候。我拉下阁楼楼梯爬了上去，分好的那两堆文件还躺在地板上。

“这是什么鬼东西？”亚历克斯跟着我爬上楼，说道，“天哪，真奇怪天花板怎么没有塌下来压死我们。嘿，我的芭比旧手机。你觉得这玩意在易趣上能卖多少钱？”

“我想给你读点东西。”我说着从其中的一堆杂物中翻出了那件东西。我清了清嗓子，开始念道，“该学生展示了非同寻常的空间意识——亚历克斯，住手，别再脱肯的裤子——她的阅读能力也十分杰出。”

我放下手中的文件，亚历克斯抬起了眉毛。“那又怎么样？”

“让我再读一张。”我说着摊开纸：“就总体智力而言，该学生高出平均水平三个标准差。她属于极有天赋的一类。”

亚历克斯打了个哈欠。

“这是你。”我说着把智商测试结果扔给她，她不由自主地伸手接住。亚历克斯低头看着文件，又抬头看着我。

“你是聪明的那一个。”我说。

“闭嘴。”亚历克斯皱眉，“开玩笑吧？他们说的是你。”

“仔细看看。”我指着身后一堆东西说，“相信我，你才是我们俩中间聪明的那一个。一直都是。”

亚历克斯从那堆东西里拿起最上面的一张纸——我认出那是二年级的报告卡——她读了起来。过了一会儿，她把卡向前挪了挪。

“你不一定要做一个模特，除非你真的想。”我说，“你可以重新开始一个全新的事业。什么都可以。”

亚历克斯沉默着，可过了一会儿，她慢慢地伸出手拿起另一张纸。

“妈妈从来不扔东西，看来是件好事。”我说。

“给我几分钟好吗？”亚历克斯说。她放下手里的纸，又抓了满满一把。

“慢慢看。”我说，“要我给你拿块比萨来吗？”

“当然。”亚历克斯心不在焉地说。

几个小时后，我在睡觉前先去了一趟阁楼。她还在那儿，完全沉浸在自己的过去里。

第十四章 永远不再回头

这扇门打开了，就意味着我和布拉德利之间的那一扇已经永远地关上。“好吧。”我又说了一遍，用手掌擦掉眼泪。这是我最后一次为这件事流眼泪，我发誓。再哭一次，然后我永远不再回头。

“有时间喝一杯吗？”雅各布问，“我知道有个地方的巧克力马提尼棒极了。”

我有点犹豫。雅各布的邀请被我推了好几周，不过今天我们还是一起出门购物了，和他在一起感觉非常开心舒服，我有些惊讶。

“离那些黑毛衣远点。”一进“Banana Republic”品牌店，我就命令道。

“灰色的怎么样？”他举了一件在胸前比画，“我可不确定这么快就能戒瘾戒得干净。”

“试试这件。”我说着扔给他一件手感异常柔软的米色圆领，“我们就要一举戒除。”

“你的女朋友很有品位。”一个售货员——说不定正在为了佣金大拍马屁——走过来插嘴说。

我们都懒得纠正他。

现在雅各布用那双长着黑睫毛的蓝眼睛看着我，我明白他的邀请有什么涵义。他喜欢吉米娜，不过他们没能一拍即合。我已经又给他配对了另外一个女人，但他还没有给对方打电话。我知道雅各布希望我能改变主意。

要变成这种模样一点也不难，我想。调调情，喝喝马提尼，陶醉在被他注视的感觉中。我可以看见将要发生的夜晚：在丝绒一样柔滑的空气中，雅各布送我到车旁，我没有拉开车门钻进去，而是转身对着他。他会探过身来，我贴上他稍微有些粗糙的脸颊，挨到他刮完面后刚长出的新胡须。接着我会闭上眼睛——

不过不行。感觉不对。雅各布是准备开始一段认真的恋情的。要一个爱他的人才配得上他，而不是一个几乎想不到他的人，一个梦想与其他男人过一辈子的女人。

“我很乐意跟你一起喝一杯。”最后我说，声音颇为抱歉，“不过我还有事。”

“就算被拒绝，总是要试试的。”雅各布说。他探身过来拥抱我，停留了一会儿。

“我一定会给你找到那个完美女人。”我允诺说。

雅各布对我眨眨眼，我转身向Nordstrom百货走去。等我再回头时，雅各布已经没入商场的茫茫人流。

电话响了一声，有人接了起来，但没有人说话。

“简？”我问道，“我是林赛，‘缘聚’公司的。喂？”

一片阴森森的寂静。

“你没事吧？”我问道——爸爸的声音在耳朵边开始列举可能的惨状：她中风了；她被绑起来堵上了嘴，勉强用大拇指勾下了电话听筒；她撞到了头，得了肥皂剧里流行的失忆症。

“简，你能听见吗？”我问，“如果可以的话，回答我一声。”

呼吸声更沉重了，接着一个声音郑重地宣布：“Elmo是红色的。”

“嘿，凯蒂，我是林赛！还记得我吗？我给过你好多冰激凌？”我说，“你能帮我一个忙，把妈妈找来吗？

“好吧。”凯蒂开心地说，放下了电话。过了两分钟，我还在等。话筒里远远传来简的声音，她在问凯蒂要不要喝水，凯蒂死活要喝柠檬汁，接着她们走出了房间，我什么也听不见了。我挂上电话又打了一次，可是听筒没有放好，电话总是忙音。

我又打电话给年逾古稀的那对好朋友，她们在最近的四人约会上玩得很开心，不过按她们自己的说法，还想“让钱花得更合算点”。“找一个能够撑过午夜的！”从未结过婚的那个说。

“还有，不要手小的男人！”她的朋友在远处喊。

“大手！”我尽职地做笔记，努力忍住笑，“女士们，我会办好的。”

这是我的工作，我提醒自己。这是我的新生活。三个星期以后梅会去印度，我将接手公司。我们已经定好了，梅出门期间我会留在她家照顾狗，在那以后……嗯，那以后就是我今天下午要调查的内容。

“我早点翘班你介意吗？”我一边合上膝盖上的档案，一边问梅。

“现在是四点半。”她说，“不早了。”

我笑了，把茶杯放到洗碗机里，加了些狗粮，出门走到车道上。新花的一大笔钱正在那儿等着我。昨晚我去了大众汽车经销店，开走了一辆亮蓝色敞篷车。

我踩下油门，放下顶棚让风吹起头发。这一刻感觉仿佛电影情节，音乐突然奏响，女主角飞驰过空空的高速公路，回头对着镜头一笑。唯一的不同是我没有超速（安全起见，我从来都保持驾驶上限下五英里的速度）。在家里，爸爸妈妈现在正向窗外张望，唠叨说不知道林赛晚饭会不会迟到。另外，严格地说，买这辆车算不上一时冲动，在这之前我已经花了整整四天比较“顾客反馈”提供的安全排行榜和查车型，出价的时候我对经销商的底线已经了如指掌。

买车回家的路上我打开了音乐。这怪不得我：唯一一家没有播广告的电台一直在播莱昂纳尔·里奇，那可难说是激情时分的最佳配乐。

可是今天晚上，我有备无患。车里放了一些CD，我挑了Coldplay乐队在路上听。还没有真正到交通高峰时间，但环城公路一定已经堵上了，我绕了个道开到塔科马（Takoma）公园。我一直喜爱这个街区，它是个时髦的综合体，既有艺术气息强烈的小镇商店和咖啡屋，却又够大够忙，算得上是个城市。

房地产经纪人正在屋外等我。

“林赛？”我下车时，他走过来伸出一只手，露出温暖的笑容。“我是吉姆。”

吉姆有一种迷人的声音，听起来低沉、平和而且性感。和他通电话时，我漫不经心地想，说不定他碰巧是个方下巴、刚刚回归单身的房地产大亨，那样的话他可以帮我好好从布拉德利身上分分心。可是既然上演的是我的真实生活，他不过是一个身形肥胖的中年男人，穿着天鹅绒运动套装，头上的一块秃斑好像一顶圆顶无边小帽。

莱昂纳尔·里奇和天鹅绒运动套装。现在我看出来了：詹妮弗·加纳(Jennifer Garner)和安妮·海瑟薇（Anne Hathaway）会为扮演我的人生故事吵得不可开交。（“不要吝啬Krispy Kreme甜甜圈，”导演对摄制组后勤人员说，“得让我们的女演员丰满起来。”）

“就是它？”我抬头看着屋子问。

“就是它。”吉姆说。

我早知道房地产经纪人有夸大事实的臭名。不过，当吉姆提到这是一栋需要修补翻新的房子，我以为至少它还有点翻修的本钱。我从后院——确切地说，只是些杂草和空地——看到房前的人行道，人行道上一半的石头都已经不知去向。楼上破了一扇窗户，碎掉的玻璃还粘在窗框上，看起来像一张愤怒的嘴。吉姆穿过前廊，我跟在他身后，脚下的木板发出了阴森森的嘎吱声。如果吉姆是个连环杀手，他就会把受害者带到这里来，我一边想一边提醒自己如果他发起攻击的话，手袋里还有一支圆珠笔可以当做武器。（“瞄准眼睛！”我能听见爸爸的指导。）

“灰有点多。”吉姆打开嘎吱作响的门，满脸歉意地说。他一点也没有察觉，在我血淋淋的幻想里，他在地上痛苦地扭动，而我正在释放我所有的怒气。

从大门口仔细打量过屋子内部以后，我才发现灰尘根本算不上这个房子真正的毛病。墙上到处是洞，卧室地板中间变了形，一个角落里堂而皇之地散着一堆看起来像老鼠屎的东西。我抬起头，注意到高高的天花板上有一排排美丽的橡木横梁。

“这栋房子需要一点爱心。” 在房地产经纪讲大话的辉煌历史上，吉姆恐怕创下了最低调的记录。“业主是老人，他们照顾不过来。大约十年前他们去世后，房东的儿子就懒得理会这房子了。他住在西雅图一个什么公社里头。”

吉姆神秘兮兮地压低了声音：“嗑药。”

第十四章

我走进厨房，打开一个柜子。橱柜已经退色磨损，工作台上的油毡颜色估计会被本杰明·摩尔（Benjamin Moore）标为“囚室之孤独灰”。

可是如果重新修缮柜子、换掉油毡、打通厨房和卧室…… 我眨了眨眼睛，眼前浮现出柜台上黄色的瓷砖，樱桃木橱柜，还有用一个舒适的早餐吧隔开的卧室和餐室。

“炉灶不错。”我说着从老式大炉灶上拿起一个灶口。谁知道轻轻一碰上灶口，它居然应声碎掉了。

“想看看楼上吗？”一阵尴尬的沉默后，吉姆兴头十足地建议。

楼上的情况比我担心的还要糟。厚厚的一层蜘蛛网下是两间带大窗户的卧室，洗手间配着老式爪足浴缸，看得出浴缸以前曾经是白色。卧室里的几件家具上罩着床单，微光从肮脏的窗户漏进来，细小的尘粒在光里飞舞，让整个房间染上一层鬼屋的气氛。

吉姆猛地从床上拉下一条床单，一个脏兮兮、软塌塌的床垫露了出来，他用手绢捂住嘴，咳得几乎抽筋。

“附送家具！”好不容易不再咳嗽以后，他庄严地宣布，“如果你有兴趣，价格好商量。”

我打开一扇窗，新鲜空气涌进了这个很久没有通风的房间。窗户是旧款的落地式样，打开后像张开的两臂一样拥抱着一片美丽景色：楼下街道上，紫薇和苹果树一列排开。我穿过房间，撕下床前一条老气的花纹壁纸。如果漆上一层温暖的玫瑰色，这个房间会是什么样子？我不由开始好奇。雪花在巨大的窗户外飘飘而下，屋角小小的砖砌壁炉里却燃着熊熊炉火，又会是什么感觉？

我走到壁炉边，发现炉上的砖被人漆成了褐色。气恼之下我伸出指甲刮了刮，单调的漆面下露出了铁锈色的旧砖。要是被打扫清理干净，它们会是什么模样？

“有时候，要是第一眼没有相中，人们就发现不了事物的美。”吉姆说。他斜靠在门框上，两只手都揣在衣兜里，可能是因为他不敢在这间房子里坐下来。“如果有人花时间养护的话，这栋房子可以变得很漂亮。但是很多人就是睁着眼睛走开了，根本没有发现它的价值。”

我飞快地做着心算。我的储蓄账户足以支付一个合算的首付，剩下的够修缮房子，尤其是如果我自己来做其中一部分工作的话。尽管经常血拼，我的账户结余还保持得不错，毕竟那是七年辛辛苦苦存起来的心血。七年不冒任何风险；七年站在办公室的玻璃墙后，隔着一堵墙看时光白白流逝。

心里的盘算只是一个形式。走进这栋房子的那一秒钟，我已经做了决定。

我转身对吉姆笑了。

“我要买。”我说。我一生中还从来没有对任何东西这么笃定过。

眼前一幅接一幅闪过光光的横梁，盛开着非洲菊的窗台花箱，我迷迷糊糊刚要睡着，亚历克斯敲了敲虚掩的门。给她看了智力测试结果以后，我们几乎没有说过几句话。有一两次她出了房间，加入爸爸妈妈和我一起看电视，但没有跟任何人认真谈过。

“你没事吧？”有次在走廊上遇到她，我问。我正向洗手间走去，亚历克斯则刚刚出来。

她点点头：“我只是需要一点时间思考。要理清很多事情，你明白的吧？”

“是啊。”我说。我也还在理清的过程中。

“进来吧。”我说着用胳膊肘撑起身。“我还没睡。”

亚历克斯打开门走进房间。今天她又穿了黑色运动裤，但刚才在走廊里，我注意到手术以来她第一次涂了指甲。

“你没事吧？”我问。

亚历克斯没有回答我。相反她坐到了床的一角，把膝盖蜷到胸部。

“你今天早上出门上班的时候，我看见你了。”她说。月光透过窗户在她的脸上闪烁，有一会儿，亚历克斯的旧日风采一闪而过。然后她转过了头，幻影消失了。“你看起来很不错，”她轻声说，“真的很棒。”

午餐时我要见一个新客户，因此今天穿了一条蓝裙，一件薄薄的深V领白衬衣，不过一直等到了梅家我才上了妆。不知道为什么我有内疚的感觉，仿佛让亚历克斯看见我打扮的话，我就背叛了她。

“我以前一直奇怪你为什么总把头发扎起来。”亚历克斯说着抱紧了膝盖，“而且你也从来不穿显身材的衣服。”

“我有什么好炫耀的？”我开玩笑说，接着马上想给自己的脸来了一拳。现在亚历克斯比我重了估计十磅，我怎么能拿身材胖开玩笑？

“真的吗？”亚历克斯皱起眉头看着我，“有曲线的衣服挺配你的。你真的觉得自己胖吗？”

“我想，有你在旁边，我一直都觉得自己有点肥。”我深呼吸了一下继续说，“而且我觉得没有必要花工夫化妆，弄头发也挺不值得。”

“原因是？”亚历克斯追问道。

“原因是只要在你身边，没人会注意到我。”我轻声说。这些话好似撕开了一道快要结好的旧伤疤，让人隐隐作痛。我的思绪飞回到了高中，那时我面对一群冷酷的高年级学生瑟瑟发抖，亚历克斯却让他们都坠入了情网。我想到那个扯我头发的老女人，她伸出一只好像爪子的手大声宣布我真可怜，居然长得一点不像姐姐。我想到了成百上千幅痛苦的画面，有一些琐碎，也有一些重要：侍者们一次次赶到亚历克斯身边满上水杯，却把我的杯子空着；男人们的目光一次次扫过我，直直地定在她身上；人们一次次问："这是你姐姐？"声音都懒得掩饰他们的惊讶。

我已经不再为这种遭遇责怪亚历克斯，因为我终于明白，这不是她的错。但这也并不意味着那些记忆不再伤人。

"你瞧，亚历克斯，"我说，"很快你就会又美得不得了。我很开心，真的。但我想只要你在周围，我永远都会感觉自己只是个路人。当然，这不是你的错。"我赶紧补上一句。

"我不知道。"亚历克斯说，我明白她是真心的。亚历克斯不知道我的感受，当然了，我们两人对对方的了解都算不上深。她摇了摇头。"我还以为你根本不在乎衣服啊打扮啊那种东西。"

"显然我是在乎的。"我说，"最近我买东西都快买疯了。"

"我也有点嫉妒你。"亚历克斯说。

"你？"我说，"真的吗？"

"嫉妒你的工作。"亚历克斯说，"你在世界各地飞来飞去，做了这么多广告，听起来总是酷得很。"

我惊呆了，盯着她看了一会儿。亚历克斯曾经嫉妒过我？

"我还因为盖瑞嫉妒过。"我脱口而出，"他似乎是个顶级的男人，还很爱你。"

“我嫉妒过你的独立。”她说，“我一辈子都住在这个城市。你出去念了大学和研究生院，又住在纽约。你有个非常棒的小公寓，还对纽约熟得不得了。”

她一直嫉妒我。我仍然不明白。一直以来我一点也没有察觉。

“刚刚回家的时候，我以为自己有点迷恋布拉德利。”我的口气很随意。

“真的？”这次亚历克斯真正吃了一惊；我太了解她了，知道她不是假装的。看来布拉德利始终没有提过。

“很疯狂，是吧？”我说，“那段时间我是有点糊涂。”

我勉强挤出一个笑容，想显示我的暗恋只不过是小事一桩，可是亚历克斯没有买账。

“那你现在还——”她吞下了后半句话，担心地皱起了额头。

“天哪，不。”我说。

“我还以为你有纽约那个特别的人。”她说，“接着你又和雅各布在约会。”

“亚历克斯。”我说着把手放在她的手上。我不得不作出轻松的姿态，但也许有一天我会告诉她全部事实——到那个时候，希望我能够真正开怀大笑。“布拉德利和我注定永远只是朋友。我原本想，把感情投到他身上的话，就不用再面对被解雇的事实。另外，还有一件事我要坦白。”我刻意压低了声音。

“我不敢确定是不是受得了。”亚历克斯说，“现在这里就像‘杰瑞·斯宾格’（Jerry Springer）秀场一样。”

“我还发疯地嫉妒，”我一字一顿地说，“你的……脚指甲。”

“我的脚指甲。”亚历克斯慢慢地说。

“不管什么时候它们都美极了。见鬼，谁会长那么漂亮的脚指甲？”

“嗯，权威消息说，”她说，“你比我脑袋更有问题。”

我看着亚历克斯，我们都笑了。

“我知道情况很糟糕，”我说，“不过你的头发已经长起来了，很快你就可以停用类固醇，一切都会好起来的。”

亚历克斯点点头，但她似乎并不相信。也许一切再不会回到过去了，我意识到。如果一夜之间美貌不再，也许你会发现它是多么易逝，美貌所带来的不仅仅是福音。

“关于那些考试成绩。”亚历克斯说。

“挺怪的，是吧？”我说，“我不是嫉妒。”

亚历克斯在我胳膊上拍了一掌。“我想，也许我不会再做模特儿了。我还想继续待在电视界，不过要是等到头发长回来，减肥也成功……我不知道，不过现在就做决定似乎比拖下去要容易。在谷底的时候退出，对吧？”

“你还要继续在电视界发展吗？”我问。

“别笑。”亚历克斯说。

“不会的。”我允诺说。

“我在想，”亚历克斯慢慢地说，“回去上大学。”

“想做就做。”我立刻接嘴。

“真的？”她说，“你不觉得29岁上大学很怪吗？”

“一点都不，”我说，“你要上什么专业的课？”

她耸了耸肩膀。“可能是商业课吧。”

“想做就做。”我又说了一遍。

“谢谢你，林赛 。”亚历克斯说，“我想一切在秋季前就可以恢复正常了。也许那时候我可以开始上课。”

“听起来棒极了。”我说。

她点点头靠回椅背上，思索着出乎意料的未来。跟不久前的我一样。

“我只是在想，”我随口说，“你有没有想过给布拉德利打电话。”

亚历克斯脸上的梦幻表情消失了。“现在还不行。”她用防备的口气说。

“亚历克斯，他想见你。”我说。

亚历克斯伸直双腿站了起来。

“不要逼我。”她说。

“拜托，”我说，“给他打个电话，别让他那么痛苦。”

可是亚历克斯已经走到了门口，仿佛她不惜一切也不要听到布拉德利的名字。

“晚安。”她说着轻轻关上了房间的门。

“亚历克斯？”前台叫道。

亚历克斯和我站起来走进里间的办公室。一种似曾相识的可怕感觉朝我袭来。上一次到这个地方，医生公布了亚历克斯患肿瘤的消息。

格雷森医生从办公桌后的座位上站起来跟我们握了握手。他的一张脸上没有任何表情，板得跟块紫薯布丁差不多。我瞥到办公桌上放着亚历克斯的新扫描照片，好似一把散开的扑克牌。昨天，亚历克斯躺在核磁共振台上，另一个技术员——一个有三个小孩的年轻妈妈，拍照过程中一直喋喋不休地在说她的孩子——给她拍了这些相片。拍完后我仔细观察了技术员的眼睛，可她的眼睛里没有一点能够揭示结果的线索。

尽管格雷森医生已经切掉了亚历克斯身上大部分的肿瘤，不过有一小部分——呈细细的新月形状——贴在视神经上，他没有办法冒险取出来。如果这块肿瘤变大，哪怕只长大一点点，他也不得不用放射治疗彻底根除它，以免给亚历克斯的视力造成永久性的损伤。

现在，化疗是我能想象到的最可怕的词。这意味着亚历克斯痊愈的时间要朝后推，意味着使用类固醇的时间要多出几个月，意味着嗜睡、恶心等十几种潜在的副作用。这还意味着过去的亚历克斯会又一次躲起来，躲到没有人能看到的地方。

我又低头看着格雷森医生办公桌上的扫描照片。突然间我想起来，打扑克的时候，除非牌局已经结束，否则你不会摊开手里的牌。

“我很抱歉。”格雷森医生盯着亚历克斯说。

只是很简短的一句话。只不过是很简短的一句话，怎么会强大到足以将我击倒？我伸手去握亚历克斯的手。她的手冰凉，跟钻进核磁共振管道的那天晚上一样。这一切都是从那天晚上开始的。

“你确定吗？”我脱口而出。

他点了点头。“它长了几毫米。不多，但这么短时间长了这么大，算是给了我们一个提醒。我们需要做化疗杀死所有产生这东西的细胞。”

亚历克斯点了点头，好像一切都十分合理。“什么时候开始？”她问道。她的声音听起来挺平静，似乎问的是她最爱的电视节目什么时候开始，或者一架航班什么时候起飞。

“我希望可以安排你周一开始。”医生说。他的声音很庄重，神情既让人觉得安慰又流露出关心。难道医学院会教这个吗？是否有一门课教如何表现得既遗憾又乐观？突然间我想要跳起来抓住他的肩膀拼命摇晃。这都是他的错，他没有取出整块肿瘤。突然间我恨上了医生，恨他的尖手指和满嘴好听的外交辞令。该死，如果他连亚历克斯的忙都帮不上，要这一大堆文凭有什么用？

“化疗为期六周，”格雷森对我翻滚的思绪毫无察觉，“治疗本身相对简单。你不会遭受任何痛苦，如果你担心的话。”

“我读过资料了。”亚历克斯说，“我清楚会发生什么。”

什么地方错得厉害。她应该在尖叫事情不公平，怒吼居然会在29岁的时候被迫跟脑肿瘤抗争。她应该在哭，在挣扎。可是为什么亚历克斯这么平静？

她正在溜走——等我意识到这一点后，恐惧攫住了我的心。她正在回到那个无休无止看电视、眼神麻木的地方。亚历克斯又一次消失了，也许这一次我再也找不回她。

“放射科要为你做个面具，让射线只打击肿瘤，保护其他的部位。”医生说。

“我明白了。”亚历克斯的声音不动感情，似乎他刚刚是要给她一杯水。

“会没事的。”我傻乎乎地插嘴，捏着她的手。别离开，我默默地恳求。但是亚历克斯的手绵软无力。

“你还有别的问题吗？”医生问，“我知道今天你并不想听到这些，不过好消息是，我相信化疗可以完全解决这个问题。”

“我还以为你会说，肿瘤没有长。”亚历克斯说，“我的视力还很好，所以我原本希望这意味着……”她咽下半句话去，接着说道，“意味着什么都没有变。”

“变化很小，”医生说，“不过的确有变化。”

亚历克斯点了点头。“那我们开始吧。”她只说了一句话。

上一次我们进这个房间时，她紧紧抓住了座椅扶手直到指尖泛白，接着她讲了几个笑话，流出了眼泪。现在她已经全然麻木了。我几乎希望她能够开开玩笑，做点什么事情表示在接下来的三个月里，她不打算坐在客厅沙发上，直直地盯着空中。

医生站起来。“有任何问题，你们可以随时给我打电话。”他说，“如果你想在外面等，我看看今天他们能不能挤出时间给你量面具尺寸。”

几个月前，为了做模特儿给杂志拍照，亚历克斯在量衣服的尺寸。现在，为了遮住她的头骨、保护大脑不受毁灭性射线的影响，亚历克斯在量塑料面具的尺寸。事情不公平得可怕。

“我很抱歉，亚历克斯。”向候诊室走去时，我又捏了捏她的手，感到前所未有的无助。

“你真的想今天做面具吗？”亚历克斯和我一起坐到一个裂了口的棕色皮沙发上，我小声说，“我们可以等你准备好了再来。”

“没问题。”亚历克斯说。她拿起一本卷了边的高尔夫杂志飞快地翻着，但我知道她一个字也没有读。

“跟我说说话吧。”我恳求道，“拜托了。”

她摇摇头，一双蓝绿色的眼睛——正是这双眼睛显示她的肿瘤还没有变化——躲开了我。“赶紧都做完，好回家去。”

我低下头，不知道说什么才能帮上亚历克斯。如果家里出了问题，通常都是我解决的。那为什么我解决不了这个问题？为什么我没有办法到达她的内心？

我回头看见一个大约不到十岁的男孩正跟父母一起走进候诊室。他身材偏瘦，鼻子上长着零星的雀斑，头上有刚裹上的白色绷带，跟亚历克斯一样浮肿的脸暴露了一切。

“……教练说，下个赛季肯定可以。”他们走进房间时，那个妈妈说。

“是啊。”男孩无精打采地说。他的棕色大眼睛像极了妈妈，不过她的眼睛流露出担忧的表情，跟她明快的声音很不一致。

“今天下午我们练练罚球。”小孩的爸爸轻轻拍了拍他的肩膀说。他没有把手挪开。“如果你愿意的话。”

“好吧。”男孩还是打不起什么精神。

他们都坐在我们对面的沙发上，两个家长各坐在儿子的一边。这个姿势很有深意：就算在安全的候诊室里，他们也要让儿子处在中间，好保护他。

我看着男孩左边手肘内刚贴的蜘蛛侠创可贴，意识到他一定是刚刚抽了血。这时突然有人开口说话。过了一会儿，我才反应过来这是谁的声音。

是亚历克斯。

“奇才队是你的偶像？”亚历克斯说着示意男孩抱在腿上的一本精装书。我惊讶地看着姐姐。她已经放下手里的杂志，正望着那个男孩：是在认真地看着他。茫然的表情从她脸上消失了。

“是啊。”男孩低头看着那本书。它的封面是一张男人扣篮的彩色照片。

“我见过他一次，知道吧。”亚历克斯指着封面上的篮球明星说。

“是吗？”孩子问。他那平板的语气里第一次浮现了一点兴趣。“你真的见过他？”

“他告诉我，他出生的时候脚是畸形的，”亚历克斯说，“他小时候动过三次手术。不过现在瞧瞧他。他是最好的运动员之一。上个赛季他打得怎么样？罚球命中率百分之八十九？”

“真的吗？”男孩说，皱起了他小小的额头。“他做了三次手术？”

“他在医院里待了很长时间。”亚历克斯说，“他讨厌那段时间，不过那确实帮了他。”

“你是不是有个肿瘤？”男孩问亚历克斯。我都忘了孩子们会这么做；他们总是直接切入一个敏感问题，不像成人一样小心翼翼先在周边绕几个圈。不知道怎么回事，此时它成了一种解脱。

“是啊。”亚历克斯说着摘下了帽子。她的头发又长了一些，成了一个尖尖的平头。她用一只手摸了摸头，做了个鬼脸。“糟糕得很，不是吗？”

男孩点点头，却没有说什么。

“一开始我真的吓坏了，”亚历克斯说，“接着又很生气。”

“我也是。”男孩说，“今年我不能打篮球了。”

“哇。”亚历克斯说，“确实糟糕。你打什么位置？”

“中锋。”男孩自豪地说。

“跟他一样。”亚历克斯指着书说。

“对不起，不过你难道是——”男孩的妈妈说，“我是说，我想我在哪儿见过你。你的声音也很耳熟。”

“我是亚历克斯。”亚历克斯说。她没有多说——她没有转变成那个为公众熟悉的形象，没有露出灿烂的电视明星式微笑，也没有承认这个女人曾经见过她，说不定在她家的电视屏幕上，一周见两次。

“他还说了什么？”男孩问亚历克斯。

她笑了。“你猜我跟他说话的时候，他的午餐吃的什么？”

“什么？”男孩问。

“薯条，加芥末和辣椒酱。”亚历克斯说。

男孩皱了皱鼻子，然后看着他的妈妈。“我能也尝尝吗？”

“当然，宝贝。”她说着捏捏他的膝盖。

我好奇地瞪着我的姐姐，她一直在跟那个男孩聊天，巧妙地安慰他，他根本没有察觉到她的意图。

我突然明白亚历克斯不需要我为她解决这个问题。她会自己找到办法来战胜它。

“中锋，是吧？”亚历克斯说。她又对男孩笑了。“你一定很棒。”

“我是很棒。”男孩自豪地说。他瘦小的腿太短，脚够不到地板，只能前后晃来晃去。

“罚球你能赢过你爸爸吗？”亚历克斯问道，“他看起来相当高啊。”

“上周我就赢了他。”男孩说。他掉了一颗门牙，更让我为他痛心。他被困在医院里，童年的快乐，还有一个接一个的重要时光都白白从身边溜走。他将要错过多少个生日、万圣节，多少场篮球比赛？

“不过我打赌今天你赢不了我。”他的爸爸说，“今天我感觉好极了。”

“我还是会打败你的。”男孩说，露出了笑容。

我看见男孩的父亲伸手进口袋掏出了一张手绢，假装咳嗽偷偷擦着眼睛。谢谢你，他对亚历克斯做口型。

我不在乎那些扫描照片说什么，我愤愤地想。因为扫描结果错了。亚历克斯一定没事的。

“别动。”我命令亚历克斯。

“最近你越来越霸道了。”她说，“我不得不说，这可不怎么招人待见。”

“嘘。”我说着用鸽子灰色眼线笔纹好她的上眼线，用小指晕开。“再一点就好。”我小声嘀咕着，几乎只有自己能听到。“该死，你的眉毛太完美了。”

“我本来想说两句不讨人厌的话，可有人不让我说。”亚历克斯说。

我笑了，后退了几步，把手伸进化妆包。

“你从哪儿弄来这些东西的？”亚历克斯问，“我还以为你讨厌化妆品呢。”

“再补上几刷。”我说，“让你的脸颊充分吸收。”

“我在吸收，”亚历克斯说，“吸收该死的类固醇。我跟一只囤坚果过冬的花栗鼠差不多。”

“抱歉。”我说。但过不了一会儿，她和我同时哈哈大笑起来。如果明天就要面对自己的第一次化疗，我会有勇气开自己的玩笑吗？我不知道。每天我都越来越了解姐姐，也越来越喜欢她。当然，她有时候也让我抓狂。用完水槽她从来不清洗，从来不好好把鞋子收拾到我买来放在前门的漂亮小架子上，却把它们堆得到处都是。

“懒虫。”我一边嘀咕，一边整理好鞋。

“肛门滞留人格。”她回击道，“妈妈，你训练林赛自己上厕所的时间也太早了吧？现在我们都要受苦啦。”

现在我们每天晚上都聊天，谈天交心到深夜，弥补这么多年来的沉默。我们已经不再是陌生人。

借着洗手间的灯光，我仔细观察着她的脸，又伸手取了金色高亮闪粉。

“告诉我，为什么我要为你做这些？”我在亚历克斯的眉骨上涂上闪粉，她问。

“因为我需要练习。”我撒谎说，“我要给一个客户化妆，需要一个人来练练手。”

“很好。”亚历克斯说，“把一个服类固醇的女孩当成试验品。”

我笑了。“别动嘴唇。”我命令道。

我用玫瑰色唇线笔勾了她的嘴唇。亚历克斯的上唇比下唇稍微饱满，让她的嘴看起来略有异国风情。我有相似的嘴唇，只不过更丰满一些。为什么以前从来没有注意到？在身体上，亚历克斯和我其实颇有共同点。当你看到我们肩并肩走在一起，你永远不会想到我们有血缘关系，但如果把一个一个特质分开，就刚好可以看到相似之处。

“快好了。”我说着伸手到紧挨着化妆包的购物袋里拿出一条围巾。这是一条用色大胆的Pucci，印有粉红、蓝色和米色螺旋图案。我在

Nordstrom商场看到一个人形模特的腰上系着它，一下子就想到了夏天。我已经为亚历克斯挑了好几条围巾，不过这条是最漂亮的。

“你的客户也是秃的吗？”当我把围巾绕在亚历克斯的头上，让两端垂在她后背时，她一本正经地问道。

我还是不知道自己做得是否正确，也不知道会不会适得其反。但有些时候，像曼特说的，你只能跳。

“你看起来棒极了。”我说着扔给她另一个袋子，“这里有条新牛仔裤，一件衬衫。换上吧。”

“这是怎么回事？”亚历克斯问。她满脸疑惑地低头看着那个Nordstrom购物袋。

就在这时，门铃响了。时间刚刚好。

“你是要先开门还是先换衣服？”我问，“你说了算。”

“我要你告诉我是怎么回事。”亚历克斯追问道。她似乎有点慌。

“开门去。”我说，“拜托。”

“我还没有准备好见他呢。”亚历克斯说。她的声音变得又尖又响，两只手臂环抱住自己，似乎想要躲起来。“该死，为什么你要逼我？”

门铃第二次响起时，亚历克斯跑进她的房间，砰的一声甩上了门，巨大的声音在整个房子里回响。

我叹了口气，慢慢走到门口。他就站在那里，眼神里满是希冀。

“我很抱歉。”我说，“我试过了，可是……”我不用把整句话说完。今天我打电话给布拉德利，告诉他自从亚历克斯安慰过那个同样患有肿瘤的小男孩后，情况起了一些变化：她终于从自我放逐中解脱了出来。我还说我想她终于准备好见他了。

第十四章

布拉德利脸上受伤的表情让人心碎。

“我可以进来吗？”他问道。我看见他带了吉他盒子。

“当然。”我说，“进来吧。”

“她在哪里？”他问道。我领着他穿过走廊，到了亚历克斯紧闭的房间门前。“如果愿意的话，你可以敲门。”我说，“我想她知道外面是你。不过，如果她不应门，别难过……抱歉，布拉德利。”

他点点头，打开了吉他盒。盒子里的吉他并不贵；实际上，我很确定这是他从高中起就一直拖着到处跑、又破又旧的那一把。他拿出吉他，拨了几个音。我突然想了起来：去年盖瑞曾经带亚历克斯去过一个私人派对——一个慈善晚宴，票价达5000美元一位——斯汀（Sting）到了现场，唱了三首他的成名歌曲。亚历克斯甚至还跟他合了影。（“看着他，我几乎没有一分钟不想到‘唐乐可[1]’。”她告诉我，“他的个子很小，可是上帝呀，那就是匹种马！”）而现在面前来了布拉德利，除了一把破烂老吉他什么都没有，盘腿坐在亚历克斯房间外破旧的地毯上。

他清了清嗓子，调好了弦，开口唱歌。这是一支披头士的老歌，我听得出来。

哦，布拉德利，我想。如果他的声音不够动听怎么办？哪个女孩会不选他，而选择盖瑞和他的私人筹款晚会、明星名流、300美元一瓶的美酒呢？谁不会宁愿跟只有吉他的布拉德利在一起呢？

“这里，那里，无处不在。”布拉德利唱着，他的声音越来越有力，“……望着她的双眼，但愿我永远都在她身边…….”

布拉德利的弹奏更响亮了，他全情融入了音乐，歌曲中间唱破了一

1 Tantric sex，即唐乐可养性健身术。——编者注

次，可他接了下去。他是在努力把心声传达给亚历克斯。

开门，我请求她。别这样对他，不该把他拒之门外。

布拉德利一直不停地唱着。我有些怀疑如果必要的话，他会在这儿待上一整夜。但只过了短短几分钟，我看见门把手非常轻微地动了动。有一会儿，把手又停下不动了，接着它一口气拧到了底，门应声打开。开得不算大，但足够布拉德利站起来、溜进去。

“好吧。”我低声说。我眨了眨眼，憋回了眼泪——为亚历克斯感到高兴的眼泪，也许也有点自怜。这扇门打开了，就意味着我和布拉德利之间的那一扇已经永远地关上。

“好吧。”我又说了一遍，用手掌擦掉眼泪，站在亚历克斯的门口不知道接下来该做些什么。这是我最后一次为这件事流眼泪，我发誓。再哭一次，然后我永远不再回头。

我在口袋里放了些纸巾，掏出车钥匙准备出门好好地兜个风。

第十五章 最美的意外

我看着他的眼睛，想起他穿着红色羊毛夹克站在站台上看着我的火车开走。他的笑容灿烂，他的脸却格外悲伤。我想到了我们一起看《卡萨布兰卡》的那一夜，想起我发现他盯着的是我，而不是电影，尽管那是他一直以来的最爱。我感觉内心有什么东西正在绽开……

两个月后

天黑了下来，我站在破旧的走廊上用手电照亮了整个屋子。窗外的蟋蟀唱出了夏天的第一个音符。我原以为有了楼上卧室里的蜘蛛网和开了口的玻璃窗，这栋房子晚上可能颇为阴森，可是现在我意识到，它看起来只是荒凉。我走过吱吱嘎嘎的门廊，把新钥匙插进了门锁。

几个小时以前，我坐在一家产权公司的办公室里翻阅数十份文件，在每一份文件的末尾签上了名字。今天下午三点，在跟公社里嗑药的屋主讨价还价几个星期后，我正式成为了这栋房子的业主，到现在似乎一切都还不真实。

我把钱包往胸口紧了紧，用手电照亮客厅的墙。在昏暗的光线中，房子内部看起来并不太糟糕。阴影掩盖了墙上的裂缝，也遮住了变形的地板。我小心翼翼地爬上楼梯，仔细打量主卧室，凝视着巨大的拱形窗户、镶有锻铁屏障的壁炉、天花板上精致的皇冠状装饰条。这所房子还不知道它即将来临的命运。当我把一切安排停当的时候，它会变得十分美丽。

第十五章

我走到卧室的窗户边上，敞开窗探出身子，呼吸着潮湿的、闷热的空气，闭上了眼睛。

我的身体里起了一些变化，一些我无法解释、甚至无法完全理解的变化。仿佛在被解雇的那一天，我的内心深处就生出了一道裂缝，将原本熟悉的一切割成了补不起来的碎片。过去的几个月又奇怪又吓人，但很长时间以来，我第一次在自己身上感觉到勃勃的生气。也许是出生后第一次。接受梅给出的职位并且买下这所房子，意味着我已经作了一个决定：我张开双臂拥抱了出人意料的、崭新的生命之途，而并非将安全的、旧有的生活拼凑起来。我走上了一条新路，前方因为曲折迂回并非一目了然，而且我不知道最后会走到哪里。

今天早些时候，给梅倒了一杯新茶后，我提了一个一直在心里翻腾的想法。“也许，接下来我们可以考虑开个分公司。”我说。

梅喝了一口茶，若有所思地点点头。“的确可以。”

“我不是说我们一定得这么做。”我说，“只是一个想法。”

“以前我也这么想过。”梅伸了伸双腿，“我们可以试试拓展到纽约、巴尔的摩和费城，甚至到全国。当然，这会改变我们的工作性质。我们一定要确认这是我们真正想要的。”

那将意味着出差更频繁、在外时间更长，也意味着更多的钱和地位。有一天，我们可能会认真对待这个方案。可是现在，我对不定的未来颇为满足。

有生以来第一次，不确定没有让我害怕。

当然，我不是唯一一个经历了裂变的人。那天我爬上阁楼，终于把一个个盒子里的文件都整理分类好时，我发现了一件东西：亚历克斯的模特儿作品。它躺在一堆文件旁边，好像她只是把它随手一扔，头也不回地走开了。我坐下打开那个黑色的皮面册，凝视着一张张光面照片和撕下来的杂志页：亚历克斯身穿一件齐到大腿根的、薄薄的白衬衣，睡意蒙眬地跪坐在沙滩上，姿势非常性感；亚历克斯穿着红色长裙，戴着钻石项链，头发朝头顶上梳，发型高雅；亚历克斯穿着性感的比基尼，头朝后扭，腹部涂了油，闪闪发亮露出肌肉的轮廓。奇怪的是，我的感受已经完全不一样了。这些照片不再证明亚历克斯抽中了遗传彩票、只给我留下了些破烂；它们是她努力工作创造出来的美丽幻象。一个星期只吃四口甜食，我想着就打了个冷战，合上了作品簿。回头看见一群13岁的孩子紧追在你的身后。这是什么样的生活。

有意思的是，亚历克斯和我都一直沉浸于自己的角色，从来没有想过一切可以在一眨眼间改变。可是亚历克斯已经向前走了。只要可以，现在她每一秒钟都跟布拉德利待在一起，他们幸福得让人难以置信，尽管亚历克斯还要每天接受化疗，经常感觉恶心。通常布拉德利会带她去医院，她接受治疗的时候他就在房间外面等。

这些天，布拉德利来接亚历克斯时没有在车里等，会进我家来。有时候，如果亚历克斯还没有收拾好，我们就聊一聊。

如果布拉德利要出门工作，那我会开车送亚历克斯去医院，做完化疗再一起去吃些原味百吉饼，喝点姜汁汽水，好让她的胃舒服些。有的时候我们说说话，其他时候就默默地坐在一起看报纸。几天前的一个晚上，我走进她的卧室，发现她正在看一份马里兰大学的目录。

“看中什么了？”我问。

“也许吧。”她耸了耸一边肩膀，“今年秋季有几门课看起来不错。”

第十五章

想到这些，我笑了起来。商界女性亚历克斯。还有我和我那个摇摇欲坠的老房子、放满性感衣服的柜子、轻松的工作。

纽约任何一个认识我的人都不会相信。

除了曼特。他热情支持我的每一步改变，当我打电话告诉他有关自己、亚历克斯还有布拉德利的纠缠不清的故事时，他还不停地安慰我。从那以后曼特和我比以前更亲密了，几乎每天都聊天、互相发短信。今天早上，我对要不要买房子有点犹豫的时候，打电话求助的对象正是曼特。

“是我。”他接起电话，我说。

“嘿，是你啊。”他用熟悉的声音说，我立刻感觉好多了。

“你讲话方便吗？”我问。

“天哪，当然。你相信我正在做荷美尔食品公司的广告吗？”他说，“如果再让我多看几张猪肉产品的照片，我就要开始跟猪一样哼哼了。现在我正在想Spam猪肉罐头最吸引人的地方在哪里。”

“绝对在右边。”我说，“我记得猪肉罐头的代理人在他们的合同里提过一条，说照片只允许拍罐头的右边。”

曼特笑了。我想象他靠在椅背上，双脚搁在办公桌上，端着一杯他无比喜爱的摩卡口味咖啡。

“这么说，公司还是老样子，是吧？”我问道。

“其实不是。我要告诉你一个消息。”他说，我能听出他声音里的笑意。

“让我猜猜，”我说，“雪儿植了大一号的假胸。”

“比这更好。雪儿被甩了。”

“你开玩笑吧？”

“她想当第四任芬斯特美克太太想得要命，不过芬斯特美克现在在跟一个格罗斯的模特约会。雪儿每次做格罗斯的业务，都不得不跟这个模特面对面。我有一种感觉，芬斯特美克随时可能撤回他的订单。雪儿的广告案效果不太好。”

“你不知道我听了有多高兴。”我吁了口气。

“似乎某人打了一张写着‘天理昭彰’的纸条，贴在了雪儿的电脑上。”

“某人？”

“某个神秘的家伙。一个超级英雄类型的人物，真的。”

“我一直觉得你穿斗篷会很好看。”我说。

“穿超人内衣和紧身裤就不行了。”曼特说，“大大削弱男人气概。”

我们谈了一个小时。

现在我打开了大门，走进屋里看了看布满蜘蛛网的墙壁和盖着床单的家具，把手伸进钱包拿出一个牛皮纸袋。纸袋里是一小瓶铭悦香槟。是时候把香槟引起的不愉快联想换成快乐记忆了。

我打开瓶塞，看着气体像一个幽灵一样从瓶口升上来。我坐在客厅的地板上，喝了一小口，向空中洒了几滴，这样我的房子就可以跟我一起庆祝。

“干杯。”我说着举起酒瓶。

门铃响了。

门铃？我差点大声笑起来；我的房子里还真有没坏的东西。也许是有人在为塞拉俱乐部(Sierra Club) 收东西。我站起来，拍掉仔裤上的灰。

“是谁？”我隔着门喊。

“送比萨的。”

“我没有订比萨。”我喊道。

虽然我可能不该这么快就赶他走：我没有吃午饭。

“可是加了特大黑橄榄和蘑菇的哦。”

“可是我——”我突然反应过来，猛地拉开门，“是你！”

“是我。”曼特附和道。

“可是你在纽约。”我口齿不清。

“今天早上是在，”他说，“不过有种新发明叫做火车。”

“你坐火车来的？”我还是没有办法相信。曼特在这里。他是第一个看到我的房子的人。突然间让我很开心。

“先说重要的，”曼特一边说一边走进屋里，找了一圈放比萨的地方，最后搁在了地板上，“帕米和我分手了。”

“我很抱歉。”我说。我是真心的，如果曼特会因此伤心的话。

“早就该分手了。”他说。

“出了什么事？”

他沉默了好一会儿。“她不能让我笑。”

“哦。”我说。我的心跳加快，手掌出了汗。这只是曼特，我告诉自己。曼特，一直以来我最好的朋友。曼特，那个让我笑、照顾我的人。曼特，他有我见过最温暖的褐色眼睛。

我的曼特。

“这不是我们分手的唯一原因。”曼特说，“还记得前一段时间你告诉我你和你姐姐喜欢上同一个男人了吗？出了一件怪事。”

“什么事？”我低声说。

“我嫉妒了。”

我看着他的眼睛，想起他穿着红色羊毛夹克站在站台上看着我的火车开走。他的笑容灿烂，他的脸却格外悲伤。我想到了我们一起看卡萨布兰卡的那一夜，想起我发现他盯着的是我，而不是电影，尽管那是他一直以来的最爱。在Ruby Foo's，我看见了桌面上他向我伸出的手。

“我总是让你跳。”他说，“现在轮到我了。”

我感觉内心有什么东西正在绽开，一些原来像拳头一样被紧紧包裹住的东西。

“我不知道的是，这究竟是最近才发生的，还是我一直以来都爱你。”曼特说，“也许只有你离开，我才能意识到这一点。”

“你爱我？”我低声说。

“我爱你的一切。”他说，“我爱你节食时忍住不吃晚餐，结果因为实在太饿吃掉了一品脱的冰激凌。我爱你把铅笔一支支排起来对着订书机。我爱你现在这么认真地看着我，鼻子上却有一块这么大的灰尘。”

他朝我走过来，轻轻用拇指肚擦掉了它。

一切似乎都在身边旋转，我就站在那儿。在全新的生活里，丰富的生活充满了可能性。在我的新房子里。在曼特的怀抱里。

这正是我所梦想的地方。